Duques y Diamantes

Una Novela Victoriana Llena de Joyas
Libro 1

Lauren Smith

Traducido por
L. M. Gutted

LAUREN SMITH
BOOKS

Prólogo

ondres, Inglaterra – 1876

La lluvia empapaba los adoquines, ahuyentando a la mayoría de las habituales multitudes del mercado que habrían llenado las calles y proporcionado presas a Tabitha Sherborne. Permaneció en el callejón, aferrando las solapas de su varonil abrigo al cuello, al tiempo que se cubría los ojos con la boina. Gotas de agua caían del borde de su boina, dificultando aún más la visión a través del aguacero. Aunque llevaba un vestido debajo, el sombrero y el abrigo le daban la apariencia de un hombre joven, lo que la ayudaba a no llamar la atención en días como hoy, en los que necesitaba que la ignoraran.

Un trueno ensordeció sus oídos, y observó cómo los artistas callejeros se refugiaban en las estrechas entradas de las tiendas cercanas. Un puñado de vendedores ambulantes desafiaban al clima, invitando a los raros transeúntes a afilar sus cuchillos de cocina o a reparar sus ollas y sartenes. En días como éste, todos los presentes en el mercado perdían la oportunidad de alimentar a sus familias. Una lluvia así ahuyentaba a todos, salvo a los clientes más decididos.

Un puñado de niños pequeños sujetaban cestas de lavanda y violetas empapadas, y sus tristes y pequeños cuerpos conmovieron el corazón de Tabitha. Sólo los vendedores de verduras y los pescaderos parecían sobrevivir con este clima.

Mientras Tabitha seguía vigilando la calle mientras caía la lluvia, divisó a un caballero alto con bastón. Caminaba por la calle con el sombrero inclinado para protegerse la cara del viento y la lluvia. Le llamó la atención la calidad de su abrigo y sus botas. Él se detuvo y se llevó la mano al bolsillo del chaleco para comprobar la hora. El brillo de un reloj de bolsillo plateado era lo que ella había esperado ver. Salió del callejón y lo siguió. Con este clima sería más difícil cumplir su misión, pero tenía que comer y ésta era la única manera.

Se movió de una tienda a otra y tuvo cuidado de no mirar fijamente al hombre. En cambio, lo mantuvo en su periferia visual mientras Tabitha examinaba un conjunto de sombreros de caballero de fieltro expuestos en los escaparates frente a ella. Cuando el hombre se detuvo a hablar con un joven que vendía periódicos, Tabitha se unió a él, fingiendo que también esperaba en la fila para comprar un periódico.

Con facilidad, se inclinó a su lado para coger un periódico del muchacho y, con el mismo movimiento, levantó la palma de la mano y la metió en el bolsillo del hombre, sacando el reloj y guardándolo en el suyo. El hombre recién había comprobado la hora, así que no era probable que volviera a hacerlo hasta dentro de media hora. Cuando descubriera el robo, ella ya se habría ido.

Con el reloj bien guardado en el bolsillo, Tabitha guiñó un ojo al chico que vendía carteles y se marchó. Uno *nunca* corría. Se detuvo junto a una de las niñas que vendían violetas y dejó caer una moneda en la palma de su mano, luego se quitó la boina y la colocó sobre la cabeza de la niña para mantenerla un poco más seca. La niña se frotó la nariz roja con un pequeño puño y murmuró un tímido "Gracias". No debía de tener más de seis años. Algo tiró del pecho de Tabitha, pero lo único que podía hacer por ella era esa única moneda y el sombrero. Ella misma no tenía con qué sobrevivir. ¿Qué podía hacer por una niña que estaba aún peor?

La lluvia cedió cuando Tabitha dobló la esquina y pasó junto a un abundante puesto de flores en una carretilla con ruedas. Una hermosa mujer rubia con un brillante vestido azul zafiro estaba de pie junto al puesto admirando las flores recién cortadas. El vestido estaba adornado con delicados flecos rosas que cubrían el busto y los ondulados lazos que caían en cascada por toda la parte trasera de la falda, la cual se levantaba con cuidado gracias a una correa que llevaba en la muñeca y que evitaba que la preciosa cola se arrastrara por el suelo mojado. Llevaba unas cómodas botas de punta roja que sobresalían por la parte delantera de la falda.

La elegante escena que ofrecía delante de la carretilla de flores floridas era impresionante. Tabitha no solía ver mujeres como ella en la calle con este clima y, desde luego, nunca solas.

Habló con la mujer que vendía ramos de flores frescas. La mujer del vestido azul era una dama elegante, nacida en una vida sin luchas ni sufrimientos. Su piel era pálida, con un ligero rubor, y llevaba el pelo arreglado bajo el pequeño sombrero puesto allí de manera informal. Tabitha buscó alguna señal de joyería en la mujer, pero no llevaba anillos, collares ni ninguna otra joya que pudiera robar.

¡Maldición!

Cuando la mujer se volvió hacia Tabitha, la cesta se le cayó de los brazos y las flores se esparcieron por el suelo en un colorido y hermoso desastre.

—¡Oh, no! —gritó consternada la mujer. Instintivamente, Tabitha se lanzó hacia las flores e intentó recogerlas. Se había sentido extrañamente obligada a ayudarla, pero las mujeres hermosas siempre eran así, ¿no? Parecían tan indefensas y con un comportamiento como el de los gatitos, y no era de extrañar que los hombres siempre estuvieran haciendo reverencias y esforzándose por complacerlas y cuidarlas. Tabitha no podía imaginarse a un hombre haciendo eso por ella. Una repentina punzada de anhelo la golpeó tan fuerte que parpadeó para ahuyentar las lágrimas abrasadoras de sus ojos. ¿Cómo sería tener una vida así?

Algo en los ojos de la señora le había dicho que esas flores algo más que un bonito centro de mesa.

—Gracias.

Tabitha terminó de colocar las flores en la cesta de la otra mujer.

—*Gracias*, en verdad. Pensaba llevárselas a mi madre enferma —confesó—. Las flores son lo único que la hace sonreír estos días.

—No es ninguna molestia —respondió Tabitha. Todavía estaba asombrada por la bella dama. Tenían una edad parecida, aunque supuso que esta mujer tendría uno o dos años más que los veinte de Tabitha. Tabitha no tenía nada de su refinamiento ni de su elegante glamour, pero la amabilidad en el rostro de la mujer despertó la compasión de Tabitha en lugar de sus celos.

Se enderezó y asintió cortésmente a la mujer antes de salir corriendo. No podía quedarse mucho tiempo en esta parte de la ciudad. Se apresuró tanto a escapar que chocó con un par de hombres toscamente vestidos cerca de un quiosco de diarios, quienes la insultaron.

Cuando llegó a la zona cercana a Covent Garden, se sintió lo bastante segura como para comprobar su premio. Metió la mano en el bolsillo, esperando sentir la fría sensación de la plata, pero sus dedos sólo encontraron aire vacío. Tabitha siguió buscando, pero no encontró nada. Comprobó si había agujeros en el forro y finalmente buscó en el otro bolsillo, donde sus dedos se cerraron en torno a un trozo de papel. Cuando lo sacó, vio el emblema de un pequeño pájaro. Un petirrojo, por lo que parecía. Dio la vuelta al papel y encontró una nota escrita a mano en el reverso:

Muy bien hecho. Estamos impresionados. Para recuperar su artículo, visítenos a las dos de la tarde.

Debajo había una dirección cuidadosamente impresa.

—¿Qué demonios? —Tabitha frunció el ceño y miró a su alrededor. Alguien le había robado el reloj. O más bien, más de una persona, ya que la nota decía "estamos".

No había sentido nada. ¿Se estaba volviendo lenta? A los carteristas les ocurría esto de vez en cuando a medida que envejecían. Mientras repasaba los momentos posteriores al robo del reloj, se percató de que debieron haber sido los dos hombres con los que se había chocado después de ayudar a esa joven con sus flores. Su estómago vacío rugió ante la idea. Si no acudía a la reunión que esa gente había organizado, posiblemente no tendría suerte a la hora de robar un artículo para venderlo antes de que oscureciera. Eso significaba que hoy no comería nada.

Faltaba poco más de una hora para la cita indicada en la tarjeta. Sacó su monedero y contó su dinero mientras pensaba qué hacer. Podía permitirse una hogaza de un penique y una taza de café en un puesto, pero nada más hasta que pudiera recuperar el reloj y traficar con él. Siguió debatiendo sus opciones mientras compraba el pan y el café. Luego se acomodó en un pórtico para comer. Su barriga lo agradeció, pero en unas horas volvería a tener hambre.

Estudió nuevamente la dirección y se mofó. Era una casa cerca de Grosvenor Square. Allí vivían los ricachones. Dios, ¿qué iba a hacer? Era bastante común que hombres de todas las clases atrajeran a las mujeres a trampas para obligarlas a prostituirse, o algo peor. Después de pensarlo bien, Tabitha decidió ir temprano y observar discretamente la casa. Ver qué le parecía antes de reunirse con esos "petirrojos".

Cuando llegó a Upper Grosvenor Street y vio la lujosa casa adosada de la dirección de la tarjeta, se mantuvo a distancia. Permaneció en la plaza del parque, simulando disfrutar del aire ahora que gran parte de las nubes de tormenta se habían alejado. No vio a nadie entrar o salir de la casa.

Puedo irme ahora, o puedo jugármela por el reloj...

Las necesidades de su estómago acabaron por imponerse a su instinto de supervivencia, y finalmente cruzó la calle y golpeó aldaba de plata. Llegó un cuarto de hora antes, pero quizá eso le daría ventaja.

Contestó un mayordomo. Era un hombre alto, de unos cincuenta años, de aspecto distinguido y barba fina. Exactamente el tipo de hombre que ella esperaba que la recibiera.

—¿Sí? —la palabra sonó como un reto para demostrar que ella pertenecía a su puerta. La miró pomposamente por debajo de la nariz. Le costó un momento no permitir que su tono o su comportamiento la irritaran.

Tabitha mostró la tarjeta que había encontrado en su bolsillo.

—Tengo una cita.

Los ojos del hombre se entrecerraron.

—Me han dicho que vendría una joven *dama* —su

mirada recorrió el vestido de lana gris apagado y el abrigo hecho jirones, el pelo empapado y los guantes que no cubrían sus dedos.

—Una dama, ¿eh? —ella resopló ante su broma, pero él no esbozó ninguna sonrisa—. Siento decepcionarlo, señor —hizo una reverencia sarcástica.

—Por aquí, señorita... —hizo una pausa al no tener un nombre con el que dirigirse a ella.

Tabitha se rio.

—Oh, es usted muy listo. No le daré mi nombre, no para que pueda localizarme y meterme en la prisión de Newgate.

—No me han dicho que haga tal cosa, señorita —sonaba como si ella lo hubiera ofendido profundamente.

Siguió al mayordomo al interior y sus ojos se abrieron de par en par. Al otro lado de la puerta, un gran perchero con un espejo estaba preparado para guardar abrigos y paraguas. Tabitha vislumbró su propio aspecto en el espejo y frunció el ceño al ver a la rata mojada que le devolvía la mirada. Caminó con cuidado alrededor de la mesa central llena de flores y miró la brillante araña que había sobre su cabeza.

Era una casa preciosa. Más hermosa que cualquiera que hubiera visto en su vida. Nunca había imaginado que la gente ciertamente pudiera *vivir* en casas así. Tabitha compartía un estrecho ático con media docena de chicas en un viejo almacén junto a los muelles.

—El salón está por aquí —el mayordomo le abrió una puerta al final del pasillo y la hizo pasar. El salón era una habitación de techos altos con un brillante papel pintado de flores azules y anaranjadas que daba a la estancia la sensación de un verano interminable. Se le dibujó una sonrisa antes de que pudiera contenerse. Si viviera en un lugar con una habitación así, no querría marcharse nunca. Suntuosas alfombras cubrían el suelo, y Tabitha se alegró de haberse limpiado las botas antes de entrar. Varios retratos de distinguidos señores y damas colgaban sobre un escritorio lleno de papeles y cartas.

La chimenea estaba rodeada de imponentes estanterías repletas de libros. Hacía tiempo que había aprendido a leer y se había prometido no perder nunca esa habilidad. Su padre le había dicho que una mujer que sabía leer tenía el mundo al alcance de la mano. Eran viejos recuerdos que guardaba cerca de su corazón para revivirlos cada vez que un dolor profundo amenazaba con salir a la superficie.

Dirigió su atención a una vitrina en una esquina de la habitación, llena de objetos plateados que valdrían una fortuna si pudiera venderlos. Deliberadamente, desvió su atención de la tentación y estudió el resto de la habitación.

Había dos sofás y una mesa de té dispuestos artísticamente cerca de la chimenea. A pesar del tamaño de la habitación, resultaba acogedora, como el conjunto de habitaciones en las que ella y su padre habían vivido antes de que él muriera. El papel de las paredes se había descascarado por los bordes y los muebles habían estado gastados y polvorientos, pero así había sido acogedor. De nuevo, su corazón palpitó dolorosamente.

—Por favor, espere aquí —las palabras del mayordomo la liberaron del pasado. Salió al pasillo y cerró la puerta, dejándola sola. Tabitha examinó de nuevo la habitación antes de acercarse a la vitrina. Baratijas decorativas, cuencos de plata, esculturas y otras cosas de aspecto pesado y costoso llamaban a la ladrona que llevaba dentro. Sus manos ardían por tocar todo, pero no se atrevió. Lo que sí hizo fue sacar un abrecartas del escritorio cercano y metérselo en el bolsillo, por si tenía que defenderse. Si a los hombres que la habían convocado se les ocurría sujetarla, recibirían un buen golpe en la barriga.

Cuando la puerta del salón volvió a abrirse, Tabitha jadeó al ver entrar a una mujer. No era una mujer cualquiera. Era la que había dejado todas esas preciosas flores en el mercado. La mujer se volvió y cerró la puerta tras de sí, con sus hermosas faldas azules susurrando sobre las alfombras mientras se movía. A pesar de la voluminosa tela del vestido, se movía con facilidad. Tabitha envidiaba la elegancia natural con la que parecían nacer tales damas. Tabitha podía tener los ágiles movimientos de una ladrona, pero no poseía elegancia.

La mujer le sonrió cálidamente.

—Gracias por venir. Soy Hannah Winslow —le tendió la mano para que la estrechara como si fueran caballeros en una reunión de club por primera vez.

Extrañamente, a Tabitha le agradaba la naturaleza franca y directa de la mujer, pero no podía permitirse olvidar el peligro potencial. Esta mujer la había distraído una vez, y no podía dejar que eso volviera a ocurrir.

—¿Dónde están? —exigió Tabitha mientras ignoraba la mano ofrecida por la mujer.

—¿Quiénes? —preguntó Hannah, con los ojos color avellana muy abiertos por la confusión.

—Los hombres que me han robado el reloj.

—¿Se refiere al reloj que usted *robó* primero? —preguntó cortésmente Hannah.

—Sí —Tabitha estaba atenta a la puerta del salón. En cualquier momento esos hombres entrarían y... harían lo que planeaban hacer.

—No había hombres. Sólo yo... y Julia, por supuesto —la puerta se abrió y otra mujer entró como si hubiera oído pronunciar su nombre.

—Siento llegar tarde, Hannah.... ¡Oh, ella está aquí!

—esta nueva mujer, Julia, se detuvo en el acto de desprender el sombrero de su pelo rojizo, y sus cálidos ojos marrones observaron con curiosidad a Tabitha—. Ha llegado temprano —observó Julia mientras dejaba el sombrero sobre una mesa auxiliar y se alisaba las manos sobre su vestido de paseo de un terciopelo borgoña. Tenía bordados de petirrojos, como el emblema de la tarjeta.

—Sí, parece que sí —dijo Hannah con una risita divertida—. Esta es mi amiga, Julia Starling.

Tabitha se quedó mirando a las dos mujeres, totalmente confundida. ¿Dónde estaban los carteristas que le habían quitado el reloj?

Julia metió una mano en el bolsillo oculto de su vestido a la altura de la cadera y sacó el reloj de bolsillo plateado. Colgaba en el aire bajo su mano, girando lentamente en círculos, con la luz reflejándose en su superficie grabada.

—¿Cómo lo ha conseguido? —preguntó Tabitha.

—De la misma forma que usted. Lo he robado —los ojos marrones de Julia se iluminaron con picardía.

—Pero... —Tabitha no podía creerlo. ¿Una dama elegante le había robado el reloj? Se puso tensa cuando la puerta del salón se abrió de nuevo, pero sólo era una criada con una bandeja de té.

—Por favor, siéntese, señorita... Vaya, todavía no

sabemos su nombre —Hannah señaló uno de los dos sofás junto a la chimenea.

Tabitha dudó. No confiaba en estas mujeres, pero este no era el peligro al que había esperado enfrentarse.

—Por favor, no queremos hacerle daño. No llamaremos a las autoridades. La hemos invitado para preguntarle algo.

—Entonces preguntad —dijo Tabitha.

—¿Quiere sentarte y beber un poco de té primero? —ofreció Hannah.

Tabitha ocupó a regañadientes uno de los dos sofás. Las dos extrañas damas se sentaron frente a ella y Hannah sirvió té para las tres. Tabitha cogió la taza con vacilación, pero cuando percibió su aroma, suspiró de placer. *Té de verdad.* ¿Cuánto hacía que no lo probaba?

—La hemos visto coger ese reloj de bolsillo —empezó Julia mientras le entregaba el reloj a Tabitha, quien lo cogió y se lo guardó en el bolsillo—. Estábamos bastante impresionadas.

—Sí —asintió Hannah—. Eso nos lleva al motivo de su invitación a este lugar.

Tabitha sostuvo su taza y esperó a oír todas las malas noticias posibles.

—Tenemos la misión de ayudar a los menos afortunados. Queremos hacer más, pero incluso con nuestra buena economía, necesitamos una forma de complementar nuestras causas.

—Ahí es donde usted entra —Julia sonrió.

—No lo entiendo —dijo Tabitha—. ¿Cómo puedo encajar? —dio un sorbo apresurado a su té, cualquier cosa con tal de tener algo en el estómago—. Seguro que vosotras, buenas damas, no necesitáis una ladrona.

Las dos mujeres intercambiaron miradas y luego Hannah se inclinó hacia adelante.

—Eso es exactamente lo que necesitamos.

Tabitha se ahogó con su siguiente sorbo de té.

—Estáis bromeando.

—Desde luego que no —dijo Julia—. Queremos que siga ejerciendo su profesión.

—¿Queréis que robe para vosotras? —preguntó Tabitha, formulando lentamente la pregunta para asegurarse de que las había oído bien.

—Más bien *con* nosotras. Después de todo, hemos robado su reloj. No carecemos de habilidades —le recordó Julia con una sonrisa—. Pero necesitamos a una tercera persona para hacer esto correctamente. Necesitamos a alguien que conozca la ciudad y sus calles de una forma que nosotras no lo hacemos si queremos llevar a cabo asaltos mayores que simples relojes de bolsillo.

La cabeza de Tabitha daba vueltas.

—¿Asaltos?

—Oh, sí —dijo Hannah—. Tenemos un objetivo en mente, y opino que necesitamos dos personas para distraer al objetivo y una tercera persona para coger las joyas.

Tabitha pensaba que estas mujeres estaban indudablemente locas.

—¿Planeáis robar a un joyero o...?

—No, eso es lo mejor. Sólo pensamos robar a quien... bueno... *no se merece* tenerlas —dijo Hannah.

—Ella se refiere a alguien malo o bastante terrible.

—Cierto... —Tabitha arrastró la palabra—. Queréis robar a los ricos...

—*Sólo* a los terribles, sí, y dárselo a los pobres —Julia le pasó una tarjeta, parecida a la que le habían metido en el bolsillo—. Nos denominamos Los Alegres Petirrojos. Nuestro emblema es un petirrojo —señaló el pájaro dibujado en la tarjeta.

Tabitha gimió por dentro. *¿Los alegres petirrojos? ¿Como Robin Hood?* Estas mujeres pensaban que eran como la vieja leyenda inglesa del hombre que robaba a los ricos para ayudar a los pobres. No podían ser tan ingenuas, ¿verdad? Seguro que eran conscientes de lo tonto que era.

—¿Y adónde va el dinero de los artículos que vendéis? Habéis dicho que con los menos afortunados, pero supongo que no pretendéis dejar caer una bolsa de monedas en la puerta de la gente, ¿verdad?

—Por supuesto que no —Hannah se levantó y fue a su escritorio para coger una lista—. Estos son los orfanatos, asilos para pobres, comedores comunitarios y otros lugares que necesitan ayuda desesperadamente. Incluso los que están en la prisión de deudores necesitan ayuda por el bien de sus familias. Las organizaciones benéficas que tenemos en nuestra lista están dirigidas por buenas personas. No malversan el dinero que reciben ni hacen nada que consideremos inmoral. Pero tampoco reciben suficiente apoyo de la sociedad para ser tan eficaces como podrían.

Tabitha seguía sin entender por qué estas dos mujeres, quienes parecían tenerlo todo, se preocupaban por los que no tenían nada. No tenía sentido.

—¿Por qué? —preguntó Tabitha—. ¿Por qué preocuparse? Tenéis vuestros bonitos palacios y vuestros bonitos vestidos, y todo lo que se espera de vosotras es que asistáis a las reuniones de té y bailes. No tenéis que preocuparos por nada de esto.

Por primera vez, Tabitha vio una grieta en la cortesía de las dos mujeres. Los amables ojos de Hannah se volvieron duros como el acero.

—Porque *podemos* ayudar. Las mujeres y los niños son los que más sufren cuando hay desigualdad en el mundo. Estoy harta de dejar que los hombres conviertan a nuestro género en víctimas, y estoy harta de ver a los niños morir de hambre en las calles. ¿Usted ha visto alguna vez la marea en los muelles?

Tabitha negó con la cabeza. Los muelles eran un lugar peligroso, sobre todo para una mujer, fuera cual fuera la hora del día.

—Cuando los barcos se quedan atascados en el barro durante la marea baja, no pueden hacer lo que se supone que deben hacer... que es navegar sobre el agua. Cuando sube la marea —explicó Julia—, se eleva por toda la orilla. Al hacerlo, levanta todos los barcos que flotan cerca. Esa marea lo levanta *todo*. ¿Y si *nosotras* nos convirtiéramos en la marea? ¿Y si *nosotras* levantáramos a nuestros semejantes? Más comida en sus estómagos, menos ropa apolillada, más posibilidades de encontrar un hogar con techo para los meses de invierno. Cuanta más esperanza recibe alguien, más se eleva. Y cuando la esperanza los eleva... pueden encontrar el camino para volver a navegar.

Tabitha sintió escalofríos. Estas dos mujeres *creían* de verdad. Y lo que era más, Tabitha empezó a creer también. Comenzó a imaginar el bien que podrían hacer. No más niños vendiendo violetas y lavanda marchitas en la calle. No más niños persiguiendo carruajes en la oscuridad, suplicando a los caballeros que compraran diarios. No más cuerpos congelados en las aceras, no más bebés llorando sin leche, no más dolor y sufrimiento.

—¿Es posible un mundo así? —preguntó en voz alta, aunque no era su intención.

—Nuestro mundo nunca será perfecto y habrá que luchar cada día. Pero, ¿usted no preferiría poner la cabeza en la almohada por la noche y dormir mejor sabiendo que *formó* parte de esa lucha?

Tabitha se quedó callada un largo momento mientras consideraba lo que podría significar unirse a estas mujeres, no sólo para ella, sino para los demás.

—Digamos que estoy de acuerdo. ¿A quién robaríamos primero? ¿Y qué robaríamos?

Hannah le sonrió.

—Bueno, creo que primero deberíamos practicar un poco antes de atacar a nuestros objetivos principales, pero el hombre al que pretendemos robar es un duque especialmente grosero y arrogante que tiene un *exceso* de diamantes...

Capítulo Uno

La oleada de robos en Grosvenor Square y Mayfair ha dejado desconcertadas a las autoridades. No se ha identificado a ningún sospechoso. La última víctima es lady Ashburg, a quien robaron un collar de esmeraldas durante una fiesta en el jardín de su casa el pasado domingo. La policía metropolitana ha interrogado a todos los invitados y sirvientes presentes en el momento del robo. Sin embargo, no se ha efectuado ninguna detención. Se ofrecen recompensas por cualquier información sobre la identidad del ladrón y la localización de las joyas.

—*Illustrated Police News*, Septiembre 1876

Fitzwilliam Seagrave, el duque de Helston, o Fitz, como insistían en llamarlo sus amigos y familiares, dobló el diario ilustrado que tenía sobre el regazo y frunció el ceño. El periódico contenía reportajes sensacionalistas y llamativos sobre el crimen y el castigo en Inglaterra. Lo dejó sobre la mesa de lectura frente a él y dio un sorbo a su brandy mientras examinaba la ilustración de la portada, la cual mostraba a un hombre vestido de negro, con máscara y guantes, que se arrastraba detrás de una hermosa joven cuyo cuello estaba adornado con un gran collar de joyas.

—Ladrones de joyas... Sinceramente, ¿es que esos pobres desgraciados no tienen nada mejor que hacer con su tiempo que apropiarse de cosas sin tener derecho a ellas? —murmuró para sus adentros. Durante los últimos meses, el *Police News* y otros diarios habían publicado la historia de los robos de joyas como si fuera un asunto de interés nacional. Como si una verdadera ola de delincuencia estuviera azotando las costas de Inglaterra.

Miró las sillas vacías de Berkley's, su club de caballeros. La sala de lectura solía estar vacía a estas horas de la noche. Estaba solo, salvo por un anciano que dormía junto a la chimenea, a medio camino entre Fitz y la puerta. La mayoría de los hombres estaban en la sala de cartas o en el comedor a estas horas de la noche.

Normalmente, habría estado en medio de esa multitud, participando en juegos de riesgo, pero últimamente habían empezado a aburrirle. Las diversiones habituales de las que dependía habían perdido su atractivo. Era demasiado bueno eligiendo los caballos adecuados en el derby, le resultaba demasiado fácil llevarse a una mujer a la cama, y había vaciado los bolsillos de la mayoría de los hombres de la sala de cartas situada un piso más abajo.

Fitz estudió los retratos de antiguos socios en la pared. Hacía casi sesenta años, la vida en Inglaterra había sido muy diferente. No había industrias, menos molinos que volvieran blancas las ciudades del norte con el algodón de las fábricas, ni carbón que ennegreciera de hollín las ciudades industriales. Los hombres de estas paredes nunca habían conocido el zumbido de las luces de gas, el traqueteo de los trenes o la sensación de una máquina de vapor en un barco que podía cruzar el agua más rápido que cualquier vela.

Sin embargo, Fitz tenía la sensación de que los hombres que adornaban estos lienzos habían visto y hecho mucho en sus vidas, mientras que él no. Era extraño pensar que en un mundo de inventos e industria, su vida tuviera muchas menos aventuras que la de los hombres que habían vivido en el pasado.

Una puerta se abrió de golpe en el extremo opuesto de la silenciosa sala de lectura, y un hombre alto se coló en el interior. Su entrada molestó al miembro de mayor edad que dormía junto a la chimenea, quien se despertó con un gruñido ahogado y maldijo al intruso.

—¿Qué demonios? ¡Vigilad la maldita puerta! —gruñó el hombre, con su bigote canoso crispado mientras sus ojos examinaban el rostro del recién llegado. El hombre que había causado el alboroto era una imagen familiar y bienvenida para Fitz.

—Evan, ven aquí —exclamó. El hombre lo vio y se acercó a zancadas con una mirada intensa. Dejó su propio ejemplar del *Police News* sobre la mesa delante de Fitz.

—¿Has visto esto? —Evan puso un dedo sobre el artículo que Fitz acababa de leer.

—Sí, un asunto bastante desafortunado.

Evan Haddon, el conde de Brightstone, era uno de sus amigos más queridos. El pelo negro azabache de Evan estaba ligeramente despeinado, como si sus manos siempre estuvieran en contacto con sus mechones. Dada su larga historia de amistad, Fitz podía notar cuando su amigo estaba furioso, aunque hacía todo lo posible por ocultarlo.

—¿Un asunto *desafortunado*? Fitz, esos ladrones son una amenaza. A mi prima, lady Alice, le robaron sus pendientes de diamantes en medio de un maldito baile.

—¿Estás seguro de que no los dejó en casa en una

caja fuerte de joyas, o tal vez los perdió? —preguntó Fitz. Esta no era la primera queja de lady Alice. A pesar de su belleza, no era la mujer más agradable.

—No. Por Dios, hombre. De alguna manera, se le cayeron de las orejas *durante* un baile. Todo el mundo buscó en la pista después de que ella se percatara de su desaparición, pero nadie los encontró.

Fitz visualizó a la hermosa prima de Evan bailando, y en pleno giro, imaginó ver un par de manos enguantadas en negro arrancándole los pendientes. De repente, Fitz se echó a reír.

—No es divertido, Fitz. Es un asunto *serio*. Estos ladrones han dejado una tarjeta de visita como magos callejeros. Alice la encontró metida en la espalda de su vestido de noche —Evan se sentó en una silla junto a Fitz y arrojó una tarjeta sobre la mesa.

—¿Una tarjeta de visita? —Fitz salió de su estado de hastío—. Me intriga. Los diarios no mencionan semejante detalle.

—No lo harían. Eso animaría a otras bandas de ladrones a hacer lo mismo. Empezarían a aparecer tarjetas por todo Londres —predijo Evan, y su furia se transformó en sombría resignación—. ¿Qué sigue? ¿Veremos una tarjeta de visita colocada donde antes estaban las joyas de la corona en la torre de Londres?

—Déjame ver eso —Fitz se inclinó hacia adelante y cogió la tarjeta junto a la mano de Evan.

—La tarjeta dice: 'Los alegres petirrojos', y hay un pequeño sello de un pájaro. En cada robo hay una tarjeta. El detective de la policía metropolitana le dijo eso a Alice cuando presentó la denuncia.

Fitz giró la tarjeta y rozó con el pulgar el emblema del pequeño petirrojo.

—Interesante —ahora sentía más que curiosidad por esos ladrones, ya que habían robado las joyas de la prima de Evan. ¿No sería divertido resolver el misterio y capturar a esos hombres? La idea despertó en él un fuego que llevaba mucho tiempo extinguido.

—Más bien *exasperante*. Alguien tiene que capturar a esos bastardos.

—Los Alegres Petirrojos. . . ¿Sabes a quién me recuerda eso? —dijo en voz baja Fitz, luchando contra una sonrisa. Sus ojos y los de Evan se encontraron, y los de su amigo se abrieron de golpe.

—No pensarás... —Evan se incorporó y su rostro se ensombreció—. No podría ser posible. Beck abandonó ese tipo de cosas hace años.

—Yo también lo creía, pero puede que sepa quiénes son esos Alegres Petirrojos —Fitz tenía la sensación de que Beck conocería a esos hombres, o sabría cómo encontrarlos, y la emocionante perspectiva de capturar a esos ladrones lo puso de humor para actuar de inmediato.

—Quizá deberíamos visitar a nuestro viejo amigo —coincidió Evan—. Te juro que si tiene los pendientes de Alice...

—Entonces estoy seguro de que te los devolverá amablemente —dijo Fitz con confianza.

Evan consultó su reloj de bolsillo.

—Son las nueve y media. ¿Dónde crees que estará?

—Probablemente en las mesas de cartas —Fitz se levantó y Evan lo siguió fuera de la sala de lectura. Bajaron por una escalera cuadrada hasta la sala de cartas, un piso más abajo. El humo de los puros formaba una espesa nube sobre sus cabezas, y los sonidos de los hombres apostando y el revoloteo de las cartas llenaban la sala mientras se desarrollaban las partidas. En esta sala se habían ganado y perdido fortunas a lo largo de los años.

Les llevó un momento encontrar a su amigo de la infancia, Walter Beckley, o Beck, como lo llamaban. Estaba en una mesa de whist con otros tres caballeros. Él y su compañero acababan de terminar una mano cuando levantó la mirada y vio que Fitz y Evan lo observaban. Recogió con calma su mitad de las ganancias, estrechó la mano de su compañero y se levantó. Al igual que Evan y Fitz, Beck medía más de metro ochenta y era malditamente apuesto, lo que siempre le había causado problemas en sus días de juventud. Su encantadora sonrisa dejaba boquiabierto a todo el que se cruzaba con él.

Beck rodeó la mesa y dirigió a sus amigos una mirada inquisitiva. Fitz le devolvió la mirada inclinando la cabeza hacia una mesa de juego vacía. Los tres cruzaron la sala y ocuparon la mesa, donde podían hablar más libremente sin temor a ser escuchados o molestados.

—Hacía tiempo que no os veía a ninguno de los dos —reflexionó Beck. Colocó sus ganancias en una cartera de cuero de tres pliegues y se la metió en el bolsillo del pecho.

La indirecta en las palabras de su amigo fue como un golpe bajo para Fitz. Era cierto que no había pasado mucho tiempo con Beck en el último año. Habían intercambiado saludos con la cabeza en alguna ocasión en el club o en reuniones sociales, pero las largas noches de charla con copas de brandy y jugando al billar o a las cartas habían quedado en el olvido para todos ellos en los últimos tiempos. Fitz se dio cuenta de que había echado de menos a sus dos amigos más de lo que quería admitir.

—He tenido asuntos en Edimburgo la mayor parte de este año. Negocios —Fitz había estado ocupándose de su recién adquirida empresa editora para asegurarse de que todo estaba funcionando a la perfección. Había dedicado mucho tiempo a mantener a la altura las oficinas y los empleados.

Evan se encogió de hombros.

—Lo siento, Beck. Estaba ocupado con un asunto de otro tipo, que ya ha mejorado.

Fitz frunció el ceño.

—¿La viuda de lord Fairton?

Él asintió.

—Me dejó por lord Woolsey cuando me negué a comprarle una casa más grande.

Beck resopló, se sacó un puro del bolsillo y lo encendió.

—Veo que muchas cosas no han cambiado después de todo. Entonces, ¿cuál es el motivo de esta reunión entre viejos amigos?

Evan dio un codazo a Fitz.

—Pregúntaselo tú.

—Vaya, ¿Evan está demasiado avergonzado como para preguntar él mismo? Sea lo que sea, debe de ser terrible. Solo preguntadme —replicó Beck, claramente divertido por la incomodidad de Evan.

—¿Has oído hablar de los recientes robos de joyas? —preguntó Fitz.

Beck asintió. Sus ojos grises se apagaron un poco y su diversión desapareció.

—Sí. ¿Qué pasa con ellos?

—No tiene nada que ver contigo, ¿verdad? —preguntó Evan—. ¿Esos sujetos de los Alegres Petirrojos?

Beck exhaló una bocanada de humo de puro y luego apagó tranquilamente la punta en un cenicero. Miró a Evan como si él hubiera estropeado por completo su momento de fumar.

—No pretendía ofenderte, Beck —el tono de Evan era sincero—. Eres el único ladrón que conocemos.

—*Antiguo* ladrón —enfatizó Beck.

—Sí —repitió Evan—. Antiguo.

Beck enarcó una ceja.

—¿Suponéis que tiene algo que ver conmigo simplemente porque solía robar cosas brillantes y bonitas?

—No hemos hecho tal suposición —dijo Fitz con cautela—. Simplemente pensamos que podrías tener una idea de quiénes son estos tipos, ya que podrían frecuentar tus antiguos círculos.

—Y si lo supiera, ¿qué importa? —preguntó Beck—. Ninguno de vosotros está en la lista de víctimas, al menos según los diarios.

—Bueno, a la pobre prima de Evan le gustaría recuperar sus pendientes de diamantes. ¿Y a mí? Me gustaría capturar a esos ladrones. He estado muy *aburrido* últimamente, y estos Alegres Petirrojos están superando a las autoridades. ¿No sería divertido entregarlos a la policía metropolitana y ver las caras de esos despistados detectives? —cuanto más lo pensaba Fitz, más ganas tenía de hacer exactamente eso. Quería capturar a un ladrón.

Beck miró a Fitz un largo momento y luego se inclinó lentamente hacia adelante. Esbozó esa sonrisa encantadora que había distraído a muchas mujeres y a más de un hombre mientras los despojaba de sus joyas o su dinero sin que se dieran cuenta.

—Es inútil esperar seguirles la pista como lo haría un detective *de verdad* —confió él—. Sencillamente, no estáis capacitados para ello. Sin ánimo de ofender, los dos sois hombres brillantes, pero esto no se puede hacer de manera espontánea. ¿Habéis leído *Hombre criminal?* ¿Habéis estudiado antropología criminal? —vio el abatimiento en sus rostros y añadió—: Vosotros requerís una estrategia diferente. Si queréis capturar a un ladrón, tendréis que tenderle una trampa. Algo grande, algo *irresistible.*

—¿Como qué? —preguntó Evan.

Beck seguía mirando fijamente a Fitz, y éste comprendió repentinamente lo que su amigo estaba pensando.

—No puedes referirte... —empezó Fitz.

Beck se encontró con su mirada.

—Oh, sí.

—Pero mi abuela apenas pierde de vista ese diamante. Ni siquiera es *mi* diamante todavía —protestó Fitz.

La joya en cuestión era el diamante Helston, una enorme gema que podía insertarse en una tiara fijándola a un engaste de plata hábilmente colocado en el centro. La tiara era una hermosa pieza formada por una línea graduada de antiguos grupos de diamantes talla cojín alternados con diseños de volutas engastadas con diamantes. Había pertenecido a la familia durante más de un siglo, y estaba destinada a ser un regalo de bodas de la abuela de Fitz para que éste se lo regalara a su novia cuando se casara.

—No podemos usar eso, Beck —argumentó Fitz.

—Quien no arriesga, no gana, viejo amigo —replicó Beck—. Si quieres a esos ladrones, pon ese diamante como cebo y haz que la tarea de cogerlo parezca engañosamente fácil.

—¿Esto significa que nos ayudarás? —preguntó Evan.

—¿*Queréis* que os ayude a capturar a este ladrón? —replicó Beck, con una pizca de amargura en el tono.

—Sí —dijo Fitz con sinceridad—. Será como en los

viejos tiempos. Los tres metidos en nuestras viejas tonterías.

—Muy bien —Beck sonrió con cierta tristeza, como si la mención de su pasado despertara un cariño agridulce en su corazón—. Acercaos. Ahora, esto es lo que debemos hacer...

Julia agitó tres invitaciones en su mano.

—¡Ya tenemos cómo entrar!

Tabitha levantó la mirada del diario que había estado leyendo. Hannah hizo una pausa en su escritura de cartas en el escritorio cercano. Habían estado descansando en el salón de Hannah después de la cena mientras Julia había ido a cenar a casa de sus padres. Julia no vivía en la residencia de Hannah, pero pasaba la mayor parte del tiempo allí y no en su propia casa. Era una de las pocas damas de su estatus que se paseaba por Londres sin chaperona y, sin embargo, a sus padres no parecía importarles. Eran una pareja cariñosa e indulgente a la que Tabitha había cogido cariño al instante de conocerlos.

Hannah soltó una risita.

—¿Puedo preguntar en qué nos has metido?

—Es una invitación legítima, te lo aseguro. Mi tía es

amiga de la duquesa viuda de Helston. Las tres asistiremos a una velada musical esta noche en casa del duque —Julia mostró las invitaciones en el aire con una sonrisa pícara.

Tabitha casi sonrió. Hoy, como la mayoría de los días, parecía una especie de sueño maravilloso. Se había mudado a la casa de Hannah poco después de ese fatídico encuentro en el mercado.

Había depositado su confianza en Hannah y Julia y, hasta el momento, no se había arrepentido de esa decisión. En los últimos seis meses, ellas habían transformado su vida de carterista callejera a dama noble.

Pero lo más importante era que habían cumplido su promesa. Ella las había ayudado a robar más de veinte joyas, y cada una de ellas había sido vendida, y todo lo recaudado se había donado a los necesitados. Huérfanos, veteranos de guerra, madres solteras y viudas en apuros económicos. Tabitha había ido con ellas a entregar los fondos a las personas —muy aliviadas y agradecidas—, que dirigían las organizaciones benéficas.

Los niños que vendían flores ahora tenían abrigos, pantalones y vestidos nuevos. También gorros, mitones y guantes. Sabía que esos niños seguirían vendiendo cosas en la calle para mantener a sus familias, pero si ella podía mantenerlos calientes, alimentados... eso era suficiente por ahora. Mientras tanto, trabajaba en una mejor solución para evitar que esos niños estuvieran en la calle.

Al parecer, su obra secreta estaba en boca de todos, y el susurro de los Alegres Petirrojos le provocaba una sonrisa a Tabitha cada vez que lo oía resonar por los mercados. Se había convertido en un faro de esperanza para los que tenían muy pocas cosas en la vida. Si su padre hubiera podido verla sentada como una fina dama con un precioso vestido en un elegante salón, bebiendo té y sabiendo que era *ella* quien ayudaba a esas personas menos afortunadas, se habría sentido orgulloso de ella. Le habría encantado verla dando de comer a los pobres y ayudando a alfabetizar a los niños, como él le había enseñado. Tabitha pasaba la mayor parte del día visitando las organizaciones benéficas a las que ayudaban con los beneficios de las joyas robadas; una tarde tranquila como ésta era rara.

—¿A qué hora es la velada musical? —preguntó Tabitha a Julia mientras la otra mujer se acomodaba con elegancia en una silla junto al fuego.

—A las ocho.

—¡Las ocho! ¡Tengo que cambiarme enseguida! —Hannah saltó de su silla presa del pánico. Tabitha sólo tuvo un momento para lanzarse hacia adelante desde su asiento para coger el frasco de tinta tirado por Hannah antes de que se derramara por todas las cartas de

Hannah. Los rápidos reflejos de Tabitha solían ser útiles en esos momentos.

—No hace falta que te cambies de vestido. Estás perfectamente bien —argumentó Julia y le guiñó un ojo a Tabitha.

Desde que comenzó a formar parte de las vidas de Hannah y Julia, había aprendido que Hannah, una joven viuda de sólo veintitrés años, era siempre educada y se vestía de manera perfecta para cualquier ocasión. Julia, quien tenía la misma edad, era casi lo opuesto a Hannah en todos los sentidos. Julia era testaruda, salvaje y arriesgada en comparación con el alma compasiva y amable de Hannah. Eran amigas desde niñas, y Tabitha envidiaba su cercanía. Su amistad se había forjado a lo largo de años sobre la base de la confianza. Pero, afortunadamente para Tabitha, habían sido lo suficientemente abiertas como para dejarla entrar en su círculo de amistad y convertirse en otra Alegre Petirrojo.

—Tabby, ¿tú también quieres cambiarte? —preguntó Hannah, usando el apodo que le habían puesto. Julia había dicho que era porque Tabitha le recordaba a un gato muy valiente y listo que una vez había rescatado de la calle. Ese gato era ahora un felino anciano, regordete y mimado que descansaba bajo los rayos del sol y cazaba algún que otro ratón. Una vez que Tabitha había conocido al viejo gato, recibir su nombre le había parecido extrañamente adorable en lugar de molesto.

—Creo que estaré bien con esto —hizo un gesto hacia el vestido de satén azul y crema que llevaba. Hacía sólo una hora que habían cenado, y estaba vestida adecuadamente para una velada musical. Más de una vez se había maravillado del cambio no sólo de sus circunstancias, sino de sí misma. La joven de piel sucia, famélica y extremidades delgadas había desaparecido.

Ahora era una mujer con curvas más suaves gracias a una dieta sana, y su pelo castaño, antes opaco, estaba lustroso. Sus ojos azules parecían mucho más brillantes que antes. Vestía a la última moda, hablaba como una dama y caminaba como si estuviera en un lecho de nubes.

Pero en el fondo, la feroz chica de la calle seguía dentro de Tabitha. Sentía que pertenecía a dos mundos en lugar de uno. No era fácil sentirse así, pero prefería eso antes que verse atrapada en el mundo en el que había nacido. A menudo se enfrentaba a la idea de que se estaba volviendo demasiado autocomplaciente y acostumbrada al lujo. Se recordaba con frecuencia que las cosas podían cambiar de un momento a otro si a Hannah o a Julia les ocurría algo, y ella podría volver a estar en la calle.

—Ven a hacerme compañía mientras me cambio —dijo Hannah con una sonrisa, y Tabitha aceptó.

—Voy a por un cuaderno. Necesitaremos hacer un boceto de la casa de Helston para recordar dónde está todo —exclamó Julia mientras registraba el escritorio de Hannah.

Tabitha siguió a Hannah escaleras arriba. Su amiga se detuvo como siempre hacía ante el retrato de su difunto marido, el señor Jeremy Winslow. Había sido un joven apuesto, y su rostro encerraba una profunda bondad que siempre hacía que a Tabitha le doliera el corazón al pensar que se había ido. Le habría gustado conocerlo.

Hannah se besó la punta de los dedos y tocó el marco, luego siguió subiendo el resto de la escalera. Hannah sólo había estado casada con Jeremy unos meses antes de que éste pereciera en un accidente ferroviario. Julia dijo que Hannah y Jeremy se conocían desde hacía años y que su unión había sido un verdadero matrimonio por amor. Habían pasado dos años desde su muerte y Hannah, aunque seguía llorándolo, había reaparecido en sociedad en el último año.

En los últimos meses, Tabitha se había vuelto protectora con Hannah, al igual que Julia. Hannah era demasiado amable, demasiado buena para sufrir semejante dolor y soledad. A veces Tabitha la oía llorar por las noches. El sentimiento de impotencia había hecho que Tabitha se sintiera culpable, pero ¿cómo podía consolar a Hannah? ¿Qué podía darle a su amiga para aliviar su dolor? Había visto a su padre llorar en silencio por la noche de la misma manera tras la muerte de la madre de Tabitha. En esa época, ella había sido demasiado joven para saber qué hacer, y ahora también se sentía demasiado golpeada por la vida.

Mientras Hannah entraba en su alcoba y su criada de confianza, Liza, la ayudaba a cambiarse, Tabitha la presionó con preguntas sobre su objetivo. Se apoyó en el poste de la cama mientras escuchaba a Hannah desde detrás del biombo.

—Este lord Helston, ¿cómo es? —habían hablado del famoso diamante Helston como una de las gemas más importantes para robar cuando se conocieron, pero en ese momento había parecido algo muy lejano. Ahora por fin estaban listas para enfrentarse a un verdadero desafío. Robar pequeños pendientes, anillos y collares a las mujeres había resultado bastante fácil, pero el duque de Helston sería un asunto muy diferente. El diamante que buscaban seguía perteneciendo técnicamente a la abuela del hombre, la anfitriona de la velada musical de esta noche, pero algún día sería suyo, ya que su abuela pretendía que fuera un regalo para su futura esposa, y eso había bastado para que Julia y Hannah lo pusieran en la lista de robos.

—Exasperante. Arrogante. Cree que lo sabe todo mejor que nadie. Arruina la vida de los demás porque siempre tiene que tener razón —dijo Hannah con un tono gélido. Liza resopló en señal de acuerdo mientras empezaba a atar el vestido de Hannah por detrás. Liza era muy leal cuando se trataba de Hannah, y ayudaba a los Alegres Petirrojos a mantener su secreto. Ella había crecido en una casa pobre de niña y, sabiendo que su señora estaba encontrando una manera de ayudar a los niños que vivían en las mismas condiciones con las que había lidiado en su pasado, la mujer había solidificado aún más su lealtad y el silencio en cuanto a las identidades de los Petirrojos.

—Tengo la sensación de que él debió haber hecho algo específico, ¿o es nuestro objetivo por ser desagradable en general? —la mayoría de sus objetivos habían hecho cosas terribles y crueles, mientras que otros eran simplemente personas horribles que desestimaban el sufrimiento ajeno como el precio a pagar por una sociedad civilizada.

—Helston es un poco más personal que los demás —admitió Hannah al llegar al otro lado de la cortina.

Había elegido su vestido de seda favorito, compuesto por un corpiño azul oscuro y una sobrefalda con una enagua plisada de satén crema bordada con flores. Su profundo escote cuadrado evocaba la moda de hacía un siglo, con encajes en los bordes que ocultaban sus pechos lo suficiente como para que el vestido fuera apropiado para una velada musical, al tiempo que recordaba a cualquier hombre presente que ella era joven y hermosa, a pesar de haber enviudado. No era que Hannah pensara en caballeros, en el matrimonio o en su propia belleza. Era demasiado modesta para todo eso.

—¿A qué te refieres con personal? —preguntó Tabitha con curiosidad.

—Cuando estábamos en la escuela de élite, Julia y yo teníamos una amiga, Anne Girard. Era la chica más dulce, y bastante brillante en sus estudios. Era muy encantadora, aunque nada vanidosa. Era una arribista, ya que su padre se había hecho rico gracias a los negocios y no al nacimiento. Algunas de las chicas se apresuraron a juzgarla, pero Julia y yo la adorábamos. Al año siguiente de nuestro debut, Anne conoció a un caballero llamado Louis Atherton y se comprometieron. Ella era muy feliz, y nosotras nos alegramos por ella. Julia y yo conocimos a Louis. Era un buen hombre —Hannah frunció el ceño—. Entonces Helston susurró al oído de Louis y le habló mal sobre Anne.

—¿Qué le dijo? —preguntó Tabitha, intrigada.

—Dijo que Anne estaba por debajo de él. Inadecuada para el matrimonio. Cuando Louis rompió el compromiso, la vida de Anne quedó arruinada por el escándalo.

La cara de Tabitha debió haber mostrado su confusión.

—Eso no es correcto. Un caballero no rompe un compromiso. Cuando una dama lo rompe, no hay ninguna consecuencia social, pero que un hombre abandone a una dama... —Hannah hizo una mueca—. Eso plantea preguntas sobre el motivo, y la gente *siempre* piensa lo peor. Anne ya no era elegible a los ojos de la sociedad, así que no sólo el hombre al que amaba la rechazó, sino que ahora ningún otro hombre la cortejaría.

—¿Qué ha sido de ella? —el corazón de Tabitha se oprimió por esta mujer que nunca había conocido. ¿Cómo pudo alguien hacerle eso?

—Su familia se desesperó lo suficiente como para enviarla a América a buscar marido. Se embarcó hacia Nueva York. Perdió al hombre que amaba, su reputación, y ahora está aislada de su familia, a un océano de distancia; todo por la palabra de ese bastardo de Helston.

—¡Qué horrible! ¿Supongo que es un viejo de aspecto miserable? —no pudo evitar imaginar a un hombre malvado con mirada lasciva que utilizaba un bastón para golpear a los niños pequeños con los que se cruzaba por la calle.

Hannah suspiró mientras recogía su reticule y sus guantes.

—Trágicamente, Helston es apuesto, *demasiado* apuesto.

Tabitha rara vez pensaba en la belleza masculina, o en *cualquier* tipo de belleza, en realidad. Llevaba tanto tiempo centrada en la supervivencia que la belleza en cualquiera de sus formas le resultaba indiferente. Al menos hasta que se vio arrastrada al brillante mundo de Hannah y Julia. Ahora empezaba a ver la belleza en muchas cosas... la lluvia que antes había maldecido, los pétalos de las flores que vendían las niñas y el olor del pan recién horneado. Cuando uno tenía la oportunidad de vivir y no sólo de sobrevivir, podía empezar a ver la belleza en muchas cosas. Por eso estaba muy decidida a ayudar a quien pudiera, robando a los ricos para dárselo a los pobres.

—Eso no me importará —dijo Tabitha mientras ella y Hannah bajaban las escaleras para reunirse con Julia y esperar el carruaje.

—Eso lo dices ahora, Tabby, pero hay bastantes hombres apuestos en este mundo. Un día uno de ellos llamará tu atención y terminarás perdidamente enamorada.

—Tabby está perdidamente enamorada, ¿verdad? —preguntó Julia con una sonrisa.

—No, no lo estoy.

—*Todavía* no. Le estaba advirtiendo sobre Helston, Julia.

—Ah, sí —la sonrisa de Julia desapareció—. Es un cabrón, pero uno hermoso.

Hannah jadeó sorprendida por las palabrotas de Julia.

—Bueno, él lo es —Julia levantó la barbilla, sin ofrecer disculpas.

Tabitha puso los ojos en blanco. Ningún hombre era tan atractivo como para hacerle perder la cordura, por muy cabrón que fuera.

Capítulo Dos

Tabitha había asistido a varias reuniones sociales desde que se había unido a los Alegres Petirrojos, pero esta noche se sentía diferente. Tal vez eran simplemente los nervios de saber que ella y sus amigas iban a cazar un premio de verdad, o tal vez era otra cosa. Fuera lo que fuera, se sentía nerviosa mientras descendía del carruaje privado de Hannah y seguía a los demás invitados. Todos hacían fila en los escalones que conducían a la entrada de la residencia del duque de Helston.

Como Hannah le había explicado, la duquesa viuda disponía de una casa para su uso personal en la finca de la familia, pero como su nieto el duque aún no se había casado, vivía la mayor parte del año con él en la casa de Helston y era su anfitriona en los actos formales. Era una mujer respetada, poderosa pero justa y amable. Según Hannah, la relación de Helston con su abuela era lo único bueno de él.

—Es poco probable que el propio Helston esté aquí esta noche. Adora a su abuela, pero rara vez asiste a este tipo de actos. No debes preocuparte por encontrarte con él —explicó Hannah.

—Ella debería sentirse aliviada —replicó Julia—. El pomposo y arrogante...

—*Julia* —advirtió Hannah, pero Tabitha vio que Hannah ocultaba una sonrisa mientras callaba a su amiga. A Tabitha le gustaba bastante la intensidad de Julia. Se negaba a ser una dama si eso significaba dejar que alguien pasara por encima de ella o de sus seres queridos.

Pero a pesar de sus palabras tranquilizadoras, Tabitha temía inexplicablemente que el duque estuviera allí, que se percatara al instante de su fachada y que ella y sus amigas fueran expulsadas o, peor aún, arrestadas. Era una tontería, por supuesto, pero su mente no renunciaba a esa idea.

Las tres entregaron sus invitaciones en la puerta cuando el mayordomo les permitió entrar. Era una gran casa adosada, más grande que la de Hannah. Siguieron a los invitados frente a ellas hasta un pequeño salón de baile que se había transformado en una sala de conciertos con unas treinta sillas alineadas frente a un piano bizantino. Un cuarteto de cuerda acompañaba a una mujer sentada detrás de un arpa, formando el resto del montaje musical. A un lado había una mesa con refrigerios y un grupo de lacayos listos para atender.

—No olvides sonreír —le susurró Hannah a Tabitha—. Y respira.

Respira. Inhaló profundamente mientras se recordaba a sí misma que debía hacer exactamente eso. No era un día diferente a los demás. Esta noche no habían venido a robar el diamante. Sólo querían verlo y formarse una idea de la casa. Un simple reconocimiento. Levantó la barbilla y sonrió a varias mujeres mientras llegaban a las mesas de refrigerios y cogían vasos de ponche de un lacayo. Ella podía hacer esto.

Entonces todo el mundo se volvió cuando una hermosa mujer de aspecto orgulloso, en el crepúsculo de su vida, se colocó junto al piano y se dirigió a la multitud. La duquesa viuda había llegado.

—Estoy encantada de presentar a Mademoiselle Lynette de París para que cante para nosotros esta noche. Estos excelentes músicos la acompañarán —la solemne belleza de la duquesa se suavizó al mirar a los músicos—. Gracias por entretenernos esta noche con vuestro talento. Mi nieto lamentará perderse esta actuación, ya que es un gran amante de la música.

Tabitha se relajó. Después de todo, el hermoso bastardo *no* estaría aquí esta noche. No era que tuviera miedo de encontrarse con él. Por supuesto que no.

—Disfrutad de esta noche, y gracias por venir —dijo la viuda antes de empezar a caminar entre la multitud y saludar a los invitados. Se detuvo al llegar junto a Tabitha, Hannah y Julia. Sus dos amigas le dedicaron amables reverencias e inclinaron la cabeza. Tabitha se apresuró a hacer lo mismo, pero la anciana duquesa no pasó por alto su vacilación momentánea. *Maldición.*

—Señora Winslow, ¿quién es su acompañante? No he tenido el placer de conocerla.

—Ella es Tabitha Sherborne, una prima lejana mía de Yorkshire —comentó Hannah con suavidad.

—Bienvenida, señorita Sherborne. Espero que disfrute de la música —la viuda continuó estudiándola, pero no era la mirada que Hannah esperaba. No vio burla ni juicio, sólo curiosidad. La tiara que llevaba la duquesa tenía un gran diamante en forma de huevo en el centro. El diamante del que a menudo había presumido que regalaría a su nieto en el momento en que se casara. El diamante que planeaban robar.

Había que reconocer que la duquesa no era alguien a quien Julia o Hannah habrían considerado normalmente como un objetivo. Era una mujer orgullosa, pero nunca cruel. Su nieto era otra cosa, Tabitha lo sabía, y sólo a través de la tiara de su abuela podrían darle una lección.

—Gracias, Su Excelencia —respondió Tabitha, con un extraño nudo en la garganta mientras la anciana luchaba por no sonreír.

—Es una pena que Fitz se pierda estos compromisos. Podría conocer a damas muy *interesantes* —dijo, medio para sí misma, antes de alejarse.

—¿Interesantes? —repitió Tabitha, dirigiéndose a Hannah y Julia—. ¿Qué demonios quiere decir con *eso*?

—Bueno, eres bastante interesante, Tabitha. Eres muy linda, con unos rasgos tan delicados y, sin embargo, esos mismos rasgos parecen estar llenos de fiereza.

—Lo que ella quiere decir es que pareces una leona, no una gatita —añadió Julia—. Los hombres esperan gatitas. Pero tú te has enfrentado a las dificultades de la vida como nadie de aquí lo ha hecho. Esa fortaleza se te nota en el rostro.

Tabitha se cubrió la cara con la mano, pensando en lo horrible que debía lucir. No tenía el aspecto elegante de Hannah ni la intensa belleza de Julia. ¿Qué aspecto tenía la fuerza? ¿Un conjunto de ángulos afilados y sombras demacradas en su rostro? ¿Una dureza en sus rasgos que la hacía parecer de piedra?

—Debes dejar de criticarte tanto —dijo Hannah,

cogiendo la mano de Tabitha y apartándola de su cara—. Estás *deslumbrante*.

Tabitha miró a Julia, necesitando que la más honesta de sus dos amigas le dijera la verdad sin adornos.

—Ella tiene razón. El valor y la fuerza son hermosos e interesantes.

Hannah hizo que las otras dos volvieran a adherirse al plan.

—Deberíamos sentarnos. Tabitha, cuando acabe la primera canción, sal y di a los criados que tienes que ir a la sala de descanso de señoras. Tómate tu tiempo y examina todo lo que puedas de la casa. Anota cualquier punto de acceso prometedor que podamos utilizar más adelante —dijo Hannah.

Tabitha asintió con la cabeza para indicar que había oído las instrucciones mientras las tres se sentaban en la última fila.

Una bella francesa con un vestido de color rosa pálido adornado con flores alrededor del cuello se colocó junto al pianista, y el concierto comenzó.

La primera canción era una bonita melodía, con una letra divertida y un ritmo rápido. Tan pronto como finalizó, Tabitha se levantó y salió del salón de baile. Un servicial lacayo le indicó que subiera a la planta superior para llegar a la sala de descanso para las damas.

Ignoró a propósito la puerta correcta y empezó a

entrar y salir de cada habitación del pasillo. Abrió cada puerta, comprobó lo que había dentro y siguió avanzando. Cuando regresó al rellano de la escalera, oyó una melodía lenta y lúgubre mientras el concierto continuaba abajo. Uno de los criados debió haber dejado la puerta abierta, porque la música se extendía por toda la casa. Apoyó las palmas de las manos en la barandilla y escuchó. Las notas y las palabras penetraron profundamente en su alma.

Milord era un hombre apuesto,
Con ojos risueños y una cálida sonrisa,
Era mío, era mío,
Ni el viento ni la lluvia lo mantendrían alejado,
Ninguna tormenta podía mantenerlo a raya,
Era mío, era mío,
Pero milord cayó enfermo con sueños agitados,
Y su risa murió, sus sonrisas se desvanecieron,
Pero seguía siendo mío, seguía siendo mío.
Un viento amargo se llevó su último aliento,
Y en su fría tumba mi corazón se desgarró,
Pero aún era mío, aún era mío.

Tabitha cerró los ojos, sintiendo la pérdida de la mujer, sintiendo su angustia a un nivel tan profundo que era como si ella misma hubiera perdido a un amante. Sus lágrimas la traicionaron y resopló, secándose la cara.

—Encantador, ¿verdad? —preguntó una voz grave a sus espaldas. Se puso rígida y luchó por serenarse. Debió haber molestado a uno de los lacayos. Se giró para ver quién era, y el corazón se le detuvo.

El hombre alto que estaba de pie cerca de ella era apuesto. *Demasiado* apuesto. Todo en sus rasgos transmitía fuerza y, por primera vez, comprendió lo que había dicho Hannah al mencionar que la fuerza se reflejaba en el rostro, pero justo ahora sentía que eso resultaba mucho más atractivo en este hombre de lo que lo sería en ella.

Tenía la mandíbula cuadrada y unos ojos azul oscuro llenos de tormentas tumultuosas. Tenía labios gruesos, y el atisbo de un hoyuelo en su barbilla estaba suavizado por un cabello rubio dorado que le caía de forma varonil sobre los ojos. No llevaba barba ni bigote, a pesar de las tendencias actuales en la sociedad. Sus hombros eran anchos y su cintura se estrechaba hasta unas caderas musculosas pero esbeltas. El traje de noche que llevaba se ajustaba perfectamente a su musculoso físico.

Tabitha tardó un momento en recordar que él le había hablado a ella. Metió la mano en el bolsillo del chaleco y le tendió un pañuelo, con la mirada fija en su rostro.

—No debería decir que una mujer es bonita cuando llora, pero maldita sea si usted no es una criatura hermosa —por alguna razón, eso hizo reír a Tabitha, aunque el sonido salió entrecortado.

—Es una música encantadora —aceptó ella, respondiendo a su pregunta anterior.

Se unió a ella en el rellano de la escalera y se apoyó en la barandilla con los antebrazos. La canción seguía flotando desde el suelo, bailando en el aire a su alrededor. Cada movimiento de las cuerdas y el golpeteo descendente de las notas del piano llenaban su mente con recuerdos de su infancia.

Vio a su madre tumbada en una cama. Era un viejo recuerdo que había empezado a desvanecerse cada año como una fotografía expuesta al sol. Recuerdos de su padre, llorando a la mujer que amaba mientras criaba a una niña él solo. Su padre nunca había dejado que se sintiera rechazada, a pesar de su propio corazón roto. A Tabitha se le llenaron los ojos de lágrimas y se le hizo un nudo en la garganta al pensar en él.

—¿En qué la hace pensar esta canción que la emociona hasta las lágrimas? —preguntó el caballero. Su voz era tranquila, una emoción que ella no podía identificar en sus palabras.

—Mi padre —respondió ella—. A veces lloraba por la noche cuando pensaba que yo estaba dormida. Nunca se volvió a casar después de la muerte de mi madre. Una pérdida de amor así te destruye. Esta música me hace sentir eso, pero de algún modo ahora puedo verlo a través de los ojos de mi padre, no como la niña que era. No puedo explicarlo —volvió a usar su pañuelo para limpiarse los ojos—. ¿A usted le hace pensar en algo?

—Extrañamente, también me hace pensar en mi padre. Pero su historia es un poco diferente a la suya —el hombre bajó la mirada hacia la puerta abierta del salón de baile—. Mi padre estuvo en la guerra de Crimea. Yo no era más que un niño cuando él luchó en la batalla de Balaclava.

El nombre de la batalla le resultaba familiar a Tabitha. Lo había oído antes en alguna parte, pero no recordaba dónde ni cuándo.

—¿Qué ocurrió? —preguntó ella.

—Las fuerzas británicas, francesas y otomanas sitiaban la base naval de Sebastopol. Los rusos intentaron abrirse paso a caballo, pero un regimiento de soldados de infantería de las Highlands recibió la orden de frenarlos. Mi padre estaba entre ellos. No tenían caballos. Todo lo que pudieron hacer fue formar dos líneas para enfrentarse a tres mil rusos a caballo. La llamaron la batalla de la Delgada Línea Roja, por los uniformes que llevaban. La frase significa ahora una unidad militar dispersa pero que resiste los ataques. Es un símbolo de valentía, pero para mi padre fue el peor día de su vida, viendo morir a sus amigos y compatriotas. Pero resistieron —el caballero guardó silencio un largo momento.

Tabitha se acercó a él, y su brazo tocó el suyo mientras permanecían de pie uno al otro lado del otro. Sintió el extraño impulso de tocarle la cara y consolarlo. Nunca antes había querido hacer eso con nadie.

—Tennyson escribió un poema sobre esa batalla. Recuerdo que una vez mi padre lloró al oírlo después de una cena. Un hombre metido en sus copas se lo recitó a los hombres mientras disfrutaban de su brandy y sus puros. Mi padre volvió a casa, con lágrimas aún en los ojos, y no quiso hablar con nadie durante horas.

—¿Usted recuerda el poema?

Él le dedicó una sonrisa triste.

—No podría recitarlo todo de memoria, pero recuerdo una parte.

Cuando nuestros buenos Casacas Rojas desaparecieron
de la vista,
como gotas de sangre en un mar gris oscuro,
Y nos volvimos unos a otros, susurrando, todos
consternados,

*¡Perdidos están los trescientos gallardos de la Brigada de
Scarlett!*

—Héroes y tontos en el campo ese día —suspiró el
hombre—. Eso es lo que mi padre solía decir. Pero hace
años que no pienso en eso —su sensual boca aún conser-
vaba un atisbo de sonrisa.

—¿Su padre... sigue vivo?

—No, murió hace unos diez años. Mi madre falleció
un año después —el caballero se volvió hacia ella—. ¿Y
su padre?

—Murió cuando yo tenía trece años.

—Muy joven —ella vio dolor y empatía en su rostro
—. ¿Tuvo parientes amables que la acogieron? —su
mirada recorrió su elegante vestido de noche. Por
supuesto, él supondría que ella era pudiente. Él nunca
habría imaginado que hacía seis meses ella era poco más
que una carterista.

Se moría por contarle que había crecido en la calle,
que había aprendido a robar desde muy joven, pero era
un secreto que no podía compartir, aunque quisiera. Ese
repentino impulso de desahogarse fue tan fuerte que la
sorprendió. Nunca le había gustado contar nada de sí
misma ni de su vida. Las únicas dos personas a las que
podía confiar su pasado y la verdad sobre su vida eran
Hannah y Julia.

—Sí, mi tía Cecile me acogió —mintió—. Estoy visitando a mi prima lejana. Ha tenido la amabilidad de dejarme vivir la emoción de la ciudad.

La inquietante melodía del primer piso terminó y hubo una serie de aplausos, y el sonido devolvió la atención de Tabitha a su misión. Había perdido demasiado tiempo hablando con este hombre. Tenía que volver con sus amigas, no fuera a ser que alguien se preguntara por qué había estado ausente tanto tiempo.

Dio un paso atrás para escapar de él.

—Debo irme. No debo preocupar a mi prima.

Él le cogió brevemente la mano mientras ésta se deslizaba lejos de él sobre la barandilla.

—Gracias por esta velada —dijo, y por un momento ella se preguntó si la acercaría y se atrevería a besarla, pues su mirada reflejaba mucha intensidad.

—¿Por qué? —susurró ella en el oscuro pasillo.

—Por recordarme el pasado. A menudo lo evito, pero esta noche el dolor no ha sido tan profundo porque lo he compartido con usted, igual que usted ha compartido sus lágrimas conmigo.

Su franqueza la dejó atónita. Este hombre, este completo desconocido, le estaba haciendo sentir cosas que no estaba acostumbrada a sentir, cosas que amenazaban con destruir su pequeño mundo cuidadosamente controlado. Parpadeó mientras los ojos le ardían.

—Realmente debo irme —jadeó y se apartó de él, con sus manos separándose y, en ese momento, vio que la muralla volvía a levantarse en la cara del hombre. Cualquiera que fuera la vulnerabilidad que él había revelado en la oscuridad, volvió a ocultarse cuando se apartó de ella.

Con una sola mirada tonta hacia él, Tabitha se apresuró a bajar las escaleras y entró nuevamente en el salón de baile para volver a ocupar su lugar junto a Julia y Hannah.

—¿Cómo ha ido? —preguntó Hannah.

Tabitha asintió con la cabeza en respuesta, incapaz de confiar en su voz en este momento. No mencionó al caballero, ni la tonta forma en que se había desahogado con él.

No fue hasta mucho después de finalizada la velada que, al desvestirse en su habitación, descubrió que aún llevaba el pañuelo del hombre en el bolsillo de las faldas. Sacó la tela fina y deslizó los dedos sobre las iniciales azul oscuro: F. S.

Él nunca le había dicho su nombre. ¿Era Frank? ¿Quizá Frederick? ¿Ferdinand? Fuera quien fuera, Tabitha sabía que su voz y sus impresionantes ojos la atormentarían del mismo modo que la melodía de la canción. Era la primera vez que se había sentido *vista*, de algún modo, de una forma que no podía explicar. El caballero había mirado dentro de su alma y no había apartado la vista de lo que fuera que había visto allí.

Se metió en la cama y se acercó el pañuelo a la nariz, aspirando el leve aroma de la colonia del hombre que aún permanecía en la tela. Cuando sintió que el sueño la invadía, una nueva pregunta se le presentó en la oscuridad.

¿Qué había estado haciendo el hombre allí? No lo había visto entre los demás invitados esa noche. ¿Y de dónde había salido? Porque ella había comprobado todas las habitaciones antes de volver a las escaleras, y todas habían estado vacías.

Si no hubiera tenido aún el pañuelo en la mano como prueba de la existencia del hombre, podría creer fácilmente que eso había sido un sueño que ella había manifestado en la realidad. ¿Quién era él, y cómo había llegado hasta allí? El misterio permaneció en sus pensamientos hasta bien entrada la noche.

Fitz vio huir a la hermosa mujer misteriosa, siendo evidente su incomodidad por la intimidad de lo que acababan de compartir. El momento había sido más poderoso que un beso. Él no había esperado encontrar a nadie escaleras arriba durante la velada musical de su abuela. Nadie se perdía una canción cuando ella contrataba a un cantante talentoso para una actuación. Nunca. Sin embargo, allí *había* estado *ella*, una visión en un vestido de noche a cuadros en tonos azul y crema. Su polisón creaba una cascada de seda desde la parte baja de su espalda hasta el suelo, y estaba adornado con dobles solapas invertidas de seda azul pálido que enmarcaban la tela a cuadros. Ella parecía un colorido caramelo de confitería, y a él siempre le habían gustado los vestidos lindos en una mujer.

No había nada más tentador que ver cómo el polisón sobre el trasero de una mujer se mecía con sus caderas al moverse. Le recordó lo divertido que sería tomarse su tiempo para despojarla lentamente de su elaborado atuendo. Pensó en una docena de maneras de seducirla, pero entonces la había oído emitir un sonido suave y angustiado y se había dado cuenta de que ella estaba sufriendo. Al llegar a casa temprano esa misma noche, él había oído la música mientras estaba en la cocina robándole un poco de comida a la cocinera, ya que estaba hambriento. La música lo había hecho subir las escaleras de la servidumbre hasta un lugar mejor para escucharla. La música también había conmovido a esta mujer. Él había querido estrecharla entre sus brazos y besar sus lágrimas incluso antes de ver su rostro.

Hacía mucho tiempo que no se sentía afectado por

las emociones de otra persona. Tal vez era la música. Su abuela siempre elegía a los cantantes y músicos más maravillosos. Fitz, como ella, también sentía debilidad por la música, la cual podía llegar hasta él a pesar de todas las barreras que había construido para ocultar su corazón al mundo. No le gustaba sentir dolor porque gran parte de su infancia había estado llena de él. Su padre había dicho una vez que toda la vida consistía en pasar de un momento de dolor al siguiente.

A pesar de su riqueza y posición, Fitz siempre había sentido la verdad de las palabras de su padre. Uno podía tener todo lo que importaba y, sin embargo, descubrir que nada de eso importaba *de verdad*.

Su padre se había suicidado con una pistola después de que las pesadillas de la guerra lo mantuvieran demasiado tiempo sin paz, y su madre había muerto de un corazón roto poco después. Fitz no quería nada de eso en su mundo cuidadosamente controlado. Sí, ahora vivía una maldita existencia vacía, pero sin dolor, al menos la mayor parte del tiempo. Prefería no sentir nada cada día a sentir demasiado.

Pero en el momento en que habló con esa mujer, fue como si su fortaleza no fuera más que neblina. Sus hermosas lágrimas se habían deslizado directamente a través de esa barrera neblinosa, y ella había golpeado su corazón con los puños, haciéndolo revivir, aunque sólo fuera por un momento.

¿Por qué ella? Él podía tener a la mujer que quisiera. Había tenido amantes que conocían todas las formas de complacer a un hombre, pero esta mujer... Dios, ni siquiera sabía su nombre y, sin embargo, no se parecía a nadie que hubiera conocido antes. Habían intercambiado pocas palabras, pero lo que habían compartido habían sido cosas muy *profundas*. Esa mujer había desenterrado su dolor en cuestión de segundos, todo porque ella había derramado lágrimas al escuchar una melodía lúgubre.

Cerró los ojos, grabando con fuerza la imagen del rostro de la mujer en su mente. *Ojos azul aciano que contenían un fuego inextinguible, una boca que se estremecía como si soñara con su beso y un ligero tono rosado en las mejillas que le recordaba a las pinturas de Perséfone: una frágil diosa de la primavera adentrándose en el inframundo, con el sabor de la granada en los labios.* Él quería arrastrarla a su oscuridad, besarla como si fuera Hades, reclamando el alma de aquella mujer para toda la eternidad.

Desconcertado por su propia reacción, Fitz permaneció en el rellano de la escalera observando la partida de los invitados, con la esperanza de volver a ver a la misteriosa mujer. Vislumbró ese vestido a cuadros azul y crema mientras una multitud de encantadoras damas se dirigía hacia la puerta principal. Esperó a que el mayordomo, el señor Tracy, diera un suspiro de alivio al cerrar la puerta por última vez esa noche. La abuela de Fitz estaba de pie junto al mayordomo, limpiando sus gafas.

—Bueno, ha sido una gran velada —le dijo la duquesa viuda al señor Tracy.

—Desde luego, milady. Desde luego —asintió el mayordomo antes de bajar a las cocinas para ocuparse del personal escaleras abajo.

Fitz bajó las escaleras y su abuela lo vio. Primero, los ojos de la mujer rebosaron de alegría y luego se oscurecieron con desaprobación.

—Fitz, querido. Creía que habías salido esta tarde, pero aquí estás. ¿Has vuelto pronto y te has negado a conocer a nuestros invitados?

Besó la mejilla de su abuela y soltó una risita. Desde el fallecimiento de sus padres, su querida abuela seguía enseñándole el arte de ser duque.

—Tenía una reunión en mi club. Lamento haberme perdido la velada musical.

—Deberías lamentarlo —resopló su abuela—. Había algunas jóvenes encantadoras aquí esta noche.

—En efecto. He visto a unas cuantas señoritas hermosas mientras se marchaban. Dime, ¿quién era la mujer del vestido de seda a cuadros azul y crema? —su abuela tendría que saber quién era la belleza misteriosa. Elaboraba listas detalladas de invitados, pero a menudo extendía invitaciones adicionales a sus amigos para que trajeran a otras personas a eventos como éstos, porque le encantaba compartir su amor por la música. Aun así, ella se habría asegurado de presentarse a cualquier invitado que no hubiera conocido previamente.

—Seda a cuadros azul y crema... ah sí. La prima de la señora Winslow, si no recuerdo mal. Tabitha Sherborne. Hermosa criatura. Dime que por fin te estás interesando por el matrimonio, querido muchacho. Tu padre ya estaba casado y te tuvo a esta edad. Eres positivamente antiguo ahora.

Fitz no pudo evitar reírse.

—Ni siquiera tengo treinta años. Los hombres se casan y tienen hijos hasta una edad avanzada. La edad es poco importante para un hombre.

La mirada de la mujer se entrecerró, preparándose para la batalla que se avecinaba.

—Eso puede ser cierto, por desgracia, pero piensa en las damas, Fitz. Ninguna joven debería casarse con un hombre que le triplica la edad. Sé justo. Ahora eres joven y guapo. Cásate mientras puedas atraer a la mejor mujer como esposa. Una esposa feliz conduce a...

—Una vida feliz —terminó él—. Sí, lo sé. Pero no siento el deseo de casarme.

—Ese es *tu* primer problema. El matrimonio no es simplemente un deseo. Es un *deber*.

Fitz estaba disfrutando de este enfrentamiento verbal.

—Pero abuela, siempre has dicho que el matrimonio es por amor, como tú y el abuelo.

—*Se* trata de amor. Tienes el deber de encontrar a la mujer adecuada para enamorarte y casarte.

Diablos, ella lo había inmovilizado.

—Entonces quizás necesite organizar una fiesta en una casa de campo para reanimarme en lo que respecta al amor. ¿Serías mi anfitriona? Invita a todos los de esta lista a una fiesta en Helston Heath, incluyendo a la señorita Sherborne y a su prima —sacó del bolsillo una lista de invitados y se la entregó a su abuela. Ella estudió la lista, aun claramente suspicaz.

—Debes tener algún plan en mente, Fitz. ¿Qué estás tramando?

—Ningún plan, abuela —le aseguró con una suave sonrisa. Pero ella lo conocía demasiado bien. Después de todo, había ayudado a criarlo.

—Estás tramando algo. Esa sonrisa encantadora que me estás mostrando sólo ha provocado problemas en tu cabeza demasiado bella, hijo mío. No invitaré a nadie a menos que me digas *por qué*.

—Muy bien, se trata de tu tiara de diamantes —dijo

él mientras señalaba con la cabeza la diadema que descansaba en su plateado cabello.

Ella levantó la mano y la tocó tímidamente.

—¿Sí?

—Me preocupa que alguien intente robarla.

—¿Robarla? ¿Por qué lo harían?

—¿No has leído los diarios, abuela? Hay una banda de ladrones de joyas que roba a los ricos sus mejores piezas. Llevas uno de los diamantes más famosos de Inglaterra como parte de esa tiara. Sólo la piedra central vale una fortuna, por no hablar de todos los demás diamantes más pequeños que la rodean.

—Oh, eso no me preocupa —dijo altivamente su abuela—. Los Alegres Petirrojos no me robarían.

Fitz estrechó la mirada hacia su abuela. ¿Ella sabía algo que él ignoraba?

—¿Y por qué?

—Porque está claro que el objetivo de esos ladrones sólo es la *peor* clase de gente.

—Gente rica —aclaró.

Su abuela suspiró de manera dramática.

—No, querido. Roban a gente *cruel*. ¿No has examinado la lista de víctimas? Yo sí. No se me ocurre ni una sola persona de esa lista que me agrade.

Fitz miró fijamente a su abuela.

—¿Quieres decir que todas las víctimas tienen algo en común aparte del dinero y de ser influyentes?

—Sí, claro, ¿no te habías dado cuenta? —parecía sorprendida de que él no hubiera deducido esa conexión—. Y yo que pensaba que eras listo —se burló de él.

—Espera un momento —la dejó esperando en el pasillo mientras cogía un diario del día anterior en el que figuraban las víctimas. Una vez de regreso, le señaló el nombre de un caballero—. ¿Qué ha hecho lord Blotten?

Ella se ajustó las gafas para ver mejor.

—Llevó a la bancarrota a una familia decente al convencerlos de que invirtieran mal. Él sabía que lo perderían todo. Luego compró sus propiedades por casi nada.

—¿Y ella? —señaló el nombre de una mujer que era la siguiente en la lista.

—Hizo que metieran en la prisión de Newgate a un veterano de la guerra de Crimea por mendigar cerca de su casa. Al hombre le faltaba una pierna y no tenía otra forma de ganarse la vida.

Él señaló el tercer nombre de la lista.

—¿Él?

—Se aprovechó de una criada que trabaja escaleras arriba. La chica murió en el parto de su hijo.

—¿Éste? —señaló otro nombre.

—Difundió rumores miserables sobre otra joven que

eran totalmente infundados. Eso hizo que ella perdiera un matrimonio beneficioso.

—¿Todas estas cosas son de dominio público? —preguntó a su abuela.

—No todas. Muchas son cosas que ocurrieron a puerta cerrada. En algunos casos, ni siquiera los criados lo saben. Yo sólo lo sé porque he hecho averiguaciones por mi cuenta.

—¿De verdad? —no podía imaginar a su abuela merodeando en busca de información como un tonto detective de la policía metropolitana.

—Por supuesto. Alguien tiene como objetivo a personas de mi nivel social y quería saber por qué. Ahora que lo sé, elogio a los ladrones. Están vengando a aquellos que no pueden defenderse. Creo que es bastante noble.

—Dejando a un lado la nobleza, alguien debe llegar al fondo de esto. Tal vez sea un sirviente.

—Imposible. Muchos de los robos ocurrieron cuando no había sirvientes presentes —comentó su abuela.

—O eso nos han hecho creer —replicó Fitz—. Pero suponiendo que tengas razón, ¿quién tendría acceso a todas esas víctimas?

Su abuela se rio.

—Creo que está bastante claro. Es uno de nosotros,

querido muchacho. Menos mal que no tienes joyas o podrías ser el siguiente.

—¿Qué?

Ella se encogió de hombros.

—El año pasado separaste a ese amigo tuyo, Louis Atherton, de esa joven encantadora de la que estaba enamorado, simplemente porque no te agradaba el padre de la chica. Dijiste que era un viejo tonto fanfarrón que había planeado su ascenso en la escala social. No era como si fuera a convertirse en *tu* suegro. Te dije que no interfirieras, pero como siempre, tu orgullo era demasiado para dejar las cosas en paz. Ahora han enviado a esa pobre joven a América. Su familia ha sido avergonzada públicamente por tu culpa, y su padre no quiere mostrarse en sociedad. Se rumorea que intenta beber hasta morir.

Esta parte era nueva para Fitz, y sus ojos se abrieron de par en par.

—Te adoro, hijo mío, pero tu orgullo será tu fin. Tienes casi treinta años. No puedes seguir cometiendo el tipo de errores que cometerían hombres mucho más jóvenes. Louis confió en ti y te creyó cuando lo convenciste de que su matrimonio con esa muchacha perjudicaría su posición social, en detrimento de sus intereses comerciales. Ni una sola vez te preguntaste qué le proporcionaría casarse con una mujer a la que amaba, cosas que no le proporcionarían los éxitos empresariales.

De repente, el cuello de Fitz se sentía muy ajustado. Deslizó un dedo bajo el cuello y tiró un poco. Incluso a su edad, ser reprendido por su abuela era una experiencia desagradable.

—Si yo fuera un ladrón de joyas con una venganza social, tu podrías ser mi objetivo por eso. Te amo, Fitz, querido, pero maldita sea si no eres un tonto orgulloso a veces. Gracias a Dios, todas las joyas importantes de esta casa siguen siendo mías. Al menos por ahora —su abuela le dio un beso en la mejilla y subió a descansar.

Fitz se quedó de pie en el pasillo, reflexionando sobre las palabras de su abuela. Ella había dicho la verdad, pero no podía imaginarse a Louis y al padre de esa mujer llevándose bien. El hombre era una molestia. Siempre diciendo lo que no debía, avergonzando a todo el mundo. Le había hecho un favor a Louis, ¿no? Sólo habría hundido al pobre Louis con él y...

Fitz se apoyó en la pared, con los brazos cruzados y una mirada asesina puesta en el retrato de un antiguo duque de Helston. Hacía meses que no hablaba con Louis, y por supuesto que no lo veía. Fitz había estado tan unido a Louis como lo estaba con Evan y Beck. ¿Louis lo estaba evitando? Seguro que no. Louis le había *agradecido* su ayuda. Le había dicho que le había ahorrado toda una vida de arrepentimientos. Y sin embargo... Fitz se sacudió el sentimiento de culpa y volvió a centrarse en su misión.

Si su abuela estaba en lo cierto, los ladrones no apuntarían al diamante porque técnicamente aún le pertenecía a ella. Pero *podrían* atacarlo a él por lo que había hecho. Así que tenía que dejar claro que el diamante iba a ser su legado, hacer una exhibición pública de su importancia para él, tal vez. Eso podría atraer el interés de los ladrones por la gema. Podría funcionar.

Organizaría una fiesta campestre en Helston Heath y crearía un rumor en la sociedad de que se llevaría la tiara de su abuela al campo. Invitaría a todas las personas que habían estado presentes en los robos. Él, Evan y Beck habían reducido los posibles sospechosos a una lista de veinte personas. Y esos eran los nombres en la lista de invitados que le había entregado a su abuela. Uno de ellos tenía que ser uno de esos malditos Alegres Petirrojos. Y él, como el sheriff de Nottingham, tendería una trampa para capturar al tipo.

Capítulo Tres

Tres semanas después

—¿Estás seguro de que esto funcionará? —insistió la abuela de Fitz mientras le entregaba la caja de terciopelo negro que contenía la tiara enjoyada con el gran diamante brillante en el centro.

—Bastante seguro —le aseguró a la duquesa viuda—. Los invitados no tardarán en llegar. ¿Por qué no vas a saludar a todos? Me uniré a ti cuando haya visto que esto está bien guardado.

Los ojos azules de su abuela se agudizaron.

—Estás intentando echarme, Fitz. Me iré ahora porque he aceptado ser tu anfitriona y quiero hacerlo como es debido, pero *hablaremos* más tarde de mi diamante —salió de la habitación, con sus faldas azul oscuro y su cola susurrando tras ella.

Fitz sonrió mientras abría la caja y extraía con cuidado el gran diamante del centro de la tiara. Guardó la valiosa piedra en una funda de cuero marrón y se acuclilló junto a la esquina de su escritorio. Retiró parte de la alfombra y descubrió una tarima suelta. Cogió un abrecartas y levantó la tabla. En la abertura que había creado había un pequeño cofre de hierro. Abrió la tapa y colocó el diamante dentro antes de asegurar la caja y devolver la tarima y la alfombra a sus posiciones originales. Luego se levantó y sacó un pequeño objeto del bolsillo de su pantalón. Levantó el objeto para verlo mejor a la luz del día.

Era un simple cristal, tallado a mano para imitar la forma y el color del diamante de la tiara de su abuela. Beck le había recomendado a uno de los mejores fabricantes de joyas de imitación de Londres. Cualquier experto sería capaz de distinguir entre esta imitación y el diamante real, pero en el ardor del momento un ladrón no tendría tiempo de comprobar cosas como burbujas de aire en el cristal, ni de notar la calidez de la piedra falsa frente a la frescura de un diamante real.

No le había dicho a su abuela que el diamante verdadero estaría a salvo. Por lo que ella sabía, el diamante real sería guardado con la tiara. Ella le había dejado claro que respetaba a los Alegres Petirrojos, y sólo accedió a regañadientes a que él utilizara su diamante como señuelo para capturar a los ladrones, por lo que una parte de Fitz temía que los labios de su abuela soltaran algo en la compañía equivocada y su astuta treta resultara infructuosa. Era mejor que ella no supiera nada de este asunto.

Introdujo la piedra falsa en el centro de la parte delantera de la diadema y volvió a guardarla en su caja de terciopelo. Luego abrió un armario cerrado en la pared con una pequeña llave y colocó la caja de terciopelo en su interior antes de volver a cerrarlo. Fitz necesitaba capturar al hombre, o a los hombres, con las manos en la masa, lo que significaba que no podía dificultar demasiado el robo de la joya. Un cofre de hierro podría suponer un reto demasiado grande, pero forzar la sencilla cerradura de este armario sería bastante fácil para cualquier ladrón.

Durante el día, un lacayo estaría apostado fuera de la habitación, por lo que sería imposible entrar sin su permiso. Por la noche, él, Evan y Beck se turnarían para vigilarla en secreto. La noche sería el único momento en que los ladrones acudirían, porque él no permitiría que sacaran la joya y la utilizaran durante la fiesta de la casa. El modus operandi habitual de los ladrones era robar durante actos o reuniones públicas, pero Fitz complicaría un poco las cosas. Si querían el diamante, tendrían que robarlo bajo sus condiciones. Y cuando lo hicieran, él y sus amigos estarían preparados.

Una vez satisfecho con la seguridad de la tiara, salió de su estudio y asintió con la cabeza al lacayo que esperaba fuera.

—Mantente en guardia, Oscar. Tendré a Lee listo para relevarte en unas horas.

—Sí, Su Excelencia —el lacayo estaba de pie junto a la puerta cerrada del estudio. Fitz había involucrado a dos de sus lacayos de mayor confianza en el plan para capturar al ladrón, así como a su ayuda de cámara, Stewart. Habían acordado turnarse para vigilar a cualquiera que intentara robar la joya.

Cuando Fitz llegó a la gran entrada de Helston Heath, encontró a su abuela saludando al constante flujo de invitados recién llegados. Fitz se apoyó en la pared del pasillo mientras observaba a los hombres y mujeres desfilar por su casa desde una distancia prudencial. Nadie lo notó, ya que su abuela acaparaba toda la atención, lo que dio a Fitz la oportunidad de escudriñar detenidamente a cada hombre. ¿Cuáles eran los ladrones? Fitz lo averiguaría pronto.

—Tenemos té en la terraza trasera para todos —anunció su abuela—. Por favor, siéntanse sentíos libres de refrescaros, o podéis uniros a los demás en el exterior.

La mayoría de los hombres se dirigieron a la terraza,

siguiendo al mayordomo. El señor Tracy, mayordomo de la familia desde hacía mucho tiempo, había llegado antes que Fitz y la viuda desde el palacete en Londres para abrir la casa de campo y preparar la fiesta. La mitad de las damas prefirieron ser conducidas a sus habitaciones, y los lacayos estaban preparados para llevarlas escaleras arriba. Al pasar, más de una mujer notó la presencia ociosa de Fitz en la puerta, y todas se sonrojaron y desviaron la mirada. La mayoría eran jóvenes, aunque algunas eran más maduras, pero incluso ellas se sonrojaron cuando él las saludó con la cabeza y les sonrió. Sabía que podía ser encantador cuando lo deseaba.

—Bienvenidas —murmuró cuando pasaron a su lado como una colorida bandada de pájaros.

Un nuevo trío de mujeres subió los escalones de la entrada y entró en su casa. Reconoció a las dos primeras como Hannah Winslow y Julia Starling. Las dos apenas le dedicaron una mirada mientras susurraban, con las cabezas inclinadas la una hacia la otra. Los labios de Fitz se crisparon. A ninguna de las dos les agradaba, pero la tía de Julia y la abuela de Fitz eran viejas amigas.

Él había conocido al marido de Hannah, Jeremy, cuando eran muchachos en Eton, y había sido un gran golpe para Inglaterra perderlo tan joven en ese accidente de tren. Fitz había hablado en sociedad con estas dos mujeres, incluso había bailado con ellas en alguna ocasión, pero desde luego no se consideraban amigos. La mujer que seguía a Hannah y Julia, esos ojos azul aciano que se abrieron de par en par al recorrer con la mirada la gran entrada de mármol de su casa, era la mujer que él había estado temiendo y esperando ver desde que le había pedido a su abuela que la invitara.

¿Fitz había imaginado lo que había sentido por ella la noche que la conoció? Se había convencido a sí mismo de que lo había soñado, pero ahora que ella estaba aquí, no podía negar que su fascinación era tan fuerte como siempre. Esta mujer lo tenía hechizado. Su pelo largo y oscuro estaba recogido en ondas sueltas con una cinta de seda roja. Llevaba un vestido de paseo de damasco de seda roja con un polisón de color crema que caía en una cola corta detrás de ella. Los atrevidos colores le sentaban de maravilla, y ella se movía con tanto cuidado, con tanta *elegancia* dentro de su casa, que él pensó por un momento que era una princesa perdida que había encontrado el camino hasta su puerta. Era una idea tonta y romántica, pero parecía que ella tenía una forma de despertar el sentimentalismo en él.

Cuando sus ojos finalmente se dirigieron hacia él, el corazón de Fitz se paralizó por un momento y contuvo la respiración. Los ojos luminosos y expresivos de la joven revelaron sorpresa, luego placer y después aprensión.

Era como si ella fuera un maldito espejo de su propia alma.

Hannah y Julia ralentizaron sus pasos para esperarla, y ella parpadeó, rompiendo el hechizo entre ellos antes de apresurarse a reunirse con su prima y su amiga.

Tabitha Sherborne. Al menos ahora tenía un nombre para su misteriosa belleza.

Fitz sonrió al verla huir por segunda vez. Ella podía correr, pero amaba perseguirla. Quizá esto era lo que él necesitaba. Una diversión romántica. Algo que tranquilizara su mente durante la persecución de esos ladrones. No había tenido una amante en más de un año, y sólo unas breves noches en Escocia con algunas damas que no habían esperado nada de él a la mañana siguiente.

La sonrisa de Fitz se amplió cuando se dio cuenta de que había un gran problema con lo que quería. Tabitha *no* era el tipo de mujer con la que un caballero tenía un breve romance. Era claramente una dama noble de una buena familia que aún no se había casado. Él no podía, o más bien no debería seducirla. Ella también tenía un efecto extraño sobre él. Le hacía perder el control de sus emociones, se olvidaba de respirar y de dónde estaba.

Mirar a Tabitha era como caer en un sueño lleno de palacios iluminados por la luna y el pesado aroma de las flores floridas. Había oído hablar de los neblinosos mundos soñados en los que vivían los adictos al opio, y eso le recordaba la forma en que Tabitha lo hacía sentir ahora. Borracho de deseo y fuera de control.

Más invitados entraron por la puerta principal, y él se reunió finalmente con su abuela para cumplir con su deber de anfitrión.

—Aquí estás, muchacho —murmuró entre saludos a los siguientes invitados.

—Aquí estoy —se rio él.

—Tu señorita Sherborne acaba de estar aquí.

—No es mía —le recordó.

—Todavía —su abuela sonrió, con la absoluta determinación de una mujer de su edad y posición, advirtiéndole que ella tenía la intención de que eso sucediera.

La palabra "todavía" debería haber sido una amenaza para su mundo cuidadosamente controlado; en cambio, se sintió extrañamente como una promesa.

* * *

La casa era grande. *Demasiado* grande. Tabitha se sentía expuesta por los espacios abiertos de esta casa de campo palaciega. Había pasado los últimos meses en Londres con Julia y Hannah, en la casa de Hannah, no en el campo. Esta era una experiencia totalmente nueva para ella. Todas las superficies de mármol brillaban. La escalera era ancha y las alfombras nuevas. Los retratos y tapices que cubrían las paredes eran impresionantes. Había muchas cosas por contemplar, y no sabía por dónde empezar. Su mirada lo recorría todo, intentando absorberlo todo.

Y fue entonces cuando lo vio a *él*. El misterioso desconocido que había conocido durante la velada musical. Se paralizó cuando su mirada se clavó en la de ella. Estaba recostado contra la pared, y el pasillo se extendía detrás de él. Llevaba un elegante traje azul oscuro de tres piezas, sin levita ni chaqué, que a los ojos de Tabitha resultaba maravilloso y sutilmente indecente. El brillante color de una blanca corbata de nudo francés cuidadosamente doblada contrastaba con el traje oscuro. Parecía un dios romano desconcertado vigilando a los mortales que entraban en su reino.

—Tabby, vamos —susurró Julia.

Se apartó de la mirada del hombre. Sus amigas estaban mucho más adelante, camino hacia la terraza donde el té estaba siendo servido. Se apresuró a alcanzarlas, intentando apartar al misterioso hombre de su mente por el momento.

Tenían que robar un diamante. La misión que la había introducido en el mundo de los Alegres Petirrojos era aún más importante que antes. La semana pasada, Hannah había recibido una carta de Anne, su amiga de América que había sido condenada al ostracismo en Londres a causa de las acciones de lord Helston.

Anne le había escrito para decirle que ella tampoco podía encontrar pareja en Nueva York. Las preguntas sin respuesta en torno a la ruptura del compromiso de Anne habían condenado sus posibilidades en Inglaterra. Pero esas preguntas la habían seguido a través del océano y se habían manifestado como rumores descabellados e infundados de graves fechorías y comportamiento inapropiado. Había cobrado vida propia hasta el punto de que ella ya no se atrevía a mostrarse en público. Julia y Hannah habían decidido que no podían esperar más para castigar a Helston por sus fechorías. Habían deseado esperar hasta que hubiera elegido novia y le hubiera dado el diamante, pero Hannah se había mostrado inflexible en su necesidad de venganza, aunque el diamante seguía perteneciendo a su abuela. El hombre simplemente no tenía otras debilidades que ellas pudieran explotar.

Tabitha se unió a Hannah y Julia cuando cruzaron el umbral hacia una gran terraza de piedra decorada para una elegante merienda. Ella reconocía a muchos de los invitados de compromisos anteriores en los que los Alegres Petirrojos habían atacado, lo que complicaría las cosas. Pero esta casa era mucho más intimidante. No sólo había que evitar a los otros invitados, sino que aquí había el triple de sirvientes.

—Habrá ojos mirándonos en todas partes —dijo Tabitha mientras aceptaba la taza de té que Hannah le ofrecía. El trío se dirigió al borde de la terraza para beber el té y evitar ser escuchadas.

—Supongo que por la noche será más fácil, ¿no? —sugirió Hannah—. Habrá menos sirvientes. Si vamos a por el diamante entre medianoche y las cuatro de la mañana, todo el mundo estará en la cama.

—Eso nos lleva a nuestro siguiente obstáculo. ¿Dónde estaría escondida la joya? Esta casa tiene cientos de habitaciones. No podemos confiar en ninguno de nuestros planes de cuando pretendíamos robarlo allá en Londres —Tabitha señaló con la cabeza la parte trasera de la inmensa mansión. Todo lo que veía era una fila interminable de ventanas que se extendían en la distancia.

—Hannah —comenzó Julia—. Tú conoces a Helston mejor que yo. ¿Quizá podríamos conseguir que él te diera un recorrido del lugar? Te tratará mejor que a cualquiera de nosotras. Podrías inspeccionar la casa mientras te la enseña. Creo que él te contaría muchas cosas si se lo pidieras *amablemente* —dijo, agitando las pestañas para dar efecto.

—Dudo que él lo haga —dijo Hannah, riendo suavemente—. La última vez que hablamos, lo abofeteé.

Julia jadeó.

—Dime que no es verdad. ¿Cuándo fue?

—Una semana después de que Anne zarpara hacia Nueva York. Me encontré con Helston en un baile y me invitó a bailar. Perdí la cabeza; mejor dicho, perdí la mano —Hannah sorbió con timidez su té—. No me arrepiento. La expresión de su cara cuando levantó la mano para tocarse la mejilla; estaba claro que no había esperado que yo, entre todas las personas, le pegara.

Tabitha se mordió el labio para ocultar una sonrisa al pensar en la dulce y gentil Hannah abofeteando la cara del hermoso bastardo. A ella también le habría impactado presenciarlo.

—Oh Cristo, ahí está él —siseó Julia, y señaló con la cabeza a un hombre que acababa de salir a la terraza.

Tabitha estudió a la gente que la rodeaba, pero sólo se fijó en un caballero que se había unido a los invitados en el último momento. El misterioso desconocido de la velada musical. Estuvo a punto de preguntar a quién se referían, sólo que en sus rostros era evidente que se trataba efectivamente de él.

—No... —ella no había dicho ni una palabra de su encuentro de esa noche a sus amigas. Había sido demasiado personal, demasiado especial para contárselo a alguien.

No, no, no... Él no podía ser el duque. Un duque se habría presentado ante una dama si se hubieran conocido en semejantes circunstancias. Un duque no se habría escondido en lo alto de las escaleras con ella, ¿verdad?

—Julia, ¿*ese* es lord Helston? —ella desvió la mirada hacia el apuesto hombre del traje de tres piezas que se dirigía lentamente hacia ellas.

—Sí, es él —bromeó Julia en voz baja—. Te dije que era un hermoso bastardo.

—Tranquilas. Ahí viene —dijo Hannah un momento antes de que lord Helston se detuviera justo delante de ellas. Sus tempestuosos ojos azules las miraron a las tres, y sus labios se movieron mientras les dedicaba una reverencia.

—Perdí mi oportunidad de daros la bienvenida a mi casa. Señorita Starling, señora Winslow —se dirigió primero a las otras dos—. Me alegro de volver a verlas.

—Gracias por la amable invitación, lord Helston —respondió Hannah con suavidad, aunque con un poco de frialdad.

—Dado nuestro último encuentro, me sorprende que usted haya aceptado.

—Sí, bueno, entre usted y su encantadora abuela,

sólo uno de vosotros necesitaba una corrección en su comportamiento —dijo secamente Hannah—. Yo jamás rechazaría la invitación de lady Helston.

El duque se rio, mostrando unos dientes blancos y rectos como los de un lobo. El intenso sonido de su risa despertó algo extraño en el vientre de Tabitha, convirtiéndolo en un cálido desastre caótico. Se llevó la mano al estómago, luchando por mantener la calma, pero su pequeño movimiento no pasó desapercibido.

—Perdóneme, debo pedirle que me presente a su compañera, señora Winslow.

—Ah, sí. Esta es mi prima, la señorita Tabitha Sherborne —dijo Hannah—. Tabitha, este es Su Excelencia, el duque de Helston.

Julia dio un codazo a Tabitha, quien instintivamente extendió la mano hacia el duque. Él se inclinó y depositó un beso en el dorso de su mano. En el lugar donde sus labios rozaron su piel, surgió un calor que se extendió por el resto del cuerpo de Tabitha como una piedra arrojada a un lago profundo.

—Bienvenida, señorita Sherborne.

—Gr-gracias.

—Estábamos hablando de lo hermosa que es su casa, lord Helston —dijo Julia—. Tabitha no ve a menudo casas de semejante grandeza. ¿Podríamos molestarlo para que le dé un recorrido por la casa y los jardines?

Tabitha se puso rígida y lanzó una mirada interrogante a su amiga. Julia asintió con la cabeza para animarla.

—¿Eso le gustaría, señorita Sherborne? ¿Recorrer una casa de semejante grandeza? —una diabólica malicia iluminó los ojos de Helston.

—S-sí —respondió. Dios, estaba loca por pensar que esto era una buena idea.

Él le ofreció su brazo.

—Estaré encantado de enseñarle la casa.

—Estupendo —Julia dio un pequeño empujón a Tabitha, quien casi tropezó con Helston. Eso la obligó a aferrarse a su brazo. Lanzó una mirada a sus amigas, quienes la animaron a ir con Helston con un gesto de cabeza. Esto no era un simple recorrido. Ella debía examinar la casa en busca de algún lugar donde él pudiera esconder el diamante. Que así sea.

—Por aquí, señorita Sherborne —Helston cubrió su mano que descansaba en su brazo con la suya. Tabitha notó que él no llevaba guantes, y ella tampoco. Ese contacto piel con piel era cálido y tan electrizante como las luces del teatro. Ella era demasiado consciente de él —. Helston Heath fue construido en 1549. Después de un incendio en 1703, la casa señorial de madera Tudor fue reconstruida con la de piedra que ve frente a usted.

La condujo por el sendero del jardín que atravesaba

la parte trasera de la casa. Cuando estuvieron lo suficientemente lejos de los demás invitados, Fitz se encontró con su mirada.

—Así que nos volvemos a encontrar, esta vez como es debido —dijo él con una risita—. Tenía mucha curiosidad por encontrarla desde que huyó como la princesa Cenicienta, sólo que no dejó ningún zapato en la escalera que yo pudiera estrechar contra mi pecho.

Tabitha se sonrojó y metió la mano en el bolsillo de la falda, sacando el pañuelo del hombre que había llevado consigo desde esa noche.

—Esto es suyo. No pretendía quedármelo, pero no sabía quién era usted para devolvérselo —sin embargo, se resistía a desprenderse del objeto. Incluso ahora que sabía que este hombre era un cabrón, no quería desprenderse de algo que guardaba un recuerdo tan maravilloso para ella. En ese momento, ella no había sido una ladrona y él no había sido un duque. Simplemente habían sido dos personas en la oscuridad, compartiendo un momento personal desde lo más profundo de sus almas.

—Por favor, quédeselo si lo desea. Siempre existe la posibilidad de que mi casa la conmueva hasta las lágrimas y desee volver a llorar —bromeó.

Incapaz de resistirse, ella se rio.

—Es una casa *absurdamente* grande —observó y luego cerró la boca, avergonzada.

—Lo es, ¿verdad? Será agradable tener todas esas habitaciones llenas para la fiesta de la casa —admitió—. El vacío puede ser solitario.

Tabitha pensó en su antigua habitación en el almacén junto a los muelles y en cómo, incluso rodeada de otras chicas jóvenes, se había sentido completamente sola.

—También es posible sentirse solo en una habitación llena de gente —observó ella.

Fitz suspiró, con un sonido tan agotado que conmovió su corazón.

—Tiene usted mucha razón. Permítame enseñarle el interior —la escoltó hasta una entrada trasera, más allá de los jardines y un gran invernadero, donde le abrió una puerta—. ¿Disfruta de la lectura, señorita Sherborne? —le preguntó mientras ella entraba con él.

—Sí.

Se unió a ella, cerrando la puerta tras de sí mientras se encontraban frente a un largo pasillo de habitaciones.

Helston le dedicó una sonrisa encantadora y arrogante mientras empezaba a citar un libro:

—El Conejo Blanco se puso las gafas. '¿Por dónde empiezo, con la venia de Su Majestad?' preguntó.

'Empieza por el principio' dijo el rey con gravedad, 'y sigue hasta llegar al final; allí te detienes'.

—*Las aventuras de Alicia en el país de las maravillas* —dijo Tabitha con una sonrisa encantada. Había leído el libro hacía un mes, y le había tocado una fibra sensible.

—Exactamente. Así que empecemos por el principio —señaló los retratos a su paso—. Estos son los antepasados Helston. Parecen muy conservadores, ¿verdad? —su tono seguía siendo burlón, y Tabitha se inclinó un poco más hacia él, con el brazo aún entrelazado con el suyo mientras caminaban. Fitz le mostró una serie de grandes salas, llegando a una que era una mezcla de paredes blancas, superficies doradas, cortinas de damasco rojo e impresionantes muebles. El techo mostraba un gran fresco de dioses griegos jugando en el Olimpo.

También había un gran retrato familiar en el extremo de la habitación, hacia el que se dirigieron. Mostraba a una encantadora pareja y a un niño de seis o siete años descansando junto a un lago en una escena pastoral, mientras un perro de caza se sentaba junto al niño y éste lo acariciaba cariñosamente.

—¿Es usted? —preguntó Tabitha.

Los ojos de Helston se suavizaron.

—Sí, soy yo con mis padres —él apartó rápidamente la mirada, y ella vio un destello de antiguo dolor allí.

Se apresuró a apartarla del cuadro—. Bien, ¿continuamos?

—Su Excelencia —Tabitha tiró de su brazo, obligándolo a detenerse—. Nunca tuve la oportunidad de agradecerle por compartir lo de su padre la otra noche.

Un tic recorrió su mandíbula mientras luchaba por hablar. ¿Estaba enfadado con ella?

—Yo... Yo normalmente no hablo de mi padre —añadió en voz baja—. Pero ha sido agradable hablar con usted del mío y del suyo.

Los rasgos de Fitz se volvieron ásperos en su belleza mientras separaba los labios, pero dudó un momento antes de hablar.

—Señorita Sherborne, deberíamos continuar el recorrido.

Tabitha no volvió a tocar el tema de los padres mientras él la conducía fuera de la habitación. Él se había encerrado en una torre interior inalcanzable para ella.

Al pasar junto a una serie de habitaciones, ella vio a un lacayo montando guardia ante una de las puertas. Parecía extrañamente fuera de lugar que un sirviente fuera tan visible, considerando que se suponía que los sirvientes eran invisibles.

—¿Qué hay en esa habitación, Su Excelencia? —preguntó, señalándola.

—¿Qué? Oh, es mi estudio. He decidido que era

necesaria un poco más de seguridad. Con esos ladrones llamados los Alegres Petirrojos merodeando por Londres, decidí traer la tiara de mi abuela al campo, donde estaría a salvo. Es menos probable que esos ladrones vengan aquí cuando tienen muchas joyas que robar en Londres.

Tabitha tenía mucha práctica en ocultar sus reacciones ante cosas que, de otro modo, podrían pillar a alguien desprevenido.

—¿Seguramente no creerá que esos ladrones le robarían a su abuela?

—El diamante principal de esa tiara sólo es superado por los que se encuentran en las Joyas de la Corona, y está destinado a ser un regalo de bodas para mi novia, cuando decida casarme. Todo Londres sabe que esa gema es sólo mía. Es mi deber proteger ese diamante.

Tabitha vio en Helston el destello de arrogante derecho del que habían hablado sus amigas, pero también vio algo que ellas no habían visto. Sí, parecía bastante arrogante, pero a Tabitha se le daba bien leer a la gente, y vio que los gestos de Helston eran una fachada cuidadosamente construida. Igual que la de ella. No era una dama de alta alcurnia, pero aquí estaba, paseando con un apuesto duque, disfrutando de un respetable recorrido...

De pronto, Helston la arrastró hasta un salón vacío y

la presionó contra la pared, cubriéndole la boca con una mano mientras la inmovilizaba con su cuerpo. La oleada de pánico que sintió al estar tan cerca de un hombre al que no conocía, se desvaneció bajo la extraña sensación de corrección hacia esto, hacia él. Él olía a bosque y a naturaleza salvaje mientras sus faldas se enredaban en sus piernas al tiempo que él deslizaba uno de sus pies entre los de ella, acercándolos aún más.

—Silencio —susurró él, con los labios acariciándole la oreja. Tabitha empezó a forcejear, temerosa de lo que él pretendía hacer. Por mucho que le gustara tenerlo así de cerca, no podía dejarle hacer algo tan peligroso como besarla, porque ella cedería a sus propios deseos y se lo permitiría. Tabitha tenía que evitar seguir un camino peligroso que complicaría su misión de robarle el diamante—. ¿Confías en mí, Tabitha? —le preguntó en un áspero susurro que le produjo escalofríos.

No debería confiar. Debía sacudir la cabeza y empujar sus anchos hombros y escapar de él... pero no lo hizo, así que asintió porque confiaba en él. Al cabo de un momento, se percató de que su atención no estaba puesta en ella, sino en algo que había fuera, en el pasillo. Alguien se acercaba.

—Bien. Ahora no hagas ruido o nos oirán —le advirtió él y bajó la cabeza hacia la suya.

Capítulo Cuatro

abitha tenía la garganta seca, y la piel le ardía mientras miraba a Helston y a su boca sensual y arrogante, que en ese momento parecía lista para ser besada.

¿Él iba a besarla?

Bajó la cabeza hacia la de ella, pero no le cubrió la boca con la mano ni intentó besarla. Permaneció muy quieto, con la cabeza inclinada y la mejilla rozándole ligeramente el brazo, mientras se oían voces a lo largo del pasillo. Permaneció inmóvil, y eso le dio a la mente de Tabitha el espacio suficiente para recordar que alguien se acercaba a ellos por el pasillo. Ella reconoció una de las voces como la de la duquesa viuda, pero sus palabras se entrecortaban un poco mientras susurraba a alguien.

—Señor Tracy, debe vigilar de cerca a Fitz... actuando de forma muy extraña... No entiendo por qué... Tengo mis esperanzas puestas en... —sus palabras se detuvieron abruptamente.

—¿En qué, Su Excelencia? —ella oyó preguntar al mayordomo.

—Oh, parece una tontería, pero quiero verlo casado. No me haré más joven, y después de perder a su padre, necesito saber que él está establecido y feliz.

—Parece contento —dijo el señor Tracy.

—Contento y feliz no son lo mismo. Me temo que le he fallado, señor Tracy. Si su padre no hubiera acabado con su vida, si no hubiera ido a esa maldita guerra, me pregunto si Fitz habría visto el mundo con otros ojos. Mi nieto ha conocido más dolor que alegría. Encontrar a una mujer, la *adecuada*, podría salvarlo.

—¿Usted cree que él ha encontrado a alguien?

—Me pidió que invitara a la chica Sherborne. Creo que está prendado de ella. Es el primer interés real que muestra por una mujer. Que me cuelguen si no aprovecho esa ventaja.

Tabitha contuvo la respiración, y Helston se puso rígido contra ella cuando las voces se intensificaron y ellos temieron ser descubiertos.

Si su abuela los encontraba de esta manera, surgiría un escándalo. Incluso podría ser obligado a ofrecer su mano en matrimonio. Eso no podía ocurrir. No importaba que a Tabitha le gustara el hombre, que su sola cercanía y su toque hechizante hicieran cosas maravillosas que la hacían sentir salvajemente viva. Incluso si Tabitha no había llegado aquí con la intención de castigarlo por sus fechorías, casarse con alguien como ella sólo podía terminar en desgracia.

—¿Supongo que usted tiene un plan para reunirlos? —dijo el señor Tracy, con su voz volviéndose más suave a medida que pasaban.

—Sí, quiero que se sienten juntos en todas las comidas y... —el resto de las palabras de la viuda se desvanecieron cuando ella y el mayordomo avanzaron por el pasillo y doblaron una esquina, alejándose del alcance de sus oídos.

Durante un largo momento, ni Tabitha ni Helston se movieron. Él permaneció tenso contra ella mientras exhalaba lentamente un suspiro. Le quitó la mano de la boca y se miraron fijamente durante un largo instante, con un par de centímetros poniendo distancia entre sus rostros.

Las palabras de la viuda resonaban en la cabeza de Tabitha como un caleidoscopio giratorio. *"Creo que está prendado de ella."* ¿Él lo estaba? Le desconcertaba pensar que un duque pudiera tener algún tipo de interés en ella.

Helston levantó la mano hacia la mejilla de Tabitha, rozándole la piel con el dorso de los dedos. La caricia le pareció maravillosa.

—Su Excelencia... —sus palabras eran suaves, pues todavía estaba abrumada por su acalorada cercanía.

—Dime que te deje ir, Tabitha. Dímelo ahora... —utilizó su nombre de pila aunque ella no le había dicho que podía hacerlo. Algo en la forma en que simplemente pronunció su nombre encendió su cuerpo con un calor salvaje—. Si no lo haces, te besaré —le advirtió—. Dios, soy capaz de hacer mucho más que eso. Mi abuela tiene razón. Estoy prendado de ti —su voz se volvió grave, con un toque de severidad en sus palabras—. *Prendado* no parece ser una palabra lo suficientemente fuerte. Me siento *poseído* por ti.

—¿Poseído? —repitió ella, mientras se percataba de que sus propias manos habían subido hasta sujetarle el chaleco. Hasta ese momento, Tabitha ni siquiera se había dado cuenta de que se había estado acercando a él.

—Esta es tu última oportunidad... Aléjame. Dime que pare.

Pero sus labios no pudieron pronunciar las palabras. Éstas se sentían incorrectas. Ansiaba una conexión así con él, aun sabiendo que sería breve.

Tabitha ladeó la cara hacia la de él y sus pestañas

descendieron mientras contemplaba la hermosa boca de Helston, y se sintió perdida.

Con un suave gruñido, Fitz le cogió las muñecas con una de sus manos y se las levantó por encima de la cabeza, inmovilizándolas contra la pared. El sensual asalto de sus labios sobre los de ella no se parecía a nada que Tabitha hubiera experimentado antes. Se sintió eufórica cuando sus labios se abrieron a los de él y la lengua del hombre se introdujo en su boca, chasqueando contra la suya. La besó con dureza, devorándola por completo. Tabitha comprendió la sensación. Ella quería lo mismo; que todo él, cada fibra de su ser, se uniera a la suya de todas las formas posibles. Sintió un fuerte dolor entre los muslos y gimió, presionándose contra él, buscando la manera de aliviarlo.

Fitz apartó los labios de su boca para seguir besándola hasta la oreja, y ella protestó con un gemido por la pérdida de su boca sobre la suya.

—¿Sientes dolor por mí, cariño? ¿Me *necesitas*? —exigió él con un jadeo áspero.

—Sí.

Fitz le levantó la pierna derecha, sujetándola contra su propia cadera. Esto le permitió a Tabitha frotarse contra su muslo, lo que solo aumentó esa necesidad salvaje en su interior, un deseo de cosas que durante mucho tiempo había pensado que nunca experimentaría.

—Eso es, cariño —murmuró, y volvió a besarla. Sus hábiles dedos se deslizaron bajo las amplias capas de sus faldas hasta encontrar la piel desnuda y vulnerable del interior de sus muslos y el centro punzante de su cuerpo que palpitaba de necesidad.

La primera caricia de sus dedos en ese lugar tan necesitado de su toque la hizo chillar de asombro. Fitz ahogó el sonido con su boca y Tabitha se agitó contra él, instándolo a continuar. Después de un largo y tortuoso momento, él le dio lo que necesitaba. Deslizó un dedo dentro de ella, empujándolo hasta el fondo. Tabitha gimió mientras un millar de sensaciones se agitaban en su interior.

—Sí —la animó en un ronco susurro—. Ahí está mi chica buena. Coge lo que quieras —siguió penetrándola con su dedo, y ella se presionó contra él, intentando mover el dedo hacia dentro y hacia fuera. Desarrollaron un ritmo, él moviendo la mano contra su sexo y ella sacudiéndose a medida que la tensión aumentaba en su interior.

Provocaron un suave *pum...pum...pum* contra la pared, debido a la brusca urgencia de sus movimientos. La forma en que él murmuró que ella cogiera lo que quisiera, cómo la llamó su chica buena, todo encendió un fuego profundo dentro de Tabitha y volvió a gritar. Esta vez no Fitz no le cubrió la boca, no la besó, simplemente la miró mientras ella se convertía en una criatura dentro de un estado de felicidad pura.

Sus ojos se encontraron, y Tabitha supo en ese momento que él *poseía* cada parte de ella. Su mirada la consumió, y ella no pudo hacer otra cosa que rendirse al momento. Su cuerpo sufrió espasmos mientras pequeñas réplicas estremecían su interior. Helston absorbió cada uno de sus pequeños temblores, mientras su mirada seguía siendo intensa al tiempo que mantenía sus muñecas por encima de su cabeza e inmovilizaba su cuerpo contra la pared.

—¿Ha sido tu primera vez? —preguntó él cuando sus temblores cesaron.

—¿Mi primera?

—El placer. Se llama clímax. ¿Lo habías sentido antes?

Tabitha negó lentamente con la cabeza, y él soltó un suspiro y se inclinó, presionando su frente contra la de ella.

—Esto nunca se había sentido... así antes... cuando me atreví a... —ella no terminó.

—¿Cuando te atreviste a tocarte? —preguntó él y ella asintió—. Eres inocente —musitó, con los ojos cerrados. Tabitha también cerró los ojos brevemente, reviviendo la sensación de lo que habían compartido. Se sentía muy profundo, muy *real* en comparación con cualquier otra cosa que ella hubiera experimentado—. Tienes una respuesta muy hermosa al placer. Dios mío... —Helston sonrió mientras abría los ojos—. Si antes no estaba tan loco por tenerte, ahora sí que estoy loco por ti.

Retiró lentamente la mano de debajo de sus faldas, haciendo que ella se estremeciera y le temblaran las piernas.

—No te muevas —él utilizó un pañuelo para limpiarse los dedos y luego lo usó para limpiarle el área entre las piernas. Ella se cubrió la cara con las manos, mortificada, pero luego lo miró a través de los dedos separados—. No seas tímida, no después de lo que ha sucedido entre nosotros —le dijo, riéndose. Luego la alzó en brazos y la llevó a un sofá. Se sentó con ella en su regazo. Tabitha intentó deslizarse para sentarse a su lado, pero él le dedicó un sonido de desaprobación como si fuera una niña malcriada—. Necesitas un minuto para que tus piernas se recuperen. Solo descansa. Nadie nos verá.

Tabitha permaneció en silencio un largo rato mientras recuperaba el aliento.

—¿Lo... eh... has hecho con muchas mujeres? —preguntó finalmente. Ella había sido cambiada irrevocablemente, pero temía que eso no significara nada para él.

Lo que sabía de los hombres, de los hombres con los que se había cruzado en la calle, era que hablaban mal de las mujeres y a menudo las trataban aún peor. Había tenido suerte de que las chicas del almacén la acogieran durante tantos años. La habían mantenido a salvo de la peligrosa realidad de las calles.

—Lo he hecho antes. Pero nunca tan rápido. Con eso quiero decir que nosotros sólo nos hemos visto dos veces y me he abalanzado sobre ti como un animal salvaje —ella oyó la perplejidad en su tono—. Debería disculparme, debería admitir que ha estado mal, pero...

—No lo hagas. Ha sido maravilloso, aunque haya sido un poco atemorizante.

Él bajó la cabeza para acariciarle la mejilla con la nariz.

—Eres todo un misterio para mí, Tabitha. La mayoría de las mujeres me habrían abofeteado y salido corriendo por lo que hice.

Ella le cogió la mejilla.

—¿Por qué iba a hacerte daño cuando se ha sentido maravilloso?

—Porque se supone que soy un caballero, aunque no estoy actuando como tal contigo —él suspiró—. ¿Quién iba a decir que un recorrido por una casa podría ser tan escandaloso?

Tabitha sonrió un poco ante su broma, sintiéndose

extrañamente al descubierto después de lo que habían hecho.

—Mis amigas. . . Quiero decir, mi prima y mi amiga se pondrían furiosas conmigo.

—Te refieres a la señora Winslow y a la señorita Starling —pronunció sus nombres con una risita sombría—. Sí, soy muy consciente de que no les caigo bien.

—Te llaman cabrón —Tabitha se puso rígida al darse cuenta de lo que acababa de decir. Su antigua identidad de carterista no habría tenido ningún problema en hablar así en la calle, pero ésta no era la forma de hablar de una dama decente.

Parecía un poco sobresaltado.

—¿Un cabrón?

—Uno hermoso —añadió—. Lo siento, no debería haber dicho nada.

—Son tus amigas. Lo comprendo. Créeme. Supongo que a veces he sido un cabrón, pero es porque sé que tengo razón en muchas cosas. Te sorprendería saber que muy pocas personas aceptan que se les diga que están equivocadas. A menudo soy yo quien les dice que están equivocadas, lo que supongo que les causa antipatía.

Lo dijo de forma tan realista que Tabitha se quedó mirándolo. ¿De verdad él no entendía que no podía simplemente dictar a los demás cuáles debían ser sus decisiones en la vida?

—Pero, ¿cómo puedes estar tan seguro de que *siempre* tienes razón? —preguntó, más que un poco curiosa de que él pudiera creer tal cosa.

Él le dedicó una sonrisa arrogante.

—Porque la tengo. Fui duque a una edad más temprana que la mayoría de los hombres. Lo mismo ocurre a la hora de asumir responsabilidades. He estado en muchas situaciones y he visto gran parte del mundo. Te retaría a encontrar algo de lo que yo sepa poco.

Tabitha estuvo a punto de preguntarle qué sabía de las condiciones de los pobres en Londres, pero no quiso arruinar este momento. Nadie le había dicho lo bien que se sentiría estar entre los brazos de un hombre. Se sentía segura, protegida y querida.

—¿Cómo te sientes ahora? —preguntó él.

—Mejor, pero... —dudó, se sentía tímida.

—¿Pero?

—Pero no quiero moverme todavía. Me siento bien —probablemente era una idea terrible ser tan abierta y sincera con él, pero era muy fácil sentirse ella misma cuando él estaba allí. Sí, Tabitha había vivido en la calle, se había enfrentado al peligro y había luchado contra el frío y el hambre. La desesperación había sido su compañera constante, pero eso no la había endurecido como a la mayoría de los que vivían en la calle. Seguía siendo una persona en busca de calor, seguridad, protección. Y sobre todo, amor. Helston podía, por el momento, ofrecerle algo de eso, y dejó que la reconfortara mientras ella pudiera.

—Podemos quedarnos aquí un poco más, a menos que volvamos a oír a mi abuela.

Tabitha soltó una risita y apoyó la frente en su hombro.

—No puedo creer que no nos hayan oído —susurró.

Helston soltó una risita.

—Soy malditamente bueno estando callado cuando es necesario. ¿Cuánto tiempo estarás en Londres con tu prima?

—No estoy segura —sinceramente, no había pensado en ese lejano día en que los Alegres Petirrojos dejarían de robar. ¿Cuál sería su futuro en ese momento? Hannah nunca la echaría de nuevo a la calle, pero no podía vivir eternamente de la generosidad de su amiga. Habían hablado de que algún día podrían ayudarla a encontrar un hombre con quien casarse, si ella así lo deseaba, o de que podría encontrar trabajo en una tienda de renombre o incluso de que podría llevarse una parte de los beneficios de la venta de las joyas. Rechazó la última opción, por supuesto. No podía dormir sabiendo que tenía una cama caliente y comida y que, además, se quedaba con parte del dinero de los robos. En el pasado, sólo había robado cosas para sobrevivir.

Ahora no necesitaba hacerlo. Robaba para los demás y, por lo tanto, no podía quedarse con nada del dinero.

—No puedo quedarme con Hannah para siempre. Tendré que casarme o encontrar otra forma de mantenerme.

—*¿Tendrás?* —parecía sorprendido.

—Supongo que crees que provengo de una familia adinerada como Hannah, pero te aseguro que no es así —supuso que era bastante seguro admitir algunas cosas sobre su vida sin revelar la verdad más grande.

Él esperó a que continuara y ella lo hizo.

—Viví en un pequeño conjunto de habitaciones toda mi vida hasta el fallecimiento de mi padre. Él trabajaba como empleado para un banquero privado y ganaba muy poco dinero. Pero por muy pobres que fueran nuestras vidas, nuestro hogar era rico en amor —sonrió al recordar a su padre leyéndole hasta altas horas de la noche, sin preocuparse nunca de desperdiciar las preciosas velas—. Cuando él murió, las cosas no fueron fáciles. Pasé noches con la barriga vacía, y hubo días fríos —era lo más cerca que ella podía estar de decirle que había vivido en la calle.

Él le frotó la espalda con una mano, intentando calmarla, y fue entonces cuando Tabitha se percató de que había empezado a temblar por los recuerdos de esos años duros y austeros.

—Desearía haberte conocido en esa época. Te habría ayudado —dijo, con el tono un poco áspero por la emoción.

—¿Lo habrías hecho? —preguntó ella, endureciendo un poco el tono—. ¿Sabes cuántos *elegantes* caballeros y damas pasan al lado de alguien necesitado y no hacen nada? Piensan: *Qué pobres y lamentables desgraciados. Deberían ser capaces de valerse por sí mismos encontrando trabajo, y como no lo han hecho deben de ser unos vagos.* Sus destinos deben ser propios, sin vuestra ayuda —dijo las palabras con dureza y se levantó de su regazo. Él la soltó y se quedó sentado mirándola con esos ojos tempestuosos—. Pero la verdad es que no hay *suficiente* trabajo, no hay *suficiente* comida. No hay suficiente de *nada* para la mayoría de la gente de este país.

Helston se puso a la defensiva.

—Si estás sugiriendo que me desprenda de mi dinero para que unos cuantos borrachos de ginebra beban más y puedan volver a casa y pegar a sus mujeres e hijos aún más de lo que ya lo hacen...

Tabitha se apartó de él, con su ira estallando tan pronto como la interrumpió.

—Claro que piensas en los hombres. Pero, ¿y las mujeres, los niños? Las hambrientas niñas de las flores, los niños que venden fósforos. Las frágiles ancianas con manos demasiado viejas para coser y ojos demasiado débiles para ver a la luz de las velas y trabajar, los ancianos que ya no pueden trabajar en las fábricas y los veteranos de las guerras. A *ellos* les fallas cada día.

—Espera —se puso en pie y la cogió del brazo, girándola para que lo mirara—. Me estás lanzando acusaciones. ¿Me has visto negarle algo a un niño o a una anciana? —desafió.

—He visto a suficientes hombres de posición hacer la vista gorda como para creer lo peor —las palabras salieron de su boca demasiado rápido, antes de que se diera cuenta de que eran un error.

El destello de fuego en sus ojos la asustó. Pero en lugar de atacarla como habrían hecho los hombres de los que acababa de hablar, la soltó y dio un paso atrás.

—Lamento mucho que piense tan mal de mí, señorita Sherborne. Creo que es hora de que vuelva con mis invitados. Por favor, discúlpeme —hizo una ligera reverencia y la dejo sola en el salón.

Ella permaneció allí de pie un largo momento, con el corazón latiéndole con fuerza mientras luchaba contra las ganas de echarse a llorar. ¿Por qué ella le había dicho esas cosas? ¿Por qué él tenía tanto poder para derribar sus muros y hacerla hablar con una sinceridad tan dolorosa? Sus sentimientos y su comportamiento con él eran un caos de contradicciones que no comprendía. Si no tenía cuidado, ella podía revelar demasiado y delatar sus verdaderos motivos para estar aquí.

Cuando por fin se serenó, Tabitha volvió a la terraza. Casi al mismo tiempo, sus amigas se abalanzaron sobre ella.

—¿Dónde has estado? Helston volvió solo hace un rato y... Dios mío, Tabby, ¿estás bien? —Hannah cogió una de las manos de Tabitha entre las suyas y la estrujó.

—Eh... sí. Por supuesto —pero Tabitha estaba muy lejos de estar bien. Echó una mirada furtiva al duque, quien estaba de pie en el otro extremo de la terraza. Él la observó con una mirada tranquila y desafiante mientras la estudiaba también. Sentía que estaban en los lados opuestos de un tablero de ajedrez gigante, con las piezas moviéndose entre Helston y ella, sin forma de saber cuál sería su próximo movimiento o el de ella. Tabitha sólo podía rezar para que él no supiera lo que realmente estaba en juego en este encuentro entre ellos. Para él, era un juego de seducción, pero ¿para ella? Era un juego por un diamante. Un diamante que podía ayudar a mucha gente; o costarle la libertad si la descubrían.

—Helston no ha sido un bruto contigo, ¿verdad? Puede ser muy grosero. ¿Qué te ha dicho? —preguntó Julia. Parecía dispuesta a cruzar la terraza hacia el duque y luchar.

—No, él no lo ha sido. Me temo que he sido demasiado sincera al hablar con el hombre, y él, a su vez, ha sido demasiado directo conmigo. Temo haber perjudicado nuestras posibilidades de obtener más información de él.

Esa era la verdad, hasta cierto punto. No quería contarles a sus amigas lo que había pasado. Era demasiado íntimo, demasiado personal.

—¿Por qué no subimos y descansamos un poco antes de cenar? —sugirió Hannah—. Puedes contárnoslo todo cuando estemos solas.

—Sí, vamos —aceptó Tabitha—. Eso nos dará la oportunidad de hablar. Creo que sé hacia dónde debemos dirigir nuestra *atención* —hizo énfasis en la palabra mientras levantaba las cejas.

Los ojos de Julia brillaron de emoción.

—¿Oh?

—Sí. Está aquí, como pensábamos. Tendremos que ir de noche, y creo que necesitaremos acceder a la habitación a través de una ventana. Tiene un lacayo apostado en la puerta.

—Ya veo —Hannah se dio unos golpecitos en la barbilla—. Una vez que lo tengamos, sabrá que ha sido robado. Tendremos que tener cuidado. Necesitamos un lugar seguro donde guardarlo, ya que él registrará a los invitados.

—Desearía que hubiéramos podido conseguir una

imitación —dijo Tabitha—. Pero tendríamos que poner las manos en el auténtico para que se acercara lo más posible.

—Sí, es una pena. Eso habría sido mucho más fácil, pero simplemente tendremos que hacerlo como hemos hecho con los otros —respondió Hannah.

—En ese caso, tenemos mucho por planear —dijo Julia mientras las tres se alejaban del grupo de invitados reunidos en el exterior.

Tabitha lanzó una última mirada a Helston, quien estaba de pie en el extremo de la terraza con otros dos hombres. Él seguía observándola y no hacía nada por ocultar su ceño fruncido.

Tabitha temía que su disputa hubiera destruido su interés por ella y que él la dejara en paz, lo cual sería lo mejor. Pero tal vez no, a juzgar por la intensidad de la mirada del hombre. Ella apartó la cara, con un rubor de mortificación calentándole la piel. Sería prudente evitar al duque en la medida de lo posible mientras durase la misión.

* * *

—Bueno, *eso* ciertamente parece un problema, Fitz. ¿Qué demonios has hecho? —Beck hizo un sutil gesto con la cabeza hacia las tres mujeres mientras se retiraban, quienes lanzaron duras miradas en su dirección. Las mujeres parecían sospechosas mientras susurraban entre ellas como hacían las mujeres cuando querían hablar de sus secretos.

—Supongo que he sido un poco imprudente —admitió. *Y duro*, añadió en silencio.

—¿Imprudente? *¿Tú?* Joder, hombre, se debe estar acabando el mundo —bromeó Evan, pero su sonrisa se desvaneció al ver la mirada sombría de Fitz—. ¿Qué has hecho, Fitz? —preguntó en voz más baja.

—Me he comportado de una manera poco caballerosa con la señorita Tabitha Sherborne.

—¿Quién es ella? —preguntó Beck mientras veía a las tres mujeres desaparecer dentro de la casa.

—La prima de Hannah Winslow del campo —un destello de Tabitha en sus brazos atravesó su cuerpo como un relámpago. La sensación de su boca, su sabor, la forma erótica en que jadeó su nombre entre besos y cómo pareció reconstruir todo lo que él entendía sobre el universo. Ese momento había sido calor y luz en estado puro, y lo había sacudido hasta lo más profundo de su ser.

—Ella no puede ser la prima de Hannah Winslow —dijo Evan.

Fitz sintió que una nueva tensión vibraba en su interior, una que no tenía nada que ver con sus asuntos pendientes con Tabitha.

—¿A qué te refieres?

—Hannah no *tiene* primas en el país, al menos ninguna llamada Tabitha Sherborne —declaró Evan con seguridad.

—¿Estás seguro? —preguntó Fitz.

—Bastante.

Beck se inclinó hacia su amigo.

—¿Cómo lo sabes?

—Porque... porque... —Evan se frotó la nuca, y un inusual tono rojo coloreó su cara mientras apartaba la mirada de Fitz y Beck—. Porque una vez estuve locamente enamorado de Hannah. Mi misión era saber todo lo que pudiera sobre ella.

Fitz miró conmocionado a su amigo.

—¿Estabas *enamorado* de Hannah la bruja? —no tenía ni idea de que Evan había tenido fuertes sentimientos por una mujer. Había tenido muchas amantes a lo largo de los años, pero nunca había mencionado sentir afecto por Hannah, y mucho menos un amor loco por ella. Era algo que tendría que discutir con su amigo más tarde, después de que capturaran a los ladrones de joyas.

—Sí, yo lo estaba, y ella no es ninguna bruja, como bien sabes. Nunca volvió a ser la misma después de perderlo —Evan apartó la mirada de ellos—. Lo que sentí por ella fue hace mucho tiempo —se aclaró la garganta—. De lo que estoy seguro es de que no tiene ninguna prima llamada Tabitha Sherborne.

Los tres hombres se volvieron para mirar en la dirección en que se habían ido las mujeres, y Fitz frunció el ceño.

—Entonces, ¿quién demonios es la mujer a la que acabo de besar?

Capítulo Cinco

Fitz dejó que su ayuda de cámara, Stewart, terminara de vestirlo para la cena. Su mente estaba a kilómetros de distancia mientras luchaba por comprender lo que había sucedido esa tarde. Desde el momento en que Tabitha Sherborne puso un pie en su casa, había estado nervioso. Ella lo había alterado *todo*.

No se trataba sólo de la pasión que se había desatado entre ellos en el salón, aunque podía morir feliz sólo con ese recuerdo. Dios, la forma en que ella había presionado su cuerpo contra el suyo, la suavidad de su piel, su sabor... Esos recuerdos llenarían sus sueños durante años. Pero lo que lo perseguiría para siempre era la forma en que sus ojos azul aciano se habían llenado de asombro al experimentar el placer carnal por primera vez. Había quedado cautivado por la expresión de su rostro, la intensidad, la conmoción y luego el placer que sintió cuando ella se permitió confiar en él en ese momento.

Eran prácticamente desconocidos y, sin embargo, ese vínculo de la velada musical había resultado ser más fuerte de lo que él había imaginado.

Por eso, el dolor en el rostro de la joven cuando habló de su pasado; de días fríos y estómagos vacíos, y que ella se alejara de él, lo habían golpeado, con furia y rabia. Aunque su ira no iba dirigida a ella. En absoluto.

Necesitaba que ella confiara en él, y se sentía ansioso por demostrar que era digno de ello. Su incapacidad para confiar en él hizo que Fitz se cuestionara más de lo que quería. Se miró fijamente en el espejo mientras Stewart utilizaba un cepillo suave para quitar el polvo de su abrigo. A continuación, Stewart sacó brillo a los zapatos de charol de Fitz.

—Gracias, Stewart.

Fitz salió de su dormitorio, recordando sus conversaciones con Tabitha mientras caminaba. Seguía sin saber quién era ella realmente. Sabía tres cosas con certeza: desconfiaba de los hombres y mujeres ricos, había sufrido un largo período de penurias y no era la prima de Hannah Winslow del campo.

Él confiaba en Evan lo suficiente como para saber

que, si el hombre afirmaba haber investigado el asunto, lo había hecho bien. Si decía que no había ninguna prima del campo llamada Tabitha, entonces no la había.

Entonces, ¿quién demonios era ella?

Podía confrontar fácilmente a Tabitha y Hannah sobre su engaño mientras estuvieran en su casa, pero no había garantía de que le dijeran la verdad. Lo más probable era que abandonaran la fiesta disgustadas y que Fitz nunca obtuviera las respuestas que tanto deseaba. Hasta que no entendiera por qué estaba obsesionado con Tabitha, no quería asustarla ni a ella ni a sus amigas con acusaciones atrevidas.

Su mente recordó las manos de Tabitha, los callos desvanecidos en las puntas de los dedos y las palmas. ¿Qué había hecho la joven para ganárselos? Se le hizo un nudo en el estómago al pensar en ella trabajando en alguna fábrica de fósforos hasta altas horas de la noche, desesperada por conseguir monedas para alimentarse. Pero los callos se habían desvanecido, así que algo en sus circunstancias había cambiado para mejor. ¿Cómo podía una mujer crear tantas preguntas?

Mientras Fitz bajaba las escaleras, el mayordomo hizo sonar el gong para la cena. Maldita sea, llegaría tarde. Eso casi nunca ocurría. Se encontró con los invitados y su abuela cuando salían del salón principal. Su abuela le hizo señas y se inclinó para susurrarle cuando llegó hasta ella.

—Acompañarás a la señorita Sherborne a cenar.

Era una orden, algo que él esperaba desde que la había oído conspirar. Normalmente habría discutido con ella, pero en este caso accedió encantado. Aunque se había enfadado con Tabitha esta tarde después de sus acusaciones sobre su carácter, todavía quería estar cerca de ella. La joven un rompecabezas que rogaba ser resuelto.

Fitz se deslizó entre la multitud y se detuvo al ver a Tabitha. Entre todas las demás damas, ella destacaba como la primera flor primaveral surgida tras un duro invierno. Su vestido de noche era una mezcla de colores exquisitos, con una enagua color crema bordada con narcisos, dalias y peonías entre hojas verdes. El exquisito bordado creaba la ilusión de que un jardín crecía en su enagua. El corpiño y la sobrefalda eran de color coral, y la parte delantera de ésta última estaba sujetada hacia atrás para ensanchar sus caderas, mostrando intrincados pliegues con un fondo de satén amarillo como un día soleado. Finas capas de encaje adornaban el dobladillo de la enagua y el corpiño. Fitz podía ver la curva de sus pechos a través de las finas capas de encaje que cubrían su escote.

Ella se volvió hacia él y sus miradas se cruzaron a

través de la habitación. A Fitz se le aceleró el pulso, el mundo se movió bajo sus pies y abrió un poco más las piernas para mantenerse firme. ¿Qué le pasaba? La simple visión de una mujer no debería haberlo afectado así, pero lo hizo.

Se acercó a Tabitha, consciente de que todos lo miraban. Le ofreció el brazo como una invitación silenciosa. Por un momento, temió que no lo aceptara. Entonces, con un creciente rubor en las mejillas, ella deslizó la mano por el pliegue de su brazo. Juntos guiaron al resto de la comitiva hasta el gran comedor.

Ninguno de los dos habló mientras la sentaba a su lado. Él se sentó al final de la mesa como anfitrión, y ella se colocó justo a su derecha. La señora Higgs, amiga de su abuela, se sentó a la izquierda de Fitz. Ella estaba manteniendo una profunda conversación con su acompañante, que resultó ser Beck. Éste dirigió a Fitz una mirada sutil e inquisitiva, dirigiendo rápidamente su mirada a Tabitha y luego de nuevo a Fitz.

Fitz le devolvió la mirada, asegurando en silencio a Beck que investigaría más a fondo la historia de Tabitha, pero no en este momento.

—Tenemos actividades planeadas para mañana. Un picnic, equitación, bádminton y croquet —dijo Fitz mientras Tabitha se colocaba la servilleta en el regazo y sorbía la copa de vino que un lacayo le había puesto enfrente.

Tabitha le dirigió una mirada.

—¿Oh?

—Sí... y pensé que tal vez podríamos jugar a algo juntos, o... —hizo una pausa, intentando evaluar la mejor manera de abordar la cuestión de su reencuentro. Mantuvo la voz baja, a pesar de que Beck, afortunadamente, había capturado ahora toda la atención de señora Higgs—. Podríamos intentarlo de nuevo.

—¿Intentarlo de nuevo? —preguntó inocentemente Tabitha, pero sus ojos contenían un ardiente desafío, asegurándole que sabía *exactamente* a qué se refería.

—Sí. Esta tarde ha sido... —le costó encontrar la palabra adecuada.

—¿Un desastre? —añadió ella, con una pizca de picardía en los ojos.

—Sí —Fitz esperaba que Tabitha admitiera que ambos habían sido un *desastre*, como ella dijo, pero no lo hizo. Ella dejó que él asumiera toda la culpa. Tal vez se lo merecía, ya que había sido él quien la había besado, quien se había tomado las libertades que provocaron la discusión y su consiguiente pelea. Pero estaba decidido a empezar de nuevo con ella, y si eso significaba aceptar toda la responsabilidad por su último encuentro, que así fuera.

—Muy bien. Mi nombre de pila es Fitzwilliam, pero me gustaría mucho que me llamaras Fitz, como hacen mis amigos.

—¿Deseas que seamos amigos, Fitz? —preguntó Tabitha, suavizando su tono. Su mirada se volvió pensativa mientras lo estudiaba. Por fin él estaba consiguiendo su propia victoria.

—Sí —respondió él sin vacilar.

La mirada de Tabitha recorrió la mesa, donde Hannah y Julia conversaban animadamente con sus propios acompañantes de cena.

—Entonces supongo que estaría bien que me llamaras Tabitha.

Por el rubor de sus mejillas, Fitz supo que ella estaba recordando el momento en que había pronunciado su nombre mientras la complacía. Quería que ella recordara eso cuando la llamara Tabitha, los deliciosos placeres que se podían experimentar.

—Excelente —Fitz bebió su vino mientras los lacayos preparaban los platos para repartirlos por la mesa. Su abuela prefería un estilo de cena menos formal, en el que la mayoría de los platos se servían en la mesa del aparador y luego se repartían entre los invitados. Se necesitaban menos sirvientes para atender las demandas de los invitados. A su abuela le gustaba la intimidad de una reunión en la que la gente compartía la comida entre sí, en lugar de que los criados hicieran todo el trabajo por ellos.

Mientras cenaban, Fitz equilibró sus conversaciones con la señora Higgs y Tabitha con más facilidad de la que esperaba, en parte porque Beck mantenía a la señora Higgs distraída a propósito para que Fitz pudiera centrarse en Tabitha.

—Dime, ¿tu prima y tú os veíais mucho de niñas? —preguntó mientras el postre era servido. Había evitado cualquier tema delicado durante toda la comida para ganarse la confianza de Tabitha, pero ahora estaba dispuesto a ponerla a prueba.

Tabitha desvió la mirada, concentrándola en los pastelillos de colores brillantes frente a ella.

—Oh, no con frecuencia.

—¿Te gustan las cosas dudes? —preguntó él. Los postres no eran demasiado lujosos, sino más bien algo que uno podría encontrar en una confitería de la zona comercial. Su abuela tenía debilidad por los pastelillos y los pedía en lugar de los postres ostentosos que uno esperaba comer en una gran casa.

Las manos de Tabitha se movían inquietas en su regazo.

—Solían gustarme, pero ya no.

Esperando ponerla de mejor humor, bajó un poco la voz para que sólo ella pudiera oírlo.

—¿Oh? Dime que no eres una mujer que se preocupa por su figura. Eres hermosa, y a cualquier hombre medio decente le gustan las curvas en una mujer. Le da a un hombre algo a qué aferrarse cuando... —se detuvo, pero sólo porque se dio cuenta de que ella estaba ignorando por completo sus escandalosos comentarios. Fitz metió la mano por debajo de la mesa y cogió suavemente una de las de Tabitha, las cuales había cerrado en puños sobre su falda. Ella se estremeció un poco y giró la cabeza hacia él. Su rostro había perdido todo el color—. Tabitha, ¿estás bien? Te has puesto muy pálida. ¿Qué te pasa? —la pobre criatura parecía a punto de desmayarse. Fitz rezó para que sus comentarios no fueran la causa. Sólo había pretendido burlarse de ella y provocarle un rubor en las mejillas, o tal vez una sonrisa.

—Yo... Casi me da vergüenza admitirlo —la mirada de Tabitha se desvió hacia su plato, que no contenía ninguna golosina. Él le estrujó suavemente la mano, animándola en silencio a continuar—. Cuando tenía unos trece años, fui con unas chicas que conocía a comprar pastelillos dulces a la confitería que había cerca de donde vivía —sus ojos se desviaron brevemente hacia los pasteles del plato—. Las chicas enfermaron gravemente. Dos de ellas murieron. Tenían convulsiones violentas y parecía que las habían envenenado. Al final alguien se dio cuenta de que todas habían comido lo mismo, esos pasteles. Se descubrió que contenían cromato de plomo. El panadero lo había utilizado como sustituto de los huevos. Era una especie de sustancia amarilla, según tengo entendido, y él creyó que estaría bien usarla para conseguir el color deseado al crear un glaseado a base de huevo.

—Él adulteraba los pasteles —el tono de Fitz era sombrío.

—Sí —Tabitha tragó duro y volvió a mirar los postres—. Sigo viendo a esas chicas temblando en el suelo, echando espuma por los labios mientras sus caras se ponían azules... —se estremeció.

—Mantén los ojos en mí, cariño —susurró Fitz y le estrujó la mano. Eso hizo que Tabitha volviera a centrar su atención en él—. La adulteración de alimentos es una práctica demasiado común entre los vendedores de alimentos de baja calidad.

No era raro que la gente añadiera cosas a los alimentos para aumentar su peso o cambiar su color. En una ocasión, Fitz había oído que algunos panaderos pobres de la ciudad añadían huesos molidos, yeso, cal, arcilla blanca y alumbre al pan. Las familias acomodadas sólo compraban alimentos en tiendas reputadas que no participaban en tales prácticas. Pero una buena reputación tenía un precio elevado. Hasta este momento, él no había pensado en los que no tenían más alternativa que arriesgarse, ni había considerado la idea de que uno podía morir por un comportamiento muy poco ético.

—¿Tú enfermaste? —preguntó, preocupado.

—No. Le di mi pastel a otra chica que necesitaba comida más que yo. Ella fue una de las que murió —un cambio brusco en la respiración de Tabitha le advirtió que estaba muy afectada—. Yo la *maté*.

—No, no la mataste —susurró él—. Ese panadero irresponsable mató a esas chicas. Tú no. ¿Lo entiendes?

Sus ojos empañados se encontraron con los de él y respiró entrecortadamente. Ambos sabían que ella no podía llorar en la mesa delante de todos.

—Sí, cierto —dijo lentamente—. Por supuesto.

El corazón de Fitz se detuvo en su pecho mientras ella recuperaba la compostura. La aflicción que sentía en su interior le recordó que ella también era otra víctima del dolor. Tabitha realmente había pasado por algo terrible. Si ella alguna vez había vivido en condiciones tan pobres como él sospechaba, no podía imaginar qué más podría haber sufrido. No se trataba de una joven bonita criada en el refugio protector de una familia rica. Tabitha había soportado cosas que él probablemente no podía imaginar. Y el simple hecho de saberlo le provocaba un profundo abismo en el pecho que le dificultaba la respiración.

—Olvida el postre. ¿Quizás pueda enseñarte algo más de la casa? —ella asintió, y Fitz capturó la mirada de su abuela al final de la mesa. Él le dedicó un asentimiento de cabeza para indicarle que quería romper la tradición y permitir que algunas personas abandonaran la mesa antes. Ella respondió a su mensaje silencioso con una inclinación de cabeza.

Soltó la mano de Tabitha y se levantó, llamando la atención de sus invitados.

—Si habéis terminado, los caballeros pueden reunirse en la sala de billar. Damas, tienen el salón a su disposición. Si no, por favor, quedaos en la mesa y disfrutad del postre.

Beck le dijo algo a la señora Higgs, y ella se sonrojó y le agradeció por la encantadora conversación de la cena. Entonces Beck se levantó. Algunas de las damas y caballeros lo siguieron. La abuela de Fitz permaneció en la mesa con los invitados que deseaban quedarse sentados y terminar sus postres.

Fitz le ofreció el brazo a Tabitha.

—Señorita Sherborne —ella se levantó y lo siguió fuera del comedor, con el brazo metido nuevamente en el suyo. Era extraño cómo la práctica de escoltar a una dama siempre había sido algo que se sentía obligado a hacer por exigencias de su posición social, pero con Tabitha era diferente. Cualquier excusa para tocarla, para protegerla, para tenerla cerca de él se estaba convirtiendo rápidamente en una adicción. Una que temía demasiado examinar de cerca.

—Por aquí —le susurró él al oído. Abandonaron a los demás invitados y se escabulleron rápidamente. La condujo por un pasillo poco iluminado hasta una de las puertas laterales de la casa que daba un estrecho camino de grava. La noche era clara y estaba llena de estrellas. Ambos respiraron el aire fresco y exhalaron juntos un profundo suspiro. La tensión en la expresión de Tabitha desapareció casi de inmediato.

Fitz echó la cabeza hacia atrás para mirar el manto de miles de estrellas sobre sus cabezas.

—¿Te sientes mejor?

—Mucho, gracias.

—Por supuesto. Es lo que hacen los amigos, ¿no?
Ella se rio.

—¿Cómo es que eres encantador y exasperante al mismo tiempo?

—Es parte de ser duque —bromeó. Nunca se había considerado un hombre divertido. Evan solía ser el más jovial de su grupo de amigos, pero quería hacer reír a Tabitha.

—Es mejor estar aquí afuera —admitió ella—. El simple hecho de ver esos pasteles me despertó todos esos terribles recuerdos. En todos mis compromisos sociales recientes, de alguna manera he tenido la suerte de evitar esos postres. Normalmente, encuentro otras formas de mantenerme ocupada y consigo escapar del postre por completo.

—Estos postres son poco habituales de una gran cena. A mi abuela le gustan postres más comunes como estos, y la cocinera lo sabe.

Fitz hizo una nota mental para ordenar a la cocinera que evitara todos los pasteles dulces en el futuro.

Le dio una palmadita en la mano mientras la conducía al invernadero. Las ventanas estaban empañadas por el aire cálido del interior, lo que les proporcionaría cierta intimidad.

—Tuviste una infancia difícil después de la muerte de tu padre, ¿verdad? —insistió suavemente en el tema que quería que Tabitha abordara.

—Sí —respondió ella, pero no dio más detalles.

Fitz ocultó su frustración. Quería que esta mujer confiara en él, que se diera cuenta de que haría cualquier cosa por ella si se lo pedía. Tabitha tenía ese poder sobre él, y Fitz no lo negaría. Tampoco estaba acostumbrado a que una mujer no aceptara de buen grado su ayuda, y eso lo confundía más de lo que se atrevía a admitir.

—Puedes confiar en mí, Tabitha. Todo lo que me digas se quedará entre nosotros.

—¿Deseas que cuente mis secretos? —bromeó ella.

—Todos ellos —aunque hablaba bastante en serio, le mostró una sonrisa torcida que nunca dejaba de encantar a las mujeres.

Ella soltó otra suave carcajada.

—Bueno, supongo que todas las mujeres tenemos secretos, ¿no? Es nuestra naturaleza. La luna tiene secretos, igual que el mar, y las mujeres estamos conectadas a ambos. Así que, ¿por qué no íbamos a tener secretos nosotras también?

—Estoy bastante de acuerdo con esa lógica, y tú deberías tener secretos; es parte de lo que te hace tan encantadora y misteriosa —coincidió él.

Fitz abrió la puerta del invernadero y ella entró primero. No era un tipo romántico, pero la separación de sus manos, aunque fuera breve, le produjo una punzada en el cuerpo, como si ella fuera a escapársele para siempre.

Fitz cerró la puerta tras ellos y se unió a ella en el camino de grava, cogiéndole nuevamente la mano cuando se pararon en medio del invernadero. Entrelazó sus dedos con los de Tabitha y, en el momento en que ella correspondió el gesto, un calor estimulante sin ninguna relación con el aire que los rodeaba, floreció en su interior.

—¿Ponemos a prueba tus conocimientos del lenguaje de las flores? —preguntó Tabitha.

Con una sonrisa, Fitz cortó un jacinto cercano y lo acercó a su nariz, aspirando su aroma.

—¿Ganaré un beso si lo hago bien? —ella no tenía ni idea de que éste era un juego que él ganaría. Su madre le había enseñado hacía mucho tiempo el lenguaje de las flores, y él nunca había olvidado ni una sola lección.

—Supongo que eso sería justo... —Tabitha tocó la flor que él sostenía—. ¿Qué significa un jacinto?

—Tu belleza me encanta —le dijo. Su madre lo había traído a este invernadero todos los domingos de primavera y le había explicado el significado de cada flor y cómo podría ayudarlo algún día a encontrar a la mujer que le robaría el corazón. En ese momento le había parecido una tontería, pero ahora valoraba los recuerdos de esas horas con ella.

Tabitha rio, encantada.

—Correcto.

Fitz le pasó un brazo por la cintura y la atrajo hacia sí. Reclamó su premio y la besó suave y dulcemente en la mejilla.

Luego miró a su alrededor y cogió una flor roja fucsia. La deslizó por los labios de Tabitha y sus pestañas se agitaron.

—¿Y ésa? —ella se quedó sin aliento cuando sus pestañas se alzaron y sus ojos se encontraron.

Fitz bajó la voz mientras le miraba la boca.

—Me gusta tu *sabor*...

—Eso es correcto una vez más, aunque creo que estás confiriendo a la palabra *sabor* un significado diferente —sus mejillas mostraron un rubor que hasta la rosa más roja envidiaría—. Empiezo a creer que sabes *demasiado* de flores.

—He tenido una profesora excelente. Mi madre era una mujer que adoraba las flores. Las ponía en las habitaciones de todos los invitados, flores frescas todos los días. Le encantaban las posibilidades que ofrecían las flores y las cosas que crecen en la tierra. 'Una nueva vida es hermosa', solía decir.

—Parece que ella era toda una maravilla —dijo Tabitha.

—Lo era —coincidió Fitz. Tabitha seguía en sus brazos, y él se inclinó y le besó la punta de la nariz. Ella volvió a reír y el dulce sonido lo llenó de alegría. Él eligió un clavel rojo y la miró expectante—. Tu turno.

Tabitha cogió el clavel y sus ojos se suavizaron,

—Me duele el corazón por ti —dijo finalmente—. Eso es lo que significa un clavel.

Fitz colocó el clavel en un jarrón cercano mientras ella se apartaba de él para mirar las otras flores. Fitz cortó una rosa silvestre roja y se acercó a Tabitha por detrás, cogiéndola suavemente por la cintura mientras le besaba la concha de la oreja. Luego le acercó la rosa silvestre a la cara.

Ella levantó cuidadosamente los dedos para evitar las espinas del tallo.

—Placer y dolor —suspiró, con los pechos subiendo y bajando a medida que su respiración se aceleraba.

—Toda la vida está dividida entre esos dos —dijo Fitz mientras le acariciaba el cuello con la nariz y le besaba el hombro desnudo—. Cuando te vi por primera vez, fueron tus ojos los que me inmovilizaron. Son del color de los acianos.

—¿Sabes lo que significan los acianos?

Tabitha se presionó contra él, y Fitz deseó que estuvieran sin ropa para poder disfrutar del toque de su piel contra la suya.

Le giró la cara para poder besarla, pero un instante antes de que sus labios se encontraran, él pronunció las palabras que ahora le suplicaban los ojos de Tabitha. Quería que la joven supiera que él comprendía lo que ella le estaba pidiendo.

—*Sé amable conmigo...* eso es lo que significa un aciano.

Tabitha asintió, como si ella ahora se lo pidiera en

silencio con unos ojos que hablaban el lenguaje de las flores.

Fitz quería estrecharla entre sus brazos y llevársela a la cama en este mismo instante. Quería mostrarle lo amable que él podía ser y que algún día, cuando ella confiara en él, podía liberarla, enseñarle a ser una criatura salvaje en sus brazos cuando por fin se sintiera lo bastante segura para dejarse llevar.

—¿Quién eres? —susurró él mientras la giraba en sus brazos para que lo mirara—. Dime algo sobre ti, *cualquier cosa* —le suplicó. Quería saberlo todo. Por el momento, sólo había vislumbrado la superficie del mar que era el alma de esta mujer.

Las pesadas flores que los rodeaban y la suave luz de la luna parecían hacerle sentir que no había pasado ni futuro, sólo este momento ahora y aquí con ella.

Sus labios se entreabrieron, pero Tabitha no reveló ningún secreto, no compartió nada de esa alma resplandeciente que ardía tan ferozmente en sus ojos. Se aferró a él, y si todo lo que podía tener justo ahora era su confianza en él para que la sostuviera, la aceptaría.

—Lo que sea, Tabitha, por favor —susurró mientras cerraba los ojos y cubría la coronilla de su pelo con suaves besos.

—Por favor, Fitz, *por favor...*

Capítulo Seis

—**D**ios —suspiró—. Te deseo, pero éste no es el lugar para tu primera vez

—Mi primera vez para... ¡Oh! —respondió ella, con los ojos abiertos por la comprensión. Tabitha deslizó una mano por su cuerpo y le cogió ligeramente el miembro, el cual presionaba la parte delantera del pantalón.

Fitz gimió mientras ella exploraba su cuerpo.

—Sigue haciéndolo y tendré problemas para controlarme —le advirtió.

Pero ella no dejó de provocarlo; en absoluto. Fitz la giró y se presionó contra el polisón de la parte trasera del vestido.

—¿Sabes por qué las mujeres acentúan sus traseros con polisones? —la sujetó por la cintura con una mano mientras con la otra subía suavemente hasta su garganta, rozándola ligeramente con las puntas de los dedos.

—¿Por qué? —preguntó Tabitha, con la voz entrecortada.

—Porque atrae a un hombre, nos recuerda lo que amamos. Cuando reclamo a una mujer por detrás, la embisto, con mis caderas golpeando la suavidad de su trasero. Es una sensación gloriosa —respiró en su cuello, sintiendo su dulce aroma, y ella tembló bajo su contacto—. Este maldito polisón me hace querer inclinarte aquí mismo y reclamarte en la oscuridad con las flores a nuestro alrededor. Aquí podríamos ser tan salvajes como las bestias que habitan los bosques antiguos.

Su respuesta no fue un escalofrío de miedo.

—Debo confesarte algo —dijo ella, y él contuvo la respiración—. Pero me preocupa que me juzgues cuando lo oigas.

Sujetó con más fuerza su cintura, queriendo demostrarle que no la soltaría ni la abandonaría, sin importar lo que ella dijera. Quizás ahora le explicaría su conexión con Hannah Winslow.

—¿Y si yo te confieso algo primero? —comentó Fitz—. Entonces estaremos en igualdad de condiciones.

Tabitha asintió.

—Eso ayudaría —volvió a apoyar la espalda contra el

pecho de Fitz, inclinándose hacia él, y él disfrutó de esa confianza continua que ella le otorgaba.

—He hablado de tener siempre razón —empezó—. Pero estoy descubriendo que quizá no siempre tengo razón en todo.

—¿Oh? —ella intentó darse la vuelta, pero Fitz la mantuvo de espaldas a él. No podía soportar ver su cara si la decepcionaba.

—Sí. Parece que entrometerme en la vida de mis amigos ha tenido consecuencias imprevistas. No estaba preparado para lidiar con eso —hizo una pausa, considerando cuidadosamente sus siguientes palabras—. Estoy afrontando la dura verdad de que quizá a veces otras personas conocen sus propias vidas mejor que yo y, por tanto, están mejor preparadas que yo para tomar decisiones por sí mismas. Es un defecto recién descubierto en mí que no me gusta admitir, excepto ante ti.

Fitz le acarició el pelo con la nariz y aspiró el dulce aroma que desprendía. Era como si esta mañana ella se hubiera bañado en pétalos de flores.

—Ciertamente parece un defecto terrible —dijo Tabitha—. Pero quizá sigas deseando librarte de mí cuando diga *mi* verdad, si supera a la tuya.

Fitz no podía imaginar qué podría decir Tabitha para alejarlo de ella.

—Cuando me tocaste, y experimenté placer, fue por

primera vez, pero no era la primera vez que he estado con un hombre. Hubo alguien hace mucho tiempo, cuando era más joven.

—Ah, ya veo —ella no era virgen, pero esta revelación no lo perturbó—. Debiste haber sido muy joven —esa era la parte que más le preocupaba. Los hombres a menudo se aprovechaban de las mujeres jóvenes y eso estaba mal.

—Tenía dieciséis años... el joven con el que estuve tenía diecisiete —admitió Tabitha.

—¿Él te hizo daño? —eso era algo que Fitz temía. Dieciséis años era terriblemente joven, y era posible que el chico excesivamente entusiasta pudiera haberla lastimado.

—No. Fue un poco incómodo en el momento y hubo un breve dolor, pero no tardó en desaparecer. Estaba dispuesta a estar con él y a él parecía reconfortarle estar conmigo. Yo no tenía a nadie que me aconsejara, nadie que me explicara que la intimidad del corazón no está garantizada. Pero él y yo encontramos consuelo esa noche, donde antes ambos habíamos estado fríos y solos.

—Lo entiendo más de lo que crees. He tenido amantes en el pasado, y aunque les he tenido afecto, nunca ha habido para mí nada más que una intimidad física, a pesar de mi deseo de sentir más por alguien. Nunca sentí eso por nadie.

Hasta ti, añadió él en silencio.

Finalmente, Fitz le permitió girarse en sus brazos, y Tabitha se aferró a su abrigo.

—¿De verdad no me juzgas por haber estado con alguien? —esos ojos azul aciano hablaban el lenguaje de las flores para ella, siempre pidiéndole a él que fuera amable.

—Tengo mis defectos, pero juzgarte no será uno de ellos. Me alegra oír que no ha sido lastimada y que si nosotros... Bueno, yo no quisiera causarte ningún dolor.

La mano de Tabitha se deslizó por su pecho hasta rodearle el cuello. En ese momento, Fitz supo que esperaría eternamente, si fuera necesario, para tener a esta mujer.

—He arruinado nuestro momento, ¿verdad? —sus ojos azules se llenaron de lágrimas, pero no lloró. Se sintió aliviado. Si ella hubiera llorado, no estaba seguro de haber sobrevivido.

—No, cariño, no lo has hecho. Sigo deseándote desesperadamente, pero eso me ha hecho querer esperar el momento adecuado. Cuando estés lista, puedo hacer que ese momento tenga todo lo que el acto de hacer el amor debería tener —no le importaba parecer un tonto romántico. Le parecía bien decir lo que sentía ahora que ella le había revelado esa verdad.

—¿Es cuestión de cuándo, no si ocurrirá? ¿Usted me

promete eso? Nunca me había sentido tan estimulada como usted me ha hecho sentir ahora, Su Excelencia.

—Fitz.

Los labios de Tabitha se curvaron en una sonrisa que le derritió el alma.

—Fitz. ¿Cómo eres malvado y dulce a la vez? Nunca he conocido a un hombre como tú.

—No paras de decir cosas así. No sé si me siento honrado o insultado —soltó una risita.

Tabitha presionó la cara contra su chaleco y sus manos se enroscaron en sus mangas mientras se aferraba a él.

—Solo bésame —le dijo ella. Él inclinó suavemente la cara de Tabitha hacia la suya y vio la sombra de las lágrimas aferrándose a sus pestañas.

Su boca se posó en la de ella, dura, desesperada, llena de un anhelo que sabía que debería ocultar, pero no podía. Los labios de Tabitha se abrieron bajo su lengua ávida y él se sumergió más profundamente, saboreándola hasta que la mujer quedó grabada en su alma. Apoyó una mano en la nuca de Tabitha y la otra en la parte baja de su espalda, sosteniéndola cerca de él. Las flores que los rodeaban parecían susurrar palabras suaves y dulces en su silencioso lenguaje de belleza salvaje. Los labios de Tabitha eran más suaves que los pétalos de cualquier flor, y el calor que desprendía el beso volvió a encender una chispa de deseo en el interior de Fitz.

¿Cómo había sido tan frío y no se había dado cuenta? El frío que había envuelto su corazón y lo había mantenido duro y helado estos últimos años se estaba desvaneciendo ahora bajo el cálido contacto de sus labios. No era un hombre propenso a pensar en la divinidad, pero en ese instante creyó y comprendió por fin lo que algunos querían decir cuando afirmaban que amar a alguien era deleitarse con lo divino.

¿La amaba? ¿Podría alguien amar a otro tan rápidamente? Seguramente era una locura, algún truco que su mente le estaba jugando porque secretamente había anhelado una conexión profunda con otra alma.

Sus bocas se separaron y él luchó por recuperar el aliento y los sentidos, mientras la experiencia de besar a Tabitha se hacía cada vez más intensa.

Esos ojos azul aciano le sostuvieron la mirada, y Fitz olvidó por qué había exigido conocer alguno de sus secretos. Una mujer siempre debía guardar su misterio, llevándolo como un manto forrado en piel o luciéndolo como una diadema brillante sobre su frente.

Finalmente, encontró la voz.

—Ven, déjame llevarte de vuelta a casa —le dio un beso más en los labios y suspiró—. Joder, a veces odio ser un caballero —ella soltó una suave carcajada—. Pero ten por seguro, Tabitha, que te *follaré*.

—Y yo te dejaré —respondió ella con un adorable descaro que lo hizo desear volver a estrecharla entre sus brazos y no dejarla marchar jamás. ¿De dónde demonios había salido esta mujer perfecta, y por qué él no podía dejar que el asunto de su pasado se quedara simplemente en una pregunta que no necesitaba respuesta?

* * *

Tabitha le dio las buenas noches al duque cuando éste fue a reunirse con los demás caballeros en la sala de billar, dejándola sola al pie de la gran escalera. En lugar de ir al salón, donde se reunirían las damas, se escabulló a su alcoba para descansar y prepararse para la próxima misión.

Llamó a Liza para que subiera a ayudarla a desvestirse y bañarse. Liza era técnicamente la criada de Hannah, pero era lo suficientemente dulce como para ayudar a Tabitha además de sus deberes con Hannah. Era una de las pocas personas que sabía la verdad sobre los Alegres Petirrojos, y estaba más que feliz de guardar su secreto.

—Gracias, Liza. Tengo pensado intentar coger el diamante esta noche, a ver si puedo llevármelo o al menos hacerme una mejor idea de dónde y cómo está asegurado. El estudio del duque parece tener un guardia apostado fuera, así que ahí es donde voy a empezar mi búsqueda. Voy a retirarme temprano e intentar descansar primero.

—¿A qué hora va a ir a buscar el diamante? ¿Quiere que vuelva y la despierte?

—Sí, por favor. ¿Alrededor de las tres?

—Por supuesto, señorita Tabitha. Vamos a quitarle este vestido y a meterla en la bañera.

Mientras la criada la ayudaba a desvestirse, Tabitha recordó esos momentos robados en el invernadero con Helston. Hacía años que no pensaba en la noche en que compartió la cama con el joven Joseph.

Había sido él quien le había enseñado el arte del oficio de los dedos largos. Él la había acompañado hasta su casa para asegurarse de que no fuera raptada. A los dieciséis años, ella era vulnerable ante los hombres, especialmente ante los que buscaban chicas nuevas para esclavizarlas en la prostitución.

Se había ofrecido a pasar la noche con ella. Había hecho mucho frío, las otras chicas se habían retirado por la noche, y ella se había sentido lo bastante sola como para aceptar. Una cosa había llevado a la otra, y ella y Joseph se habían movido torpemente juntos a la luz de las velas, tirando de la ropa del otro hasta que se habían tropezado contra su pequeña cama. Había sido un momento incómodo y dulce, la forma en que él había intentado asegurarse de que no le había hecho daño. A ella ni siquiera le había importado compartir su cama cuando ambos se habían quedado dormidos.

Joseph murió seis meses después de tifus, y aunque Tabitha no lo había amado, había llorado su pérdida y había enterrado profundamente esos recuerdos hasta esta noche. Él era una de las muchas razones por las que había tenido tanto miedo de bajar la guardia. Pero Hannah y Julia habían derribado tantas de esas barreras que alguien como Helston había podido asaltar fácilmente las almenas de su corazón.

Con Helston, ella había roto todas sus reglas. Él le hizo desear confiar su corazón a alguien, acostarse a su lado por la noche y tener la seguridad de que él seguiría allí por la mañana.

Él le hacía sentir un hambre de cosas salvajes que un hombre y una mujer podían hacer juntos. Nunca se había permitido pensar en eso antes, pero esta noche prácticamente le había rogado a Helston que la reclamara con una desesperación que nunca había creído posible.

Había pensado que los hombres no le interesaban, pero lo cierto era que aún no había encontrado al hombre *adecuado*. Y Helston era sin duda el hombre adecuado... y tenía la maldita mala suerte de que también fuera el hombre *equivocado* al mismo tiempo.

Después del baño, la criada la dejó para que descansara un poco antes de su misión nocturna de buscar el diamante. Mientras conciliaba el sueño, sus pensamientos volvían una y otra vez a Helston.

Cuando eran casi las tres de la madrugada, llamaron ligeramente a su puerta. Tabitha abrió la puerta y permitió que Liza entrara en la habitación con ella.

—Gracias por esperar despierta, Liza —dijo una vez que la puerta estuvo bien cerrada.

Liza la ayudó a ponerse los pantalones negros y la blusa negra. Cada uno de los Alegres Petirrojos tenía su propio atuendo como éste que podían usar durante sus robos si éstos no podían hacerse de forma práctica durante bailes o fiestas. Cuando no podían robar una joya durante una merienda o un baile, volvían por la noche y utilizaban una entrada de servicio para acceder a la casa, llevándose la joya con relativa facilidad.

Tabitha terminó de vestirse rápidamente y se colocó sobre la cabeza una capucha negra que la cubría por completo, excepto la boca y los ojos. Así evitaba mostrar parte de su piel si necesitaba ocultarse en las sombras, y también mantenía oculta su identidad como mujer al no mostrar su cabello. Había creado aberturas para los ojos en la máscara y utilizado un poco de hollín oscuro para ocultar la piel que una persona podía ver a través de las hendiduras para disfrazarla aún más.

—He dibujado un mapa del lugar para usted, señorita Tabitha. Tiene razón en que el estudio del duque está vigilado. Tiene a dos lacayos y a su ayuda de cámara turnándose para vigilar la puerta —Liza colocó una hoja de papel sobre la pequeña mesa junto a la silla que daba al fuego, y Tabitha se inclinó para examinarla de cerca. Era un dibujo detallado de la casa y sus numerosos pasadizos y escaleras, que, junto con sus anteriores recorridos por la casa y los terrenos con Fitz, permitieron a Tabitha comprender rápidamente adónde tenía que ir.

—¿Los guardias sólo están en el exterior de la habitación? ¿No en el interior?

—Creo que sí, pero no puedo estar segura. Sólo he visto a los guardias de pie fuera de la puerta. Supongo que creen que con eso basta —Liza se encogió de hombros.

—Puede que lo sea para algunos, pero yo entraré en el estudio usando la ventana exterior —Tabitha dio un rápido abrazo a la criada—. Deséame suerte —se escabulló de la alcoba y bajó sigilosamente las escaleras traseras de servicio.

Helston Heath estaba en silencio mientras ella se movía sin hacer ruido por los pasillos. Se abrió paso hacia la protección de la noche hasta llegar a la puerta trasera que la llevaría a los jardines. No encontró sirvientes por el camino, dada la hora tardía. Las criadas de la trascocina no se levantarían a encender el fuego hasta dentro de dos horas.

Salió por la puerta que Helston había utilizado esa misma noche cuando le había mostrado el invernadero, ya que también daba al estudio del duque. Una vez en el exterior, contó las ventanas de la casa y se dirigió a la habitación que estaba segura que era la correcta. Cuando llegó, se acuclilló en los macizos de flores que había bajo el alféizar.

Su corazón se aceleró y se sintió extrañamente incómoda ante la idea de coger el diamante de Helston. Un recuerdo de esta misma noche, cuando Helston había sostenido el aciano en el invernadero y había hablado de sus ojos, hizo que le temblaran los labios. Había visto dulzura en él, ese hombre que podía ser tan dominante y dictador con los que lo rodeaban. Y se había mostrado amable con ella. Incluso había admitido defectos y hablado de confesiones y deseos que trascendían la simple necesidad física.

Tabitha cerró los ojos, intentando fortalecer su determinación, pero no lo consiguió. En su lugar, volvió a ver a Helston. Ella estaba de vuelta en el invernadero y podía sentir sus brazos a su alrededor mientras él se atrevía a preguntarle si había resultado herida la primera vez que un hombre se había acostado con ella. ¿Cómo no pudo haberla juzgado? Los caballeros apreciaban a las vírgenes, pero eso no parecía importarle a él. Incluso había sonado aliviado al saber que ella no había sufrido.

No. Ella no podía hacer esto. No podía coger su diamante. Se apartó de la pared de la casa y volvió a entrar sigilosamente. Encontró a Liza esperándola en su dormitorio.

—¿Lo ha cogido? —le preguntó la criada en voz baja.

—No. La ventana estaba cerrada. Lo intentaré mañana —la mentira se sintió amarga en sus labios. Huérfanos, viudas y veteranos de guerra heridos confiaban en ella, y esta noche los había defraudado.

—¿Está usted bien? —preguntó Liza cuando Tabitha se dejó caer de nuevo en la cama con un fuerte suspiro —. Parece un poco agotada.

—Sí... lo estoy. ¿Por qué no te vas a la cama, Liza? —la incitó—. Es tarde. Lo intentaremos mañana. Puedo volver a ponerme el camisón yo sola.

—Muy bien. Buenas noches, señorita.

Liza la dejó sola, y Tabitha se quedó mirando al techo. Fue entonces cuando vio el ramo de flores que había en una de las mesas junto a la ventana. El jarrón rebosaba de tulipanes rojos, y ella sabía lo que significaban los tulipanes.

Tabitha se levantó de la cama y se acercó a la mesa.

¿El duque se los había dejado? El singular arreglo tenía que ser de él. Las flores debieron haber sido entregadas mientras ella se bañaba después de su estancia en el invernadero, cuando había estado en la habitación contigua. Liza debió haber cogido las flores, las puso aquí y se olvidó de decírselo.

Apoyó la cara en las suaves y aterciopeladas flores y susurró el mensaje que llevaban. *"Declaro mi amor"*. Se percató de que había tréboles mezclados con los tulipanes. *"¿Serás mía?"*

¿Qué iba a hacer? Volvió a acariciar las flores y soltó un suspiro.

Maldito seas, Helston, pensó. Maldito seas por hacer que me enamorara de ti.

Capítulo Siete

—¿Una noche tranquila? —preguntó Beck durante el desayuno a la mañana siguiente. Fitz había hecho que los lacayos que habitualmente atendían el comedor esperaran fuera hasta que bajaran más invitados a desayunar. Así podían estar solos en el comedor. La mayoría de los caballeros se habían quedado hasta altas horas de la noche bebiendo y fumando, pero Fitz estaba acostumbrado a madrugar y no podía desprenderse de esa costumbre.

—Sí. Esperé toda la noche. Según mis criados, nadie intentó siquiera entrar por el pasillo. Creo que tendremos que alejar al lacayo de la puerta durante la noche.

—Estoy de acuerdo —dijo Beck—. No es como si la verdadera joya estuviera en juego.

Mantuvieron su conversación en un murmullo bajo para no ser escuchados por nadie fuera del comedor.

—Yo vigilaré esta noche —comentó Beck.

—En realidad, creo que yo debería hacerlo de nuevo esta noche. Dado que estoy destinado a ser el objetivo, el ladrón probablemente no se sincerará conmigo. Tú y Evan seréis menos sospechosos. Quiero que os abráis camino entre los caballeros invitados y veáis lo que podéis averiguar a través de la conversación.

—Así que los interrogamos sin hacerles saber que están siendo interrogados.

—Precisamente.

Fitz terminó su desayuno y contempló los acianos de la mesa, que habían sido dispuestos en un precioso ramo, junto con otras flores del invernadero. Sonrió un poco al recordar que la noche anterior había llevado un ramo muy parecido al dormitorio de Tabitha mientras ésta se daba un baño caliente. Su criada lo había recibido y le había asegurado que Tabitha lo vería por la mañana.

Estaba impaciente por verla y preguntarle si le habían gustado. Casi se rio de su propia tontería infantil al emocionarse tanto por la reacción de una mujer ante un ramo de flores.

Evan se deslizó hasta el comedor y se unió a ellos en la mesa.

—Dios mío...

—¿Qué? —Fitz apartó la mirada del ramo para enfocarse en Evan.

—Tienes una mirada —respondió Evan.

—¿Una *mirada*? —espetó Fitz—. ¿Qué demonios se supone que significa eso?

Beck y Evan intercambiaron una mirada preocupada.

—Él tiene razón. Tienes esa *mirada* —coincidió Beck.

—Estáis actuando como si yo tuviera tisis —dijo Fitz con el ceño fruncido—. ¿Qué es esa *mirada* de la que habláis?

Evan se relajó.

—Y así como así, se ha ido. Por un momento me preocupé. Parecía como si estuvieras pensando en algo maravillosamente agradable... como una mujer. Y no es momento de perder el tiempo con nadie. Pensé que estabas aquí para capturar a un ladrón, no a una novia. Todo este plan ha sido idea tuya, si lo recuerdas —dijo Evan.

Fitz arqueó una ceja.

—¿Y si *estaba* pensando en una mujer?

—Eres por mucho el *menos* romántico de nosotros. Si caes en la trampa del matrimonio, Beck y yo estamos definitivamente condenados —resopló Evan—. No quiero volver a enamorarme. Ya me destrozaron el corazón una vez, gracias —cogió un plato de bollos que había sobre la mesa.

Beck disimuló una risita mientras sorbía su café.

—No me importaría amar a la mujer adecuada, pero eso es todo un reto, ¿no? Las mujeres son demasiado predecibles hoy en día. Requiero a alguien excitante a quien no le importe que yo sea quien soy y todo el escándalo que represento.

Por primera vez en años, Fitz vio un atisbo del antiguo Beck previo a la muerte de su padre, quien había dejado a su familia sin un centavo.

Beck había mantenido en secreto su grave situación tanto tiempo como había podido, hasta que los acreedores inundaron su casa y se llevaron todo lo que tenía valor. Entonces se había presentado en casa de Fitz pasada la medianoche, acompañado de su madre y su hermana pequeña, y había suplicado un par de habitaciones para dormir unos días mientras intentaba hacer otros arreglos.

Fitz le había proporcionado con entusiasmo tres habitaciones y había insistido en que se quedaran unos meses en lugar de unos días. Beck había discutido, pero una vez que su madre y su hermana se hubieron instalado en sus habitaciones, había aceptado la oferta a regañadientes. Fitz nunca le había dicho a Beck que tener a su familia bajo su techo había sido maravilloso. Por primera vez en años, había vuelto a sentir que tenía una familia.

En pocos meses, Beck se había convertido en un ladrón infame, al que la prensa había apodado el Alegre Pícaro, y pronto había podido permitirse de nuevo el alojamiento de su familia. Incluso había sido listo y empezó a invertir la mitad del dinero que robaba, mientras apostaba la otra mitad para ganar más. Nadie más que Fitz y Evan había conocido la verdad sobre el rápido aumento de la riqueza de Beck.

Estar con Tabitha en el invernadero la noche anterior le había recordado a la época en la que Beck y su familia habían vivido con él. Se había sentido... completo de alguna manera, teniendo a alguien que le importaba cerca de él. La forma en que ella lo hacía sentir, ese vértigo, esa deliciosa plenitud en su pecho, lo emocionaba y también lo serenaba profundamente.

—¿Podemos preguntar qué te tiene tan soñador esta mañana? —habló Evan.

Fitz resopló.

—No soy un *soñador*, ni lo seré nunca.

—Pero lo eres, viejo amigo. Esa chica Sherborne te tiene trastornado. Besos robados y paseos cortesanos al invernadero bajo la protección de la oscuridad... —Evan soltó una risita—. Será mejor que tengas cuidado. Esas cosas ya habrían hecho que nuestros antepasados estuvieran casados y con bebés en camino.

—Ella es fascinante, lo admito. No puedo evitar querer unir las piezas de su misterio —jugueteó con su taza de té y luego se inclinó un poco hacia su amigo—. Te culpo a ti, Evan.

—¿A mí?

—¿Estás seguro de que no es pariente de Hannah? ¿Ni siquiera por un matrimonio lejano?

Evan negó con la cabeza.

—He averiguado todo sobre Hannah, incluido su árbol genealógico. Rastreé su linaje hasta Guillermo el Conquistador y conozco a todos sus primos e incluso primos segundos y terceros. Ni una sola vez vi a alguna Tabitha o alguna Sherborn. Ni siquiera las parientes femeninas que se casaron y adoptaron nombres diferentes se libraron de mi búsqueda.

—¿No supondrás que esta misteriosa señorita Sherborne es...? —comenzó Beck, pensativo.

—¿La ladrona? —Evan completó el pensamiento de Beck, y entonces ambos estallaron en carcajadas.

Fitz no se rio.

Las mujeres eran más que capaces de tales actividades y, a decir verdad, a él se le había ocurrido la posibilidad. Después de todo, Tabitha había admitido la vida desesperada que había llevado una vez. ¿No era posible que esos robos fueran la razón por la que ella podía permitirse su estilo de vida actual? Beck era la prueba de que eso era posible.

Sin embargo, tenía sus razones para descartarla como sospechosa, concretamente por sus acompañantes, la señorita Starling y la señora Winslow. Eran hijas de aristócratas, y estaban muy lejos de ser las ladronas. También era evidente que confiaban en Tabitha, hasta el punto de que habían inventado la historia de que era prima de Hannah. Estaba claro que las tres eran buenas amigas, y como damas de noble cuna, Hannah y Julia no cometerían acciones tan mezquinas como el robo. ¿Qué tendría Tabitha de importante para que Hannah y Julia mintieran a la sociedad por ella?

De repente, la verdad lo golpeó como un rayo. Él conocía una razón muy importante para que dos damas de noble cuna mintieran sobre los antecedentes de otra mujer y la presentaran en sociedad como lo habían hecho.

—La señorita Sherborne no busca ninguna joya.

Busca un *marido* —murmuró para sí, llamando la atención de sus amigos.

—¿La señorita Sherborne quiere un marido? —preguntó Beck.

—¡Por supuesto! Debe ser por eso que la señora Winslow y la señorita Starling han inventado esta historia de primas. La señorita Sherborne me ha confiado cosas que me darían motivos para creer que su paso por el mercado nupcial sería infructuoso —no le dijo a sus amigos todas las cosas privadas que Tabitha le había confiado. No eran sus secretos y no debía revelarlos. A él no le molestaba, pero eso amargaría a la mayoría de los hombres con respecto a Tabitha. Y suponiendo que ella consiguiera mantener su situación en secreto, la mayoría de los hombres querrían pruebas de que era virgen la noche de bodas. Era una idea tonta y arcaica, pero los hombres solían ser prehistóricos cuando se trataba de muchas cosas, incluidas las mujeres.

—Así que ella te está persiguiendo —dijo Evan—. Me asombra su valentía para perseguir a un duque. Bravo por ella, pero me atrevo a decir que no te capturará. Tendría que ganarse también a tu abuela.

—Ya ha capturado el interés de mi abuela —admitió Fitz—. La oí ordenar al señor Tracy que nos juntara a los dos siempre que fuera posible durante esta fiesta en casa. Está empeñada en que me case, y parece que le agrada mucho la señorita Sherborne.

—Por Dios, hombre —declaró Evan—. Será mejor que tengas cuidado o estarás casado para Navidad.

Casado para Navidad... ¿Por qué esa idea le producía terror y excitación al mismo tiempo? De repente, el amplio comedor le pareció pequeño y sofocante. Se tiró del cuello de la camisa, intentando escapar de la sensación de estrangulamiento que le producía el corbata de nudo francés.

—Creo que necesito un poco de aire —Fitz empujó su silla hacia atrás y se levantó—. Os veré a los dos más tarde, ¿de acuerdo?

—Por supuesto. He oído que el croquet es el juego del día —Evan sonrió—.Siempre disfruto aporreando esa pelota.

Beck puso los ojos en blanco.

—Y cuando lo haces, se necesita media docena de hombres para ir a buscarla entre la maleza. Mientras tanto, flirteas con todas las hermosas mujeres presentes.

Evan se recostó en su silla con una mirada regocijada.

—Nunca he pretendido apuntar a los aros. Además, una vez que el resto de los caballeros van tras la pelota, tengo a las damas para mí solo.

Beck resopló.

—Eres un patán, lo sabes, ¿verdad?

—Lo reconozco con gusto —Evan sonrió.

Fitz dejó que sus compañeros discutieran en el comedor mientras él se dirigía a la terraza trasera. Una vez fuera, suspiró aliviado cuando la fresca brisa otoñal le alborotó el pelo y vigorizó sus sentidos.

Sus pensamientos eran un desastre mientras dejaba atrás la terraza y atajaba por un sendero de jardín que lo condujo a un camino de tierra. El camino atravesaba los bosques que bordeaban sus tierras y dividía en dos la ladera de una empinada colina cubierta de prados que en primavera se llenaba de ovejas. Avanzó a paso rápido, estirando las piernas y observando las nubes de lluvia que se acumulaban en el horizonte. El débil estruendo de los truenos era sólo una pequeña distracción mientras se centraba en el problema de qué hacer con Tabitha.

¿Ella estaba aquí por un marido? ¿Y lo quería a *él* en ese sentido? Y lo que era más importante, si buscaba marido en secreto, ¿estaba montando una actuación o estaba siendo sincera? Las mujeres a veces adaptaban sus actuaciones a los hombres cuando intentaban ganarse un marido o incluso un protector. ¿Tabitha era el tipo de mujer que haría eso? ¿O estaba siendo ella misma con él? Y si estaba siendo ella misma... ¿qué pensaba Fitz de la idea de casarse con ella? Porque ciertamente se estaban moviendo en esa dirección si ella estaba buscando marido.

A Fitz nunca le había gustado que le recordaran que algún día *tendría* que casarse. No le gustaba que le dijeran lo que tenía que hacer, nunca. Naturalmente, evitaba cualquier asunto que pudiera conducirlo a una boda. Pero cuando pensaba en Tabitha caminando hacia el altar para encontrarse con otro hombre, un extraño zumbido le invadía los oídos y sus puños se cerraban.

El rostro de Tabitha, semioculto bajo un velo de novia, pasó por su mente. Estaría exquisita con un vestido de satén cremoso, azahares adornándole el pelo y...

Maldijo mientras alargaba sus pasos. ¿Desde cuándo era el tipo de hombre que soñaba despierto con una novia? ¿Desde cuándo era el tipo de hombre que se enamoraba de una mujer en la oscuridad mientras escuchaba música? Al parecer, cuando un hombre conocía a una mujer como Tabitha, se convertía en un loco romántico que ansiaba besos y hablaba el lenguaje de las flores.

Tabitha aceleró el paso al trote en cuanto oyó el estruendo de la tormenta detrás de ella. Estaba muerta de cansancio, ya que no había podido dormir mucho la noche anterior. Las flores que Fitz había dejado para ella habían hecho que su mente diera vueltas. También se sentía un poco culpable por no haberles contado a Hannah y Julia lo que sentía por Fitz. Acababa de besar a un hombre al que ambas despreciaban, un hombre que había arruinado el compromiso y la vida de su amiga, lo que había provocado el verdadero exilio de la pobre mujer a América.

Y por si fuera poco, anoche no había conseguido robar el diamante. Técnicamente, ni siquiera lo había *intentado*, y eso era infinitamente peor.

Con todos esos pensamientos martilleándole la cabeza, no había podido volver a dormirse, así que había decidido dar un paseo. El ejercicio matutino por los campos tenía la ventaja añadida de que le ayudaba a evitar a Julia y a Hannah, al menos durante un rato. Aún no podía permitirse hablar con ellas, no hasta que hubiera pensado cómo excusarse por no haber cogido el diamante.

Oyó la lluvia mucho antes de sentirla. El sordo estruendo de las fuertes gotas se extendió por el prado y el sendero por el que transitaba. Emprendió una carrera desesperada mientras el diluvio la perseguía. No quería volver a casa como una rata empapada.

Cuando la lluvia la alcanzó inevitablemente, quedó aturdida por su fuerza. Intentó mantenerse en el camino, pero el barro pronto se lo impidió. Ni siquiera el espeso follaje sobre ella ayudaba a detener el torrencial aguacero. Sentía como si estuviera corriendo a través de una cascada interminable.

¡Maldición! Esto no era lo que necesitaba. No había nada más irritante que empaparse. Al menos ahora podía volver a casa, cambiarse de ropa y pedir un baño caliente. Antes de conocer a Hannah y Julia, habría pasado el resto del día mojada, con la barriga vacía y un frío que probablemente le habría provocado un resfriado o algo peor. Gracias al cielo ya no tenía que enfrentarse a esas condiciones. En ese instante decidió abrazar a Hannah y Julia cuando regresara. Las otras mujeres la habían salvado verdaderamente de las miserias de su antigua vida.

Pero sólo pensar en ello despertó en ella el profundo temor de que sólo tendría un propósito en la vida: robar. ¿No era más que una ladronzuela con un bonito vestido? Durante muchos años había sido una carterista, nada más. ¿Valía la pena ser algo, o importarle a alguien más allá de su habilidad especial? Probablemente era una tontería preocuparse por todo eso, pero Tabitha se preocupaba.

Tabitha subió por una pequeña colina boscosa intentando evitar el espeso barro que se formaba en el camino, pero tropezó en la resbaladiza hierba de la pradera. Gritó más por el susto que por el dolor cuando su tobillo cedió y cayó al suelo, comenzando a deslizarse y a rodar por la empinada colina, siseando de dolor cada vez que giraba.

Con un ruido sordo, chocó contra una roca, quedando aturdida por un momento. Pero la roca gruñó y rodó con ella.

Cuando por fin se detuvo, volvió a chocar contra la roca. Pero no era una roca. Era un hombre. Cuando parpadeó para quitarse la lluvia de los ojos, vio la cara de Fitz, con unos ojos tan tempestuosos como las nubes que los cubrían. Su cabello dorado y mojado colgaba en húmedos mechones sobre sus ojos como oro bruñido. La miraba mientras estaba tumbado sobre su costado. Él parpadeó lentamente, como si intentara decidir si la estaba viendo o si era un sueño.

—Su Excelencia —jadeó.

Él se incorporó lentamente e hizo una mueca de dolor.

—¿Tabitha? —él tenía un corte en la frente. No era profunda, pero la sangre resbalaba por su cara.

—Oh Dios, está sangrando —ella rebuscó en el bolsillo de su falda empapada y sacó el pañuelo que él le había dejado conservar con sus iniciales. Levantó la tela húmedo para limpiarle el corte. Él se estremeció—. No se muevas —le dijo y le sujetó la barbilla con firmeza mientras se la limpiaba—. Creo que la tela está demasiado húmeda. Tenemos que ir a un sitio seco para que pueda curarlo bien.

Fitz sonrió suavemente.

—Entonces, ¿eres enfermera?

—Bueno, no, pero me he hecho bastantes rasguños. Cualquier corte debe tomarse en serio, especialmente en la ciudad. ¿Qué diablos hacía usted aquí? —preguntó mientras se tocaba con cuidado el tobillo izquierdo.

—Estaba paseando —Fitz entrecerró los ojos ante la lluvia que caía en suaves capas a su alrededor—. Entonces esta tormenta ha surgido de la nada. ¿Y qué hay de ti?

—Yo también estaba paseando hasta que vi las nubes. Pensé que podría conseguir volver a casa, pero me equivoqué.

—Me sorprendería que lo hubieras conseguido. Estamos a un kilómetro de la casa. ¿Cómo has llegado tan lejos?

Ella se sonrojó y desvió la mirada.

—Me gusta ser activa. Camino a menudo. Incluso corro cuando no hay nadie cerca. Me gusta estirar las piernas. No les creo a esos médicos tontos que dicen que arruina la fertilidad femenina. Las mujeres han estado caminando y trabajando mucho antes de que aparecieran esos viejos muy conservadores. El aire fresco y el movimiento son mejores que la inactividad.

El duque soltó una risita.

—En eso estamos de acuerdo. No soporto estar sentado mucho tiempo —al decir esto intentó ponerse de pie, pero sus piernas se tambalearon—. Dios... Yo... —volvió a caer al suelo—. Me siento mareado.

—Debe de ser culpa mía. Lo he golpeado al caer. ¿Cree que podría caminar si se apoya en mí?

—Tal vez —dijo con inseguridad. Sus ojos se le habían empañado, y Tabitha temía que estuviera conmocionado. Ella lo había golpeado bastante fuerte.

—De acuerdo, intentaré levantarlo. Luego apóyese en mí —ella se levantó y contuvo un gemido al sentir un fuerte dolor en el tobillo. Sin embargo, podía andar y había sobrevivido a cosas mucho peores. Le tendió las manos, que él aceptó, y se puso en pie. Fitz volvió a tambalearse, pero ella se apresuró a rodearle los hombros con uno de sus brazos—. Sujétese y subamos por el sendero. Tenemos que tener cuidado con el barro.

Avanzaron despacio, pero con el tiempo alcanzaron el sendero más alto de la colina e iniciaron el largo camino de vuelta a casa. Habían recorrido unos cien metros cuando un hombre de barba oscura y mediana edad salió del bosque con una escopeta apoyada en un brazo. Llevaba dos faisanes muertos atados a un cordel que colgaba de su hombro. Al verlos, se quitó su sombrero de ala ancha.

—¿Su Excelencia? —preguntó el hombre—. ¿Está enfermo?

Fitz suspiró con un alivio evidente.

—Este es John Cress, un inquilino mío —le dijo a Tabitha modo de presentación, y luego se dirigió al hombre—. John, gracias a Dios que nos hemos cruzado. Necesitamos un lugar donde calentarnos. ¿Podríamos hacer uso de tu casa hasta que deje de llover?

—Por supuesto, Su Excelencia —John asintió y enderezó los hombros con orgullo—. Imagino que mi mujer tendrá sopa en el fuego —se acercó y notó sus aspectos desaliñados y la cojera de Tabitha—. Ten, muchacha, sujeta esto. Seremos más rápidos si yo me ocupo de él. No deberías poner peso en ese pie tuyo —John le pasó a Tabitha su escopeta y luego cogió el brazo de Fitz y lo colocó alrededor de sus hombros, liberándola de la carga —. Sígueme.

Giraron por el sendero hacia una profunda zona boscosa que se aplanaba para revelar un pequeño prado con un diminuto granero. Cabras, unos cuantos cerdos, una docena de gallinas y una vaca lechera de aspecto gruñón estaban siendo alimentados en un comedero resguardado por el establo. Más allá del recinto había una acogedora y pequeña casa de piedra. Tabitha sonrió a pesar del dolor que aún sentía. Se volvió hacia Fitz y lo encontró mirándola con ojos suaves. Tal vez se trataba solo de la conmoción cerebral, pero esa mirada le provocó un rubor en las mejillas.

—¡Eh! ¡Maddie! —gritó John a través del claro. La puerta de la cabaña se abrió de golpe y una mujer de mediana edad los miró fijamente.

—¿Qué pasa, John? ¡Oh, cielos! ¡Su Excelencia! —hizo una rápida reverencia mientras se acercaban.

—Lo siento mucho, señora Cress. Pero la señorita Sherborne y yo hemos tenido un pequeño accidente en la colina.

—Puedo verlo, Su Excelencia. Adelante —dio un paso atrás y dejó entrar al empapado trío en la casa. John llevó a Fitz a una silla junto al fuego y luego apartó suavemente la escopeta de las manos congeladas de Tabitha.

—Siéntate junto al fuego, muchacha —John le dio un empujón hacia la otra silla junto a Fitz, y ella se desplomó con agradecimiento.

La señora Cress chasqueó la lengua de manera ansiosa cuando se acercó a ellos.

—Señorita Sherborne, ¿verdad? ¿Está herida?

—Mi tobillo se ha torcido un poco, pero puedo caminar. Estoy más preocupada por lord Helston... —asintió hacia la frente aún sangrante de Fitz, pero la sangre parecía haber coagulado lo suficiente como para frenar la hemorragia—. Parece que todavía está un poco aturdido.

—Traeré una cataplasma. Le vamos a dejar fresco como la lluvia; bueno, quizá no como la lluvia —la mujer soltó una risita nerviosa—. Dios, hay un duque en mi casa, John. ¿Puedes creerlo? —susurró esto en voz alta a su marido, quien guiñó un ojo a Tabitha como si le divirtiera la emoción de su esposa. La señora Cress sacó sus medicinas de un armario que había junto a la estufa de carbón.

Atendió el corte en la frente de Fitz y luego les sirvió a ambos un poco de té.

—Será mejor que os quitéis esa ropa. No querréis pillar un resfriado terrible. Usted primero, señorita Sherborne —acompañó a Tabitha a un pequeño dormitorio en la parte trasera de la casa—. No es mucho, pero la mantendrá caliente —dijo la señora Cress mientras sacaba ropa interior limpia, enaguas, una chaqueta de paseo y una blusa del cajón de un armario. Tabitha se estremeció cuando la otra mujer la ayudó a quitarse el vestido empapado y la vistió con las prendas prestadas.

Cuando regresaron a la habitación principal, Fitz estaba disfrutando de una taza de té mientras miraba el fuego. Levantó la mirada cuando ella se acercó, y Tabitha se sonrojó mientras la veía usando ropa sencilla tejida en casa. Era mucho más cómoda que los finos vestidos que él le había visto y, por un momento, Tabitha temió que él pudiera darse cuenta de que esto era lo que estaba más acostumbrada a usar. Fitz se limitó a sonreírle, con el rostro cansado, pero con una expresión suave y llena de un calor que no hizo más que aumentar su rubor. Si hubieran estado solos en esta pequeña casa, con el fuego en la chimenea y la lluvia en el exterior... Tabitha sabía que ella no estaría pensando en su ropa justo ahora.

—Muy bien, Su Excelencia, usted es el siguiente —John lo ayudó a levantarse, y los dos hombres fueron al dormitorio.

Durante la ausencia de los hombres, Tabitha ayudó a la señora Cress a servir un abundante estofado de liebre salvaje en cuencos para todos.

—Menos mal que mi John os encontró antes de que empeorara la lluvia —dijo la señora Cress.

—Así es. Helston y yo estamos profundamente agradecidos —la idea de caminar hasta la casa solariega bajo la fría lluvia la hizo estremecerse.

La señora Cress le tendió un cuenco y una cuchara.

—¿Usted y su señoría están... eh... cortejándose?

Tabitha se habría sorprendido por la honesta pregunta de la mujer si hubiera sido una mujer de cuna noble, pero había crecido sin mucha más riqueza que esta mujer, y en esa parte de la sociedad la franqueza se valoraba por encima de otras gracias sociales.

—No... no, no lo estamos.

—Oh —la mujer pronunció la única sílaba con un significado tan marcado que Tabitha se quedó mirando su sopa en lugar de encontrarse con los ojos de la mujer.

—Él está... por encima de mí en posición, señora Cress. A tal punto que... —no tenía las palabras adecuadas para terminar, pero la otra mujer asintió seriamente.

—Ah, no te preocupes, amor. Lo comprendo. Yo era una simple vendedora de trapos, si puedes imaginarlo. Pero John llegó a Londres un día y me vio en una esquina, intentando comprar cualquier pedazo de tela vieja de gente fina que pudiera conseguir. Si conseguía tela decente, podría revenderla por un poco más de lo que había pagado y llenarme la barriga cada dos noches. John me vio y se ofreció a venderme la camisa que llevaba puesta. Era encantador, muy dulce, pero honesto. Le dije que no tenía nada a mi nombre, y no le importó. Sólo me quería a mí.

Tabitha sonrió a la otra mujer.

—Tiene mucha suerte de haberlo encontrado.

La señora Cress se encogió de hombros.

—Lo curioso es que él dice que es el afortunado por haberme encontrado. Creo que a veces las mujeres olvidamos que los títulos y los vestidos elegantes no son lo que de verdad importa, no para los hombres buenos. Ellos aprecian nuestros corazones, no nuestras riquezas —le dio un codazo a Tabitha—. Come antes de que vuelvan los hombres.

Tan pronto como limpió su tazón, los hombres regresaron.

—¿Se siente mejor con ropa seca, Su Excelencia? —la señora Cress volvió a sentar a Fitz en la silla junto al fuego, y él volvió a buscar la mirada de Tabitha. Algo electrizante y poderoso se disparó entre ellos en esa simple mirada compartida. Una mirada que se atrevió a darle a su tonto corazón la esperanza de un futuro que ella no podía tener.

—Sí, gracias, señora Cress. Agradecemos su generosidad —dijo él.

Tabitha notó los pantalones cortos, la camisa corta y las botas que Fitz usaba ahora. Parecía un gigante con la sencilla ropa de John. A pesar de su aspecto terriblemente ridículo, o tal vez por ello, Tabitha se encontró sonriéndole. Fitz le devolvió la sonrisa, jugueteando con las mangas demasiado cortas de la camisa prestada como si de alguna manera pudiera alargarlas.

—Cuando deje de llover, os llevaré a los dos en mi carreta. No quiero arriesgarme por los caminos hasta que tengan la oportunidad de secarse un poco —explicó John.

—Hasta entonces, podéis calentaros aquí, y si queréis descansar, la cama está limpia con sábanas recién lavadas.

—Oh, no podríamos —protestó Fitz.

—Tonterías, Su Excelencia —argumentó Tabitha—. Ha tenido un día duro, y hoy se ha llevado un duro golpe cuando he chocado contra usted. Necesita descansar la cabeza.

Fitz no dijo nada mientras comía su sopa, y finalmente asintió después de unos momentos.

—Es verdad, todavía me siento un poco mareado —admitió, frunciendo el ceño.

—Lo ayudaré a acostarse —dijo la señora Cress.

—Por favor, señora Cress. Yo me ocuparé de él. Usted ya ha hecho mucho por nosotros —seguramente la señora Cress tenía mucho por hacer, y Tabitha no quería que ella o Fitz fueran el origen de ninguna tensión adicional—. Venga, Su Excelencia —ayudó a Fitz a levantarse y lo acompañó al dormitorio, dejándolo caer en la pequeña cama, donde el colchón se hundió bajo su peso. Él dejó escapar un suspiro de agotamiento.

—Me siento bastante miserable —confesó—. Estamos incomodando a uno de mis inquilinos, y ni siquiera puedo ir a casa por culpa de la lluvia. Tampoco puedo cuidar bien de ti. Estás herida —asintió hacia su tobillo.

—Su Excelencia, de verdad que ya estoy bien...

—Fitz —corrigió con una sonrisa infantil.

—*Fitz*. Todo esto es culpa mía. Fui yo quien resbaló en la colina y te golpeó.

Sin dejar de mirarla de manera sombría, le tendió la mano.

—Un caballero siempre asume su responsabilidad, pero mis heridas podrían aliviarse con un beso o dos.

El irresistible encantador, pensó ella. Tabitha colocó la mano en la suya y él la atrajo hacia sí. Probablemente esto iba a ser un error, pero ella le debía un beso y, lo que era más importante, *quería* besarlo. Levantó las manos y entrelazó los dedos entre los mechones húmedos de su pelo. Los ojos de Fitz se entrecerraron de placer.

—Ven aquí —le dijo y tiró de ella para acercarla. Tabitha se dejó caer sobre su regazo y su boca se inclinó sobre la suya en un cálido y lánguido beso.

Tabitha estaba perdida. Todo lo que existía era la sensación del cuerpo de Fitz, el calor de su boca y el mareo que ella sentía. Luchó por acercarse a él y tiró de su pelo, necesitando sujetarlo con más fuerza mientras dejaba que consumiera su alma con ese beso. Sus cálidos alientos se mezclaban en la penumbra de la pequeña habitación mientras un trueno retumbaba en el exterior.

El sonido era grave y profundo, y hacía vibrar el aire y la tierra que los rodeaba.

Ojalá no tuviéramos que salir nunca de esta habitación, pensó Tabitha con un anhelo doloroso. *Quedémonos aquí para siempre, así.*

Capítulo Ocho

Fitz ignoró las palpitaciones de su cráneo y se entregó al momento. Volvía a tener a su misteriosa criatura entre sus brazos, justo donde la quería, y ella le estaba devolviendo los besos con una pasión que igualaba la suya.

Ella sabía tan malditamente bien y se sentía *perfecta* entre sus brazos. Mechones húmedos de su cabello se habían soltado, y él hundió las manos en los sedosos cabellos cerca de la base de su cuello. Tabitha gimió contra su boca y se sacudió en su regazo. Fitz sonrió contra sus labios, complacido de que parecía gustarle que la tratara con bastante fuerza. Podía ser suave, y lo sería con ella, pero era un alivio ser él mismo en este momento y descubrir que ella sentía lo mismo. Las manos de Tabitha tiraron de su pelo y sus dientes le mordisquearon el labio inferior de un modo que hizo que su cuerpo se endureciera como la piedra. Volvió a sacudir su trasero, y él estuvo a punto de morir del tortuoso placer que sentía mientras ella le rozaba la polla a través de los pantalones.

En algún lugar de su mente, Fitz era consciente de que si sus invitados descubrían lo que Tabitha y él habían compartido en los últimos días, podría verse obligado a ofrecerle matrimonio. El pensamiento no creó en él ninguna de las esperadas rebeliones que siempre habían surgido antes ante la idea del matrimonio. Si se trataba de honor, aceptaría y convertiría a esta criatura hechizante en su esposa, al margen de las protestas de sus amigos. Pero algo le impedía elegir ese destino voluntariamente. Porque cada vez que pensaba en lo feliz que sería con ella a su lado... la inevitable idea de perderla lo abatía y le dificultaba la respiración. No dispuesto a dejar que sus pensamientos arruinaran este beso, se aferró a ella como si el mundo pudiera arrebatársela en cualquier momento y luchara por conservarla.

Sus bocas se separaron y Tabitha apoyó la frente en la de él. De repente, se produjo una profunda conexión con ella.

—Siento como si fueras mi *hogar* —susurró. Le acarició la base del cráneo con las puntas de los dedos—. ¿Cómo es posible?

—Yo también siento como si fueras mi hogar. No recuerdo la última vez que me sentí así... Ha habido veces en que he olido cierta marca de tabaco y no puedo evitar pensar en mi padre en su estudio, o en cómo mi madre estaba allí en una silla leyendo mientras él contestaba sus cartas —Fitz la miró a los ojos mientras los recuerdos se apoderaban de él, y se le estrujó el corazón—. Recuerdo que una vez, de niño, me quedé de pie en la puerta, observándolos en aquella acogedora escena. En esa época yo no sabía que esas alegrías familiares no eran duraderas y que un día los vería así por última vez. Tal vez sea una tontería pensar en esos días felices. Pero besarte... me hace sentir como en *casa*.

Tabitha posó sus labios sobre los de él en la ilusión de un beso.

—No es una tontería. Llevo tanto tiempo sin un hogar que mis recuerdos de ellos parecen muy borrosos. Pero cuando estoy contigo, esos recuerdos vuelven a ser reales.

—¿Piensas de tu pasado de esa manera? —quería creer que ella tenía algunos recuerdos alegres como él.

Tabitha se mordisqueó el labio inferior como si dudara entre hablar o no. Pero después de un suspiro, pareció tomar una decisión.

—Hasta hace poco, me sentía atrapada entre mi pasado y ningún futuro. Quiero ser sincera contigo, Fitz.

Él le acarició la espalda con suavidad.

—Entonces, sé sincera —¿qué clase de confesión podría hacer dudar a esta fuerte mujer?

—Ya te he dicho que mi vida no era fácil. La verdad es que apenas sobrevivía —confesó—. Tras la muerte de mi padre, viví con unas chicas que me acogieron. Evitaron que viviera en la calle. Fue más duro de lo que podrías imaginar.

Fitz había empezado a preguntarse cuánto debió haber sufrido. Ahora estaba recibiendo más de la verdad y lo estaba destrozando escucharla. No se atrevía a dejarle ver su dolor, no cuando ella necesitaba su fuerza y su compasión.

Fitz cogió suavemente una de sus manos para examinarla.

—Me había preguntado cuál era la causa de estos callos —cuando ella intentó apartar la mano, él le besó las puntas de los dedos.

—Sigo pensando en la vergüenza que te supondría estar conmigo —susurró—. No soy nadie, nada. Sé que eres un hombre que se preocupa por las posiciones sociales.

Fitz dejó escapar un suspiro cansado.

—Sí, probablemente demasiado —admitió—. Disfruto de la comodidad de saber que hay un orden en el mundo, y que conozco mi lugar en él. Aun así, sé que eso ha hecho que algunos me desprecien, como tu prima. No hace mucho, tenía un amigo que quería casarse con una chica. Era una buena mujer, yo no le encontré ningún defecto, pero su familia era tan atroz que el matrimonio habría arruinado la vida de mi amigo.

Tabitha se dio la vuelta con el ceño fruncido.

—Sabes lo terrible que es eso, ¿verdad?

—Injusto, tal vez, pero no me pareció terrible preocuparme por el futuro de mi amigo en ese momento. Cuando te casas con alguien, te casas con su familia, y eso afecta a todo lo que haces, no sólo a tu posición social. Los caballeros se negarían a hacer negocios con mi amigo por culpa de su suegro, y la madre lo habría avergonzado en bailes y fiestas con su comportamiento grosero. Con sus perspectivas de negocio destrozadas y sus conexiones sociales cortadas, él estaría en bancarrota en una década. He salvado a mi amigo de una muerte lenta.

—Tal vez... pero lo único que hiciste con seguridad fue salvarlo de la verdadera felicidad —replicó Tabitha.

—¿Qué felicidad encontraría si él y su esposa se convirtieran en indigentes? He visto a hombres casarse por el amor más profundo del mundo y separarse cuando la vida les pasa factura. Cuando un hombre pierde su fortuna y su hogar, lo siguiente que suele perder es su feliz matrimonio. Más vale no casarse nunca que perder a la esposa de ese modo.

—No tienes forma de saber que sucedería eso y, sin embargo, estás muy seguro de ello. ¿Y si te quedaras a su lado cuando los demás se apartaran? ¿Eso no enviaría un mensaje? ¿O temes que te rechacen junto a él?

Honestamente, eso no se le había ocurrido, y el hecho de que ni siquiera lo hubiera considerado como una opción lo dejó sintiéndose definitivamente derrotado.

Su orgullo le exigía desafiar las suposiciones de Tabitha y, sin embargo, se encontraba sin fuerzas para hacerlo. Había estado muy seguro de haber hecho lo correcto. Louis incluso le había agradecido por cuidar de sus intereses, pero cada vez que se ponía en contacto con él, no le devolvía los mensajes. Había estado tan ocupado con sus asuntos en Edimburgo que simplemente había perdido la noción de la última vez que había compartido una copa con su amigo. Pero al contar los días en su cabeza... se dio cuenta con horror de que no había estado en compañía de su amigo desde esa noche en que Louis había accedido a cancelar su compromiso con Anne Girard. ¿Su intromisión le había costado realmente su amistad?

—No he tenido una verdadera oportunidad de hablar con él desde esa noche en que aceptó seguir mi consejo y cancelar la boda —dijo Fitz, resignado—. Es como si los últimos quince años de nuestra amistad se hubieran desvanecido. Ahora que lo pienso, creo que me ignoró en la sala de cartas la otra noche y yo simplemente fui demasiado... jodidamente arrogante para reconocer sus acciones como lo que eran.

En efecto, Louis lo había ignorado esa noche, pero la sala había estado bulliciosa. Louis había estado conversando con otros caballeros que Fitz no conocía. Fitz había supuesto que Louis simplemente estaba ocupado y que se encontraría con él más tarde, pero eso nunca ocurrió.

A Fitz se le hizo un nudo en la garganta al hablar del incidente. Había hecho todo lo posible para minimizarlo y pensar que su amigo simplemente no lo había visto, pero ahora que se lo estaba contando a Tabitha, toda la culpa que sentía y la tristeza de haber perdido a su amigo volvieron a su mente. Le resultó difícil respirar.

Tabitha se puso rígida entre sus brazos.

—Entonces yo no sería lo bastante buena para ti —su tono ya no era mordaz ni acusatorio, pero él oyó tristeza en su voz. Ella se deslizó fuera de su regazo, y la pérdida de su calor lo dejó tan frío como la profundidad del invierno—. Fitz, debemos detener esto antes de que vayamos demasiado lejos —la determinación en su expresión convirtió la frialdad que lo invadía en un oscuro vacío.

—Sí —aceptó, pero la palabra le supo amarga en los labios.

Justo entonces, John llamó a la puerta cerrada.

—¿Su Excelencia? Mi carreta está lista. Los caminos se están secando. Puedo llevarlo a la casa ahora.

—Gracias, John —Fitz se levantó y le hizo señas a Tabitha para que saliera primero del dormitorio. La señora Cress estaba allí esperando para despedirlos.

—Pobrecita —le dijo a Tabitha—. John la llevará a casa, no se preocupes. ¿Necesita comida para el camino? Secaré su ropa antes de enviarla a la casa.

—No, gracias, señora Cress. Usted ha sido maravillosamente amable —Tabitha abrazó a la mujer y siguió a John al exterior. Fitz permaneció un breve momento más en la casa.

—Gracias, señora. Cress. No olvidaré su amabilidad. Será recompensada.

La mujer sonrió, con un rostro suave y una mirada maternal.

—Tonterías. La recompensa es saber que estuvimos aquí en el momento justo para ayudar. No necesitamos nada más, Su Excelencia. Usted nos da tanto al permitir que John cace en su tierra.

—No obstante, no lo olvidaré —le prometió. Unos

pocos ciervos y faisanes no parecían gran cosa comparados con la amabilidad de esta mujer.

Los Cress eran *sus* inquilinos, y era su deber cuidar de ellos. En cambio, habían cuidado de él y Tabitha. Él les pagaría por su generosidad.

Cuando se reunió con John y Tabitha junto a la carreta, el granjero había sacado un gran hule y lo había envuelto alrededor de los hombros de Tabitha para protegerla de la lluvia que pudiera caer durante el trayecto hasta Helston Heath.

—El heno está seco y esto la mantendrá caliente —le aseguró John a Tabitha, y luego le ofreció un segundo hule a Fitz.

—Quédatelo, John. No estamos muy lejos de la casa. Lo necesitarás por si vuelve a llover.

Cuando el granjero dudó, Tabitha se desplazó sobre el heno y levantó parte de su manta de tela.

—Sí, por favor, cójalo, señor Cress. Su Excelencia y yo podemos compartir ésta.

—Como desee —el granjero se subió a la carreta y Fitz se deslizó por el heno hasta Tabitha. Ella levantó la tela por un lado, y Fitz se la envolvió alrededor de los hombros y la acercó a él, dejando que absorbiera su calor mientras él le rodeaba los hombros con el otro brazo.

—¿Estás bien abrigada? —preguntó, con la voz más ronca de lo que había pretendido.

—S-sí, gracias.

Úsame, recibe mi calor, cariño, la instó en silencio. Y *apreciaré este momento de tenerte a mi lado mientras pueda.*

Por primera vez en su vida, deseaba algo —o mejor dicho, a alguien—, que no podía tener. Un hombre no podía simplemente alejarse de una mujer como Tabitha. Era el tipo de mujer que cambiaba a un hombre para siempre una vez que la tenía en sus brazos. Un hombre inteligente la llevaría al altar y nunca miraría atrás.

Pero como ella le había recordado, él no podía hacer eso. Era un duque, y la sociedad tenía expectativas sobre con quién podía casarse. Fitz podía mandarlos a todos al diablo, incluso podría disfrutarlo, pero esa misma gente podría amargarle la vida a su esposa si él no elegía sabiamente.

Estos pensamientos desalentadores sólo lo hicieron abrazar a Tabitha con más fuerza. Se sentía como esos meses en los que había perdido a su padre, cómo había soñado con verlo, con tocarlo, sólo para despertar y descubrir que no era más que un sueño. La persona que le había parecido tan real como para tocarla, oír su voz, sólo había estado en su mente... y en su corazón roto.

Ahora se aferraba a Tabitha, pero ¿cuándo despertaría y la sentiría desvanecerse como cualquier otro sueño?

Mientras la carreta avanzaba, Tabitha metió la cabeza bajo la suya y él apoyó la barbilla en la coronilla de su pelo. Ninguno de los dos habló durante el trayecto hasta la casa. Fitz temía que incluso pronunciar su nombre pudiera romper el sueño. La tormenta se había alejado, dejando tras de sí una ligera niebla que enfriaba el aire. Tabitha se estremeció en su abrazo y él le frotó el brazo, intentando darle más calor.

Cuando la carreta dobló la última curva hacia la entrada de Helston Heath, uno de los mozos de Fitz se precipitó hacia ellos por el camino de grava.

—¡Gracias a Dios! ¡Ellos han llegado! —gritó un lacayo a alguien de la casa. Esperó a que la carreta se detuviera frente a la puerta antes de ofrecer ayuda a Fitz y Tabitha. Ambos se separaron y se dirigieron al borde de la carreta.

Fitz bajó primero y le dijo al lacayo que llevara a John dentro y lo calentara junto al fuego de las cocinas, además de darle una comida caliente y una cesta de alimentos para su viaje de regreso.

—No dejes que él te dé ninguna excusa. Dile que insisto en ello —entonces Fitz giró, cogió a Tabitha por la cintura y la ayudó a bajar—. Vamos a meterte dentro.

—Aún necesitas que te revisen la cabeza —le recordó ella.

Él se tocó la frente y se estremeció. Tabitha tenía

razón. No era un corte profundo, pero se había sentido mareado durante un rato después del accidente. No estaba seguro de si se debía a la conmoción o a la pérdida de sangre, pero sería bueno que el médico le echara un vistazo.

El señor Tracy y la abuela de Fitz los esperaban en la puerta.

—Santo cielo, Fitz, ¿qué ha pasado? ¿Y qué demonios llevas puesto? —mientras su abuela lo examinaba, eso le recordó que él y Tabitha habían dejado sus ropas en casa de los Cress. Tendría que limpiar y planchar la ropa que llevaba antes de devolvérsela al granjero y recibir la suya a cambio.

El rostro de su abuela estaba pálido. Sin duda, su desaparición la había asustado. Ella había perdido a su marido, a su hijo y a su nuera. Fitz era todo lo que le quedaba de su familia. No podía hacerla pasar por algo así otra vez. Decidió ser más cuidadoso consigo mismo en el futuro.

—Estaba caminando por las colinas cuando me encontré con la señorita Sherborne, o más bien ella se encontró conmigo. Resbaló en el barro y cayó colina abajo, y me temo que me arrastró con ella. Mi inquilino, John Cress, nos encontró. ¿Podrías traer un médico para que vea el tobillo de la señorita Sherborne? Se ha torcido un poco.

Tabitha habló.

—Y él necesita que le examinen la cabeza. Lo golpeé bastante fuerte al caer.

Su abuela colocó un brazo alrededor de los hombros de Tabitha.

—¡Santo cielo! Entre y deje que llame a su prima. Ha estado muy preocupada preguntándose adónde había ido. Los lacayos y mozos de cuadra llevan una hora registrando los jardines y el camino. Está empapada. Tenemos que acostarla enseguida —la ansiedad de su abuela se reflejaba claramente en el pánico de su voz.

—Oh, por favor, estoy bien. Bastante bi...

—Tonterías, insisto. Un fuego caliente y una cama con un calentador de pies. Eso es lo que usted necesita.

Tabitha lanzó a Fitz una mirada suplicante, pero él descubrió que le gustaba la idea de Tabitha acurrucada y caliente en la cama aunque no pudiera unirse a ella.

—Mi abuela siempre tiene razón. Usted debe hacer lo que ella dice —respondió él en su tono más serio—. Tracy, por favor, trae a la señora Winslow. Luego manda llamar al médico.

El mayordomo de Fitz se marchó y regresó en breve con Hannah y Julia. Fitz observó cómo las otras dos mujeres se preocupaban por Tabitha, quien se ruborizó e intentó insistir en que estaba bien. Estaba claro que se preocupaban mucho por Tabitha, sin importar cómo había llegado a sus vidas. Ese era su único consuelo al saber que él no podía ser quien cuidara de ella. Ella tenía amigas. *Buenas* amigas.

—Venga. Vamos arriba, señorita Sherborne —dijo su abuela.

Tabitha dio un paso, pero él se dio cuenta de que su cojera había empeorado tras subir los escalones de su casa hacía unos minutos. Como no quería que se hiciera más daño, dio un paso adelante y cogió a Tabitha en brazos antes de que ella pudiera impedírselo.

Ella se ruborizó.

—¿Qué está haciendo?

—Sí, Su Excelencia, ¿qué *está* haciendo? —preguntó Julia a su lado.

—La señorita Sherborne se ha lastimado el tobillo. Insisto en llevarla arriba yo mismo para que no se haga más daño —nadie se atrevería a discutir con él sobre esto.

Julia lo miró con desconfianza, y él contuvo una carcajada de triunfo por haber cogido a la señorita Starling con la guardia baja por una vez.

Afortunadamente, Tabitha cesó en sus protestas y le permitió tenerla en sus brazos. Si sólo tenía un par de oportunidades más de abrazarla, incluso de esta manera, no quería desaprovecharlas. Nunca antes se había creído masoquista, pero ahora se torturaba gustosamente cuando se trataba de esta mujer.

Tabitha quería enterrar su cara contra la garganta de Fitz, pero se resistió. A duras penas. Después de todo, había testigos de este momento y no podía dejar que nadie supiera lo que sentía por Fitz, especialmente Hannah y Julia. En lugar de eso, intentó pensar en lo que iba a decirles a sus amigas cuando estuvieran solas. Iban a interrogarla y tenía que pensar qué decirles.

Hannah se apresuró a subir las escaleras para abrir la puerta del dormitorio mientras Julia permanecía junto a Fitz, con la mano en el hombro de Tabitha en señal de apoyo silencioso.

Hannah retiró la colcha de la cama.

—Puede colocarla aquí, Su Excelencia.

Fitz la dejó allí y, durante un breve instante, cuando él estaba de espaldas a Hannah, Tabitha sólo vio la cara de Fitz. Estaba muy cerca de ella, y esos ojos, tan llenos de tormentas, hicieron que su corazón se acelerara locamente. Él le acarició la mejilla con la nariz mientras se inclinaba para mullir las almohadas a su espalda. Tabitha se inclinó media pulgada más y sus labios rozaron los de él...

Oh, no... Ella no debería haberlo hecho. Esa punzada agridulce en el pecho se volvió insoportable. ¿Por qué deseaba tanto a este hombre? ¿Por qué la afectaba de esta manera? No podían ser más diferentes, más *inadecuados* el uno para el otro y, sin embargo, la dulce agonía de su anhelo de quedarse a solas con él le producía un dolor tan profundo que grababa líneas en su alma. Antes de que sus amigas pudieran ver este momento prohibido, él se separó de ella.

—Enviaré al médico en cuanto llegue. Por favor, mande a buscarme si hay algo más que pueda hacer, señorita Sherborne —Fitz salió al pasillo y cerró la puerta tras de sí. Julia y Hannah se giraron hacia ella tan pronto como él desapareció.

—¿Qué te ha pasado? —preguntó Julia.

—¿Por qué Helston lleva la ropa de otra persona? ¿Por qué *tú* llevas la ropa de otra persona? —habló Hannah—. ¿Qué le ha pasado en la cabeza?

—¿De verdad te has torcido el tobillo?

—¿Te duele algo más? ¿Por qué has salido sola de casa?

Tabitha gimió. La palpitación detrás de sus ojos empeoró en medio de la avalancha de preguntas.

—Por favor, dejadme respirar. Ha sido una mañana difícil.

Sus dos amigas guardaron un silencio inusual y esperaron pacientemente a que hablara.

Cuando estuvo lista, Tabitha explicó lo que había sucedido durante la caminata, el accidente y el hecho de haber sido acogidos por los granjeros arrendatarios.

Hannah y Julia intercambiaron miradas preocupadas.

—¿De verdad estás bien? Helston no ha sido cruel contigo, ¿verdad? —preguntó Hannah.

—No, todo lo contrario. A decir verdad, estaba un poco conmocionado, pero parecía muy preocupado por mi bienestar.

—Oh... —Hannah se aclaró la garganta—. Bueno, como debe ser.

La puerta de la habitación se abrió y Liza entró.

—Oh, gracias a Dios que estás aquí, Liza. Debemos quitarle a Tabby esta ropa y acostarla.

Las tres mujeres despojaron rápidamente a Tabitha de su ropa prestada y la vistieron con un cálido camisón. Luego la volvieron a arropar y le pusieron calientacamas bajo las sábanas junto a los pies. Era maravilloso que la cuidaran así. Le recordó lo acogedora que se había sentido en la pequeña cabaña de los Cress.

No debería acostumbrarme a esto, pensó. Algún día se acabaría el robo de gemas y ella se enfrentaría a la siguiente etapa de su vida, fuera cual fuera, y esa incertidumbre del futuro era lo que la hacía sentirse cansada y ansiosa. Cuando había vivido como carterista, sólo había tenido sus preocupaciones del momento, encontrar comida, refugio y seguridad. Pero ahora que había conseguido todo eso, su mente siempre estaba concentrada en pensar en el futuro. No podía pretender que siempre tendría una vida así, arropada en la cama y mimada por sirvientes y cuidada por un hombre como Fitz, o incluso por sus amigas como Hannah y Julia.

—Liza, ¿podrías hacer que laven y planchen la ropa que llevaba puesta? Pertenecen a la mujer de un granjero cercano. Quiero asegurarme de que le sean devueltas.

—Por supuesto, señorita Sherborne.

—Gracias, Liza. Eres maravillosa —Tabitha bostezó, y la criada le dio las gracias con una risita.

Iba contra todo instinto de Tabitha bajar la guardia y dormirse, pero se recordó a sí misma que estaba a salvo.

—Una de nosotras dos debería ir a por el diamante esta noche —murmuró Julia a Hannah—. Es la oportunidad perfecta. Es probable que Helston esté descansando. Nadie se lo esperará.

Sus palabras obligaron a Tabitha a luchar contra el sueño, y se incorporó lo suficiente como para hablar.

—No, dejad que lo haga yo —insistió—. Debo ser *yo* —entonces se refugió en la almohada y cerró los ojos.

Tenía que ser ella quien cogiera el diamante. Si no lo hacía, podría arriesgarse a revelarle al duque la verdad sobre quién era realmente y por qué estaba aquí. Robarle, por terrible que fuera, mantendría su corazón a resguardo de él lo suficiente como para mantenerla a salvo.

Debo ser yo.

Esa noche, después de cenar, Evan se reunió con Fitz en la sala de billar.

—He oído que has tenido un día de locos —musitó.

—Supongo que sí —Fitz resistió el impulso de tocarse el corte de la frente. Había llamado a un médico y el hombre le había asegurado que la herida se curaría rápidamente y que no parecía haberse hecho ningún daño importante en la cabeza. Desde que Tabitha y él habían regresado a la casa, había estado luchando contra un dolor de cabeza que sospechaba que había sido causado en parte por la curiosidad de sus invitados acerca del accidente. El hecho de que un duque y una mujer soltera hubieran sufrido juntos un accidente y regresaran a la casa vistiendo ropas que no eran suyas era motivo de cotilleo. Solo su excelente reputación con las mujeres solteras impidió que Fitz se viera obligado a ofrecerle matrimonio a Tabitha. Cada hombre en esta habitación sabía que él nunca se aprovecharía de una mujer así. Robarle ese beso en el salón y un segundo en el invernadero... eso había sido algo totalmente impropio de él, de modo que nadie de los presentes lo habría sospechado capaz de ello. Los caballeros invitados se habían burlado de él sin piedad acerca de Tabitha y de haber tenido la suerte de ser herido por una joven tan hermosa.

—Beck pensó que tal vez te habías dejado llevar por la pasión —dijo Evan.

—¿Crees que me acostaría con una mujer en medio de una tormenta en algún campo? —Fitz resopló—. Me gusta seducir a las mujeres en lugares mucho más cómodos que ése, y ten por seguro que yo no me habría hecho daño.

Ante esto, Evan sonrió con maldad.

—Si no estás haciendo el amor de una manera que a veces corre el riesgo de herirte, puede que lo estés haciendo mal, hombre.

Beck, quien estaba de pie frente a ellos mientras se inclinaba para alinear un tiro en la mesa de billar cubierta de paño, sonrió con satisfacción.

—Evan no se equivoca, Fitz —Beck soltó una risita—. Las mejores noches que he tenido con mujeres han sido en el lado más salvaje.

Fitz ignoró sus burlas.

—Ella no ha bajado a cenar. ¿Y si ha enfermado? —les preguntó—. Pasó frío y estuvo mojada el tiempo suficiente para resfriarse.

El médico había dicho que el tobillo de Tabitha estaba un poco inflamado, pero no parecía dolerle mucho. Estaba claro que era una criatura fuerte, pero eso no significaba que no pudiera coger un resfriado por estar demasiado tiempo con la ropa mojada.

—Hagas lo que hagas, hombre, no vayas, *repito*, no vayas a ver cómo está ella. Es una trampa perfecta de matrimonio —advirtió Evan.

—Quédate aquí y juega con nosotros —Beck le ofreció un taco—. Hace más de un año que no jugamos todos juntos al billar, ¿verdad?

Fitz aceptó el taco y enroscó los dedos alrededor del palo de madera. Llevaba demasiado tiempo sin disfrutar de una tarde como ésta con sus amigos.

—¿Quién de nosotros está de guardia esta noche? —susurró Evan cuando Beck rodeó la mesa para unirse a ellos.

—Yo otra vez —dijo Fitz—. Los dos tenéis que centrar vuestros esfuerzos en vigilar a nuestros caballeros invitados.

—¿Estás seguro? ¿No deberías descansar después de haberte golpeado esa cabeza dura? —preguntó Evan.

—Si siento que necesito cambiar con alguien, haré que un sirviente despierte a uno de vosotros.

—Muy bien, pero ten cuidado, Fitz —dijo Beck—. Si el ladrón está aquí, sólo tienen uno o dos días más para intentarlo.

—Si lo intentan —dijo Fitz mientras se inclinaba y apuntaba a la bola blanca frente a él—, estaremos preparados —golpeó la bola blanca con un chasquido, que se estrelló contra un grupo de bolas que cruzaron la mesa con una belleza perfecta y caótica.

Capítulo Nueve

Vestida una vez más con su atuendo negro de ladrona, Tabitha se deslizó por el pasillo hasta las escaleras del servicio. El tobillo le dolía con cada paso que daba, pero la vida en la calle la había convertido en una criatura dura, y se sobrepuso al dolor.

Las lámparas de aceite de los pasillos sólo ofrecían una luz tenue, y pudo mantenerse cerca de las sombras de las paredes mientras se movía. No había sirvientes. Superó la escalera de servicio y se dirigió directamente a la puerta trasera. Al pasar junto a los retratos de los antiguos antepasados Helston, sintió sus silenciosas miradas clavadas en ella, juzgándola por el crimen que estaba a punto de cometer.

Este diamante hará mucho más bien en nuestras

manos que en la cabeza de alguien, se recordó a sí misma. Intentó ocultar su creciente sentimiento de culpa. No podía dejar que eso la detuviera esta vez. Tenía que conseguir el diamante. Esta noche.

Tabitha giró el pestillo de la puerta y salió a la noche, respirando aliviada. De momento, todo iba según lo previsto.

El aire frío de la noche le llenó los pulmones y le despejó la cabeza. Por encima de ella, las estrellas titilaban y brillaban como diamantes sobre terciopelo negro, demasiado lejos de su alcance para robarlas. Cogió el mismo camino que la noche anterior para llegar a la ventana del estudio.

Levantó un poco la cabeza y se asomó a la habitación en penumbra. No vio a nadie dentro. La habitación estaba semioscura, pero el escritorio y parte de la habitación estaban iluminados por la luz de la luna, lo suficiente como para que se sintiera segura de poder registrar la habitación sin encender una vela. La oscuridad en los rincones más profundos de la habitación la hizo detenerse momentáneamente, pero sabía que allí no había nada. Los guardias estaban fuera de la puerta, no dentro.

Sintiéndose más segura, levantó la mano y comprobó la ventana. El gran cristal se abrió lentamente, sin emitir ruido. En el bolsillo del pantalón había guardado un pequeño trapo engrasado con aceite para frotar las bisagras chirriantes, pero por suerte no lo necesitaría esta noche.

Abrió la ventana de par en par, se subió a la repisa de piedra y deslizó las piernas por el alféizar hasta el interior de la habitación. Sus pantuflas negras de suela blanda no hicieron ruido al aterrizar en el suelo con la gracia de un gato.

Tabitha observó la habitación, fijándose en el gran escritorio de madera de cerezo cubierto de cartas y libros de contabilidad, con diarios en el centro. Se agachó detrás del escritorio y examinó el respaldo, donde Fitz se sentaba cuando trabajaba. Había siete cajones en el escritorio, tres a cada lado y uno directamente en el centro. Los abrió con cuidado y sus ojos aprovecharon la luz de la luna para examinar el contenido. Una vela encendida podría ser descubierta por cualquier sirviente en los jardines, y ella no podía arriesgarse a ser descubierta.

Comprobó si cada cajón tenía un fondo falso antes de pasar a los armarios situados a lo largo de una pared. El escritorio no había revelado nada importante, aparte de las cosas habituales. Abrecartas, sellos de cera, algunos cigarros y frascos de tinta sin usar.

En el resto de la habitación había estanterías y un armario alto. Dejó las estanterías para el final y comprobó la puerta del armario. Estaba cerrada, pero era de una marca que ya había visto antes. Sacó un pequeño juego de horquillas, una recta y otra con el extremo doblado, y las introdujo en la cerradura. Las utilizó con destreza hasta que sintió que algo se enganchaba en una de ellas, y luego la giró bruscamente. Entonces encontró el siguiente seguro e hizo lo mismo y, finalmente, un tercero. Un clic satisfactorio le indicó que la cerradura había girado. Volvió a meter las horquillas en el puño de la manga y abrió la puerta del armario.

Sonrió triunfante al encontrar por fin una gran caja de terciopelo del tamaño perfecto para guardar la tiara Helston. Abrió la caja y la colocó sobre el escritorio. Los diamantes salpicaban la superficie de la impresionante tiara. Las piedras brillaban y centelleaban ante ella. La pieza era más hermosa que cualquier cosa que hubiera visto en su vida. Le temblaron un poco las manos al contemplar la poesía visual de estos diamantes a la luz de la luna.

El gran diamante del centro era lo único que se llevaría esta noche. La gema estaba sujeta a un engaste de plata que estaba incrustado en el resto de la diadema. Sacó con cuidado el diamante del engaste y se lo metió en el bolsillo del pantalón. Acababa de devolver la tiara a la caja de terciopelo cuando oyó el sonido de una pistola siendo amartillada detrás de ella. El estómago le dio un vuelco.

—Haz un movimiento y estás muerta —retumbó una voz fría detrás de ella. Un escalofrío recorrió su cuerpo. *Era Fitz.* Estaba aquí, en esta habitación. Pero, ¿dónde?

—Así es como haremos esto. Bajarás la joya, levantarás los brazos y me mirarás.

La respiración de Tabitha se detuvo en sus pulmones, y su cuerpo se congeló. Todo por lo que ella y sus amigas habían trabajado había sido en vano... porque el hombre que había llegado a querer, el hombre del que estaba segura que podría estar enamorada, tenía una pistola apuntándole a la espalda.

—He dicho que la bajes y te des la vuelta —ordenó Fitz.

Tabitha no se atrevió a hablar, no cuando sabía que su voz traicionaría su identidad, como lo había hecho la de él. Proteger su identidad era vital para evitar que Hannah y Julia fueran procesadas por los robos.

Tabitha podía sentir el peso del diamante en su bolsillo. Estaba seguro. Si pudiera alcanzar la ventana, aún tendría una oportunidad de escapar. El verdadero truco sería volver a entrar en la casa sin ser vista, ya que Fitz probablemente daría la alarma en cuanto ella escapara. Como habían planeado la noche anterior y volverían a hacer esta noche: la misión de Julia era vigilar la recámara de Tabitha para confirmarle que podía regresar allí con toda seguridad. Sin duda, ella estaría esperando con un camisón y una bata para ayudar a Tabitha una vez que regresara. La tarea de Hannah consistía en vigilar a los criados y decir que necesitaba un vaso de leche antes de acostarse en caso de que alguien la viera por los pasillos mientras patrullaba. Eso también le daría a Hannah la oportunidad de afirmar que había visto una figura corriendo en dirección contraria a la ruta de escape planeada por Tabitha si alguien llegaba a buscarla.

Las tres lo habían planeado todo con mucho *cuidado*. Excepto a Fitz. Ella no lo había planeado en absoluto. ¿Cómo podía alguien planear algo contra un hombre con el pelo dorado, ojos tormentosos y una voz tan dulce como la miel mientras la seducía con el lenguaje de las flores? ¿Cómo pudo haber sabido que se enamoraría de su objetivo? ¿Y cómo pudo haber sido tan tonta para acabar en la trampa del hombre, como *su* presa?

—Te *dispararé* —advirtió Fitz con voz dura.

Tabitha no lo dudó. Aprovechó la oportunidad y se lanzó hacia la ventana justo cuando el chasquido de una pistola resonó en la habitación. El dolor le atravesó el brazo izquierdo, pero no dejó de moverse hasta llegar a la ventana. De repente, los brazos de Fitz rodearon su cuerpo y la tiraron al suelo. Sus manos la rodearon con fuerza y ella tuvo que sofocar la urgencia de gritar. En lugar de eso, luchó, pateándole con fuerza las espinillas y clavándole un codo en el estómago mientras se ponía en pie.

Fitz intentó sujetarla, pero Tabitha perdió fuerza en sus brazos, obligándolo a soltarla con una maldición. Entonces ella se inclinó hacia atrás y le pateó fuertemente el estómago con ambos pies, derribándolo en la parte trasera de su escritorio con un gruñido de dolor.

Estuvo a punto de correr hacia él, temiendo haberle hecho daño, pero la necesidad de sobrevivir hizo que su sangre siguiera bombeando y la mantuvo nerviosa y presa del pánico. Hizo lo que tenía que hacer... y huyó para salvar su vida.

¡Vete! No mires atrás! Le gritaron sus instintos mientras salía por la ventana y corría por el sendero del jardín hacia la puerta trasera más cercana a la escalera de servicio.

Cuando entró, ya podía oír el débil eco de los hombres que gritaban *"¡Ladrón!"* por toda la casa. Corrió de recámara en recámara para intentar llegar a la seguridad de su habitación. Tabitha se aferraba su brazo herido, conteniendo el flujo de sangre mientras daba los últimos pasos a trompicones hacia su dormitorio.

—¡Oh, Dios mío! —Julia llegó a su lado en un instante—. Tabby, ¿qué ha pasado?

Tabitha se quitó la máscara negra y cogió una profunda bocanada de aire antes de levantar el brazo. Un profundo corte en el costado del brazo sangraba. La bala sólo la había rozado, o eso esperaba. No podían dejar que un médico le examinara la herida. Si lo hacían, estaría acabada.

—Él me ha disparado —jadeó, aún conmocionada.

—Ven, siéntate junto al fuego. Voy a buscar vendas —Julia mojó varios paños en una palangana con agua limpia y volvió junto a ella. Tabitha se desplomó en la silla junto al fuego y se estremeció cuando Julia le subió la manga de la blusa para examinarle la herida—. ¿Sabes quién? ¿Te han visto?

—Fitz me ha disparado —Tabitha cerró los ojos, pues no quería ver la sangre mientras Julia limpiaba la herida —. Y no, tuve la máscara puesta todo el tiempo.

Julia asintió mientras aplicaba presión.

—Creo que sólo es un rasguño, pero tardará en curarse. Le pondré un poco de pomada y luego lo vendaré. Tendremos que irnos inmediatamente antes del desayuno. Le diremos a todo el mundo que enfermaste después del accidente en la colina y que necesitas ver a tu médico en Londres de inmediato —Julia levantó la cabeza mientras parecía procesar finalmente lo que

Tabitha había dicho—. Espera un momento... ¿Has dicho que *lord Helston* te ha disparado? ¿No ha sido el lacayo que custodiaba la puerta?

—No, Fitz estaba esperando dentro de su estudio. Había un punto oscuro en la habitación, negro como el carbón. No pude verlo mientras estaba en ese rincón. Era una trampa. Nos estaba esperando —metió la mano en el bolsillo, sacó el diamante y lo sostuvo ante la luz—. Pero aún lo tengo.

—Dios mío, Tabby. ¡Ningún diamante vale tu vida! ¡Deberías haberlo dejado y huido!

—Ya lo tenía cuando él se anunció. Y te aseguro que *sí* corrí... —Tabitha suspiró—. Piensa en todo el bien que haremos con él —había estado pensando en los veteranos heridos y enfermos mentales de la guerra y quería utilizar el diamante de Helston para atender a esos hombres. Hombres que habían servido igual que el padre de Fitz. Fitz nunca sabría el destino de su diamante, pero al menos beneficiaría a una causa que ella sospechaba que le importaba mucho. Enroscó los dedos alrededor del diamante mientras Julia le vendaba el brazo.

—Será mejor que te quites esta ropa y te pongas el camisón —dijo Julia.

Una vez que Tabitha se hubo despojado de las prendas, las arrojaron sobre el dosel de la cama, donde nadie miraría al registrar la habitación. También arrojaron allí el diamante.

—Deberíamos quemar la tela ensangrentada —dijo Tabitha mientras le entregaba la camisa ensangrentada a Julia. Su amiga arrojó la prenda al fuego y, por un instante, ambas mujeres observaron cómo las llamas consumían la tela. Momentos después, alguien llamó frenéticamente a la puerta.

—Déjame hacerlo. Ponte la bata y túmbate en la cama —instó Julia a Tabitha—. Se supone que te encuentras mal —le recordó.

—Me han disparado —murmuró Tabitha—. No será difícil fingir que me siento mal.

Julia abrió la puerta de la recámara y el rostro de Hannah apareció.

—Helston acaba de alertar a todos. Criados y caballeros están registrando la casa en busca de un ladrón. ¿Ha... ha sucedido? —preguntó. Julia asintió y la metió a la habitación y cerró la puerta.

—Tenemos un problema, Hannah —Julia señaló a Tabitha—. Ese hermoso bastardo le ha disparado a nuestra Tabby.

—¿Qué? —jadeó Hannah.

—Estoy bien —insistió Tabitha—. Es sólo un ligero rasguño... creo. Hannah, tenemos el diamante, pero tendremos que irnos a primera hora de la mañana.

—Sí —dijo Hannah, un poco más tranquila ahora—. Sí, por supuesto. ¿Dónde está el diamante?

Tabitha señaló con un dedo el dosel de tela de brocado que colgaba sobre su cabeza.

—Bien. Déjalo ahí hasta que estemos listas para partir. Entonces alguien se lo meterá en el pelo y lo sujetará con una horquilla antes de que partamos. Nadie se atreverá a registrar nuestros cabellos.

Tabitha se hundió de nuevo en la cama.

—Deberían volver a sus habitaciones. Ellos no deberían vernos juntas hasta la mañana.

—Ella tiene razón —dijo Julia—. Pero, Tabby, si tu brazo empeora, debes buscar a una de nosotras inmediatamente.

—Lo haré —prometió.

Cuando sus amigas se fueron, se tumbó en la cama y soltó un profundo suspiro. Lo había conseguido. Había cogido el diamante de Fitz, y él le había disparado como si fuera una vulgar ladrona... y lo era. Podría haberla matado, pero eso no eliminaba la culpa que sentía por haberle dado una patada tan fuerte o por haber robado la gema. Lo que había estado creciendo lentamente entre ellos, esa delicada flor que florecía en el invernadero de sus corazones... se había marchitado por una helada inesperada. Y esa pérdida le dolió más que la bala que había impactado en su brazo.

Recuerda a todas las personas a las que esto ayudará. No es como si pudieras tener al duque y su diamante. Esto no es un cuento de hadas para niños.

Fitz levantó la vela para iluminar el alféizar de su estudio. Gotas de color carmesí salpicaban la parte inferior del alféizar, y una tenue mancha de sangre brillaba a la luz en el lugar donde el ladrón había rozado el marco de la ventana con el brazo durante su huida del estudio.

Evan miró la sangre.

—¿Qué aspecto tenía? ¿Un tipo grande o pequeño?

—Más pequeño que yo —dijo Fitz—. Pero eso no ayudará mucho. La mayoría de los hombres lo son.

Aparte de él y sus dos amigos, algunos de los invitados varones se habían ofrecido voluntarios para ayudar a registrar la casa en busca del ladrón. Por supuesto, los había examinado cuidadosamente en busca de heridas, para asegurarse de que el ladrón no había sido lo bastante listo como para volver y fingir ofrecer ayuda. Pero todos los invitados que habían bajado a ayudarlo habían quedado libres de sospecha.

—Desde luego, has herido al tipo —dijo Beck al reunirse con ellos—. No creo que muera, pero mostrará una herida. Eso nos da algo con lo que trabajar.

—Yo sólo estaba intentado frenarlo. Intenté apuntar a la pierna del hombre. Hubiera sido un mejor objetivo, pero perdí el equilibrio durante el forcejeo y no apunté bien. Que Tracy traiga nuestras linternas más brillantes. Quiero seguir el rastro de sangre por el jardín, a ver adónde lleva.

Siguiendo las indicaciones de Fitz, todos empezaron a rastrear cuidadosamente los terrenos de la finca, pero el rastro de sangre se detenía a sólo unos metros de la ventana del estudio. El hombre debió haberse cubierto la herida para detener la hemorragia, y eso había acabado con cualquier rastro fácil de seguir.

Fitz miró hacia la oscuridad de los jardines.

—Registrad la casa. Todas las habitaciones, sirvientes e invitados —ordenó Fitz.

—Bueno, seguramente no en *todas* las habitaciones —Evan soltó una risita—. Debemos dejar dormir a las damas.

—No, incluso en sus recámaras. Es muy posible que el ladrón se haya escondido en una habitación mientras una dama duerme.

Fitz y los sirvientes de su confianza se dividieron para cubrir toda la casa. Colocó su pistola en una funda que aseguró a su cadera y comenzó a llamar a las puertas. Cada vez que despertaba a uno de sus huéspedes, le explicaba la situación y hacía un rápido registro de su habitación. Afortunadamente, sólo unos pocos habían oído el disparo. La casa era bastante grande y, dado el frío, la mayoría de las ventanas estaban cerradas. La buena cantería y el roble inglés amortiguaban la mayoría de los sonidos de la casa.

Cuando Fitz llegó a las habitaciones de Julia y Hannah, éstas esperaron imperiosamente a que terminara su búsqueda, regañándolo en silencio por perturbar su sueño. Luego se dirigió a la habitación de Tabitha. Al principio, cuando llamó a la puerta, ella no se acercó. Intentó el picaporte y se abrió ante su toque.

Estaba profundamente dormida en la cama, y el fuego de la chimenea ardía lentamente, pero una lámpara de aceite seguía encendida junto a la cama. Fitz detestó despertarla. Era muy hermosa mientras dormía. Su cabello formaba ondas oscuras sobre la almohada. En la penumbra, su rostro parecía tan suave alabastrino, con un matiz rosado en las mejillas.

Finalmente, se armó de valor para perturbar su paz y le colocó una suave palma en el hombro mientras susurraba su nombre.

—¿Tabitha?

Ella se removió y sus oscuras pestañas se agitaron mientras bostezaba.

—¿Qué pasa, Liza? ¡Oh! —se tensó al darse cuenta de que era *él* y no su criada quien la había despertado—.

¿Fitz? ¿Qué te pasa? ¿Por qué estás aquí? —se sentó en la cama y se subió la manta alrededor del pecho.

—Me temo que debo registrar tu habitación.

—¿Mi habitación? ¿Por qué? —se apartó el pelo de la cara para que cayera en ondas sobre sus hombros.

Dios, él quería tocarle el pelo, pasar los dedos por los mechones sedosos. Pero no podía. Tocarla era querer siempre más. Nunca se cansaría de tocarla. Y ahora mismo, tenía que concentrarse.

—Tenemos un ladrón en casa. Han robado el diamante de la tiara de mi abuela y estamos registrando la casa.

—¿Y crees que he sido yo? —preguntó Tabitha en voz baja, con el rostro un poco endurecido.

Estuvo a punto de reírse, pero ella parecía tan seria que no lo hizo.

—No, claro que no. El ladrón resultó herido cuando forcejeé con él y escapó. Hemos registrado los terrenos y no hemos encontrado a nadie en el exterior. Creemos que el hombre ha vuelto a colarse en la casa, así que estamos registrando todas las habitaciones.

La tensión que cubría los ojos y la boca de Tabitha se relajó.

—Oh...

—Puedes quedarte en cama mientras busco —se aclaró la garganta y se apartó de ella para revisar su conjunto de habitaciones, el armario alto, e incluso debajo de su cama.

—Por Dios. ¿No creerás de verdad que está ahí debajo con todas esas bolas de polvo? —preguntó Tabitha.

Él estaba de rodillas, mirando por debajo de la estructura de la cama, y levantó la mirada al oír su pregunta. Ella estaba en el borde de la cama, mirándolo con cara de perplejidad. Era hermosa. Sí, había visto mujeres más bonitas; más bonitas para un escultor o un pintor. Pero lo que hacía irresistible a Tabitha era la vida de su rostro y su cuerpo, la forma en que su alma brillaba tanto en sus ojos que la hacía infinitamente más encantadora que cualquier otra mujer que él conociera. Nunca habría un momento en el que él no quisiera mirarla.

—¿Fitz? —ella pronunció su nombre mientras él dejaba caer la falda de la cama. Se detuvo en sus movimientos al notar una gota roja en la manga del camisón.

—Tabitha, ¿estás herida? —se puso de pie, seguro de que era sangre lo que veía en su camisón.

—¿Qué? No... —ella intentó levantar las mantas sobre su cuerpo, pero Fitz las cogió con su férreo agarre y le impidió moverlas.

Un leve zumbido comenzó a retumbar en los oídos de Fitz mientras le sujetaba el brazo con la otra mano.

—¡No, Fitz, no lo hagas! —ella intentó zafarse de su agarre, pero él se inclinó hacia adelante y la cogió por el cuello alto del camisón. Fitz soltó las sábanas y le sujetó el codo del brazo izquierdo, con suavidad pero con firmeza, mientras miraba fijamente la mancha roja cada vez más oscura. Levantó lentamente la mirada hacia su rostro, con el cuerpo frío mientras hablaba.

—Ábrete el camisón. Quiero verte el brazo.

Tabitha negó con la cabeza en señal de resistencia y Fitz le deslizó la mano por su codo. Cuando ella se estremeció, él la soltó. La mancha de sangre creció ligeramente en la manga de su camisón.

—Has sido tú... —dijo él, aún sin querer creer lo que le decían sus ojos. No era una verdad que él quisiera—. Yo... te he disparado...

Balbuceó un poco las palabras, horrorizado por sus actos. Había disparado a una mujer. Se acercó a Tabitha, sus instintos le exigían que la sostuviera a salvo en sus brazos y se asegurara de que no estuviera gravemente herida a causa de sus estúpidas acciones. Pero un momento después, la pesada verdad de su traición lo golpeó como un puñetazo.

Ella lo miró con fuego y dolor.

—*Has* cogido el diamante... —apenas podía respirar, su pecho estaba demasiado oprimido—. *¿Por qué?* —

nada de esto tenía sentido. ¿Cómo podía ser Tabitha la ladrona?

Por un largo momento, temió que ella no dijera nada. Pero, finalmente, habló.

—*Lo siento* —sus palabras lo sobresaltaron.

—¿Necesitabas dinero? —preguntó él, con un tono tranquilo. Pero su mente gritaba de rabia por su traición. Había abierto su alma a esta... *ladrona.* Acababa de intentar robarle el diamante y, en el proceso, había traicionado su confianza.

Ella sostuvo su brazo y se apartó un poco de él.

—Es más complicado que eso.

—Señorita, se sorprendería de lo *poco* complicados que pueden ser los asuntos de naturaleza financiera. O usted necesitaba el dinero o no lo necesitaba —apoyó una mano en el poste a los pies de la cama y le dio la espalda. Estaba furioso con ella. Tanto que no soportaba mirarla—. No puedo creer que seas el ladrón Alegre Petirrojo —tenía la mirada perdida en las llamas de la chimenea.

—Si lo admito, ¿mandarás llamar a los investigadores de la policía metropolitana? —la voz de Tabitha tenía un tono duro que lo enfureció. *Él* era el único con derecho a enfadarse, no ella. Se giró hacia ella, dispuesto a decirle que se pondría en contacto con la policía metropolitana de inmediato. Pero en cuanto sus miradas se cruzaron, vio su miedo. Ella pensaba que él le haría daño. Y se dio cuenta de ello de una manera dolorosa. Él no le haría... no *podía* hacerle daño.

Fitz respiró hondo y sus manos temblaron mientras intentaba calmar el caos de sus pensamientos.

—Debería... pero no lo haré. Dios sabe por qué, pero no puedo hacerte eso. Nunca podría hacerte daño.

Tabitha se relajó un poco ante sus palabras, y él no pasó por alto su suspiro aliviado. Cumpliría su promesa. Fitz no haría nada que le causara dolor, pero tenía que entender por qué ella había hecho lo que había hecho... y *por qué* se lo había hecho a *él*. Después de todo lo que habían compartido, la traición que sentía era muy profunda, un pozo negro cada vez más profundo que amenazaba con ahogarlo.

—Pero me *darás* respuestas —no iba a dejar que se librara de sus preguntas—. ¿Dónde está el diamante?

Ella señaló por encima de su cabeza hacia el dosel.

—Dime que estás bromeando.

Tabitha negó con la cabeza. Maldiciendo en voz baja, Fitz se subió a la cama y golpeó la tela desde abajo con el puño, y algo brillante resplandeció al caer al suelo junto a la cama. Ambos se quedaron mirándolo un largo rato. Luego él se bajó y lo cogió. Fitz enroscó los dedos alrededor de la piedra. Era falsa, pero Tabitha no parecía saberlo aún. Estuvo a punto de devolvérsela.

A ella le vendría bien intentar vender un trozo de cristal.

—Deberías haberme pedido el dinero que necesitabas —dijo mientras cerraba los ojos—. Te lo habría dado sin pensarlo —el abismo que se abría en su pecho le dificultaba terriblemente la respiración.

—Sigues sin entenderlo —replicó ella.

Fitz abrió los ojos.

—Entonces *haz* que lo entienda. Dime, ¿qué llevaría a una dama a robar?

—Esa es la cosa, Fitz. Como te he dicho, no soy una dama. Soy una carterista. Mi padre murió y yo no tenía a nadie. Una banda de ladronas me acogió y me enseñó a sobrevivir.

Él resopló con dureza.

—¿Esos otros Alegres Petirrojos, supongo?

—¡No! —espetó ella—. Trabajo sola. Sólo dejé esas notas para sugerir que había más de uno como yo y confundir a las autoridades.

—¿Y cómo has conocido a Hannah y Julia? Yo ya sabía que no eras realmente prima de Hannah.

—No somos parientes —admitió—. Intenté robar el collar de Hannah. Así nos conocimos. Ella sintió lástima por mí y me dejó ir a casa con ella. Creo que me ve como una especie de proyecto de caridad. Me presentó a Julia como una amiga necesitada. Ninguna de las dos sabe nada de esto —la mirada suplicante de Tabitha se clavó en su corazón, y él se lo aseguró con un rígido movimiento de cabeza.

—¿Así que robas para permitirte vivir como acompañante de Hannah? —había conocido a muchas damas de alta cuna que se hacían acompañantes como ocupación cuando se encontraban en dificultades económicas.

—No. Utilizo el dinero de la venta de esas joyas para ayudar a quienes lo necesitan. Huérfanos, viudas, veteranos de guerra heridos, ancianos. El dinero va a organizaciones benéficas.

Si cualquier otra persona le hubiera contado semejante historia, Fitz habría llamado inmediatamente a la policía, pero le creía de verdad. Desde el momento en que había conocido a Tabitha, ella había hablado de las necesidades de los demás. En ese momento, ella no pudo haber sabido que él la descubriría robando su diamante, así que a ella no se le habría ocurrido mentir tan pronto, cuando se conocieron. Fitz bajó la mirada hacia el diamante de cristal que tenía en la mano, y luego lo arrojó al fuego.

—¡Oh, no! —gritó en voz baja a sus espaldas, sorprendida. Cuando se volvió para mirarla, vio que la mayoría de la manga era de color rojo oscuro. Había más sangre filtrándose a través del vendaje que se había hecho.

—No era real —dijo, señalando con la cabeza la imitación—. El verdadero diamante está en algún lugar seguro —se acercó a la cama y ella se apartó de él. Fitz se detuvo al sentir un nuevo dolor en el pecho que lo hizo estremecerse. Seguía sin confiar en él—. *Nunca* te haría daño —susurró—. Debes saberlo.

—¿Lo hago?

—Tabitha... Desde que nos conocimos, he sido sincero contigo —extendió una mano—. Por favor, déjame ver tu brazo. La hemorragia está empeorando.

No pudo negar la pequeña pero muy fuerte sensación de alivio que experimentó cuando ella se arrastró hasta el borde de la cama y dejó caer las piernas por un lado.

—Tendrás que desabrocharte el camisón para que pueda ver —le dijo con suavidad.

Con manos temblorosas, Tabitha desabrochó la hilera de botones hasta la parte superior de sus pechos y apartó el camisón de su hombro antes de deslizar con cuidado el brazo de la manga. Fitz vio el vendaje improvisado y maldijo. Estaba empapado. Ella debió haber reabierto la herida cuando él la despertó.

Al parecer, Tabitha había notado lo mismo que él.

—No estaban tan mal antes. Creo que la herida se ha reabierto.

—Cristo... No puedo creer que esto haya sucedido. ¿Qué tan grave es la herida?

—Creo que es sólo un rasguño. No tuve tiempo de ajustar bien el vendaje.

Era culpa suya. Él la había herido, aunque no había sabido que se trataba de Tabitha. Nunca habría disparado si hubiera sabido que era una mujer. Había pensado que estaba apuntando a un hombre.

—Déjame echar un vistazo —él alcanzó la venda alrededor de su brazo—. Pero si no me gusta su aspecto, mandaré llamar al médico.

—Por favor, Fitz, no puedes...

—Eso lo decido yo. No permitiré que mueras de una herida infectada que he causado en mi casa —desenvolvió la venda hasta que pudo echar un mejor vistazo. Respiró aliviado. La bala sólo le había atravesado el borde del brazo, sin llegar siquiera al músculo. Sin embargo, la sangre era espesa y, aunque se estaba coagulando, aún fluía en algunas partes. La fulminó con la mirada.

—No te muevas. Debo buscar algunas provisiones y volveré. Asegura la puerta detrás de mí. Los hombres siguen buscando al ladrón y no puedo decirles que has sido encontrada.

Fitz salió de la recámara, con la mente acelerada mientras se dirigía a la oficina de su mayordomo en la planta baja. El señor Tracy guardaba un maletín médico detrás de su escritorio para curar los pequeños cortes y rasguños que el personal pudiera sufrir en el desempeño de sus funciones. rezó para que su intervención en la herida fuera suficiente. Ver su sangre no sólo le había revuelto el estómago, sino que le había roto el corazón.

Su Tabitha era la ladrona más infame de Londres... y él casi la había matado.

Capítulo Diez

Tabitha se paseaba por la habitación e intentaba no pensar en lo que sucedería cuando él volviera a cruzar la puerta. Había dicho que no la entregaría a las autoridades, pero ella dudaba de que la dejara seguir robando, por muy noble que fuera la causa. ¿Y si la obligaba a revelar la implicación de Hannah y Julia, o intentaba sonsacarle algo a cambio de su silencio? ¿Y si corría la voz entre sus amigos para evitar que la invitaran a otros compromisos a los que ella, Hannah y Julia necesitarían acceder para robar más joyas? El castillo de naipes que habían construido estaba a punto de colapsar; Fitz sólo tenía que decir una palabra en su contra.

No sabía realmente de lo que Fitz era capaz y, sin embargo, a medida que analizaba cada una de las posibles cosas que él podría hacer, simplemente no podía creer que la chantajearía con algo, ni que haría algo intencionalmente para lastimar a Julia o a Hannah. Era todo un caballero como para tratar a las verdaderas damas como criminales. Pero cualquier cosa que él hiciera podía tener consecuencias involuntarias que podrían alterar sus vidas. Hannah y Julia podrían verse perjudicadas por asociación y obligadas a elegir entre Tabitha o sus propias vidas sociales, y ella sabía lo que elegirían, lo que significaba que tendría que abandonarlas para salvarlas.

Tabitha volvería a estar en la calle y, con un escándalo sobre sus hombros, probablemente le sería imposible trabajar en una tienda. Los tenderos no querrían mujeres trabajando para ellos que ahuyentaran a los clientes. Fitz podría actuar con la mejor de las intenciones y aun así condenarlas a todas...

Pero todas estas preocupaciones eran insignificantes frente a la punzada que sentía en el estómago cada vez que recordaba el momento en que Fitz descubrió que *ella* era la ladrona. Eso dejaría una sombra en su corazón para el resto de su vida. Había destrozado algo hermoso entre ellos, algo que nunca había soñado tener. Y eso se había perdido para siempre porque ella había cogido ese maldito diamante.

Demasiado cansada para seguir paseándose, se sentó

en una silla a esperar su ruina. Ignoró el dolor punzante en el brazo por el roce de la bala de Fitz mientras observaba cómo las llamas intentaban quemar el diamante. El diamante *falso*. Había arriesgado su vida por un trozo de cristal. Había destruido los recuerdos más preciados que había tenido con Fitz, había destruido su futuro, para nada. Había arruinado todo excepto las vidas de Hannah y Julia, y ni siquiera ellas estaban a salvo. Todavía.

La implicación de las mujeres era un secreto por ahora, pero alguien podía unir las piezas si examinaba el paradero de Tabitha durante cada robo. Tabitha tenía que asegurarse de que Fitz no sólo la dejaría marchar, sino que también aceptaría que nunca le contaría a nadie lo que había hecho, ni siquiera a sus amigos. Y para conseguirlo, sabía que él probablemente le exigiría la promesa de que no volvería a poner un pie en la sociedad para no caer en la tentación de robar a los que la rodeaban. Si tan solo él supiera que ella no tenía ninguna compulsión a robar, ningún deseo de quitarle nada a nadie, sino que lo hacía sólo porque era necesario. Pero tal argumento probablemente sería inútil. Así que tendría que aceptar las condiciones que él estableciera para mantener su silencio. Sería la única manera de estar segura de poder proteger a sus amigas.

Alguien llamó a la puerta. Caminó lentamente por

las alfombras para abrirla. El rostro de Fitz, todavía ensombrecido por una ira silenciosa, apareció en el espacio entre la puerta y el marco.

—Puedes dejarme entrar. El pasillo está vacío.

Tabitha dio un paso atrás, y él entró rápidamente antes de cerrar y asegurar la puerta tras de sí. Llevaba una pequeña cartera de cuero negro bajo el brazo.

—He suspendido la búsqueda en la casa. Todo el mundo está volviendo a sus camas —dejó la bolsa a los pies de la cama y abrió los broches de plata de la parte superior antes de rebuscar en el contenido.

—Fitz —dijo ella, respirando su nombre.

Él se detuvo ante eso.

—Helston o Su Excelencia, si es tan amable. Sólo mis *amigos* pueden llamarme Fitz.

Las palabras, aunque pronunciadas en voz baja, fueron tan formales que ella las sintió como una bofetada en la cara.

—Ven aquí —le ordenó y señaló la cama.

Tabitha obedeció y se acomodó en el borde de la cama, junto al bolso. Ella liberó el brazo del camisón y le permitió utilizar un frasco de alcohol para limpiar la sangre del corte. Luego él pasó el paño de algodón por la herida. Le ardía mucho, pero el único sonido que se permitió emitir fue un suave siseo.

Las cejas caídas y la mirada silenciosa de Fitz se

suavizaron ligeramente, pero no dijo nada mientras seguía limpiándole la herida.

—No guardo las joyas —susurró ella en voz baja. Sus palabras parecieron sobresaltarlo, y la miró—. No lo hago —insistió—. Es como te he dicho. Se venden y casi todo lo que se recauda se dona a organizaciones benéficas que conocemos.

—¿*Casi* todo? Dime, por favor, ¿qué haces con el resto? ¿De ahí salen tus lujosos vestidos? —sus palabras eran afiladas, pero ella las merecía y no dijo nada al respecto.

—No, los vestidos son de Hannah. Ya sabes qué clase de persona es. Es un encanto. Insiste en que lleve vestidos finos, pero siempre intento detenerla. Yo sólo quería llevar colores apagados y pasar desapercibida, pero ella no me dejó.

—Dudo que alguna vez puedas pasar desapercibida —murmuró él.

Tabitha parpadeó y apartó la mirada de él durante un breve instante.

—Oh, pero lo hago, con bastante facilidad. Es posible que te hayas cruzado conmigo por la calle. Habría llevado ropa vieja, el pelo recogido en un nudo y cubierto con una gorra de niño para protegerme del frío. Habría estado cubierta de polvo de los carruajes, con las palmas de las manos callosas y sucias. Habría suplicado a un hombre como tú un poco de dinero para comer —dejó escapar un suspiro—. Y tú, como cualquier otro hombre, habrías seguido caminando, con la cabeza en alto y el bastón listo para golpear si me acercaba demasiado a tu mundo perfecto.

Sus dedos se enroscaron alrededor de su codo y la sujetaron con firmeza, pero no le hizo daño. La miró durante un largo momento.

—Te habría visto —prometió—. Lo habría hecho, lo sé.

Sus miradas se sostuvieron, y ella sintió que su corazón se rompía, se reformaba y volvía a romperse.

—Pero, ¿habrías visto a mis hermanas de la calle? ¿O a los niños que mueren de hambre mientras te venden flores marchitas? ¿Habrías visto a los hombres que han perdido extremidades en la guerra mientras tienen la mirada perdida en los muros de piedra de los callejones? Esos hombres que han servido junto a tu padre, esos hombres que han visto morir a amigos y hermanos... ¿Por qué no has levantado una mano para ayudarlos? Han renunciado a sus vidas, a sus hogares, a sus familias... a su futuro por este país, y tú los tratas como si no existieran.

Tabitha había ido demasiado lejos, pero sólo quería que él viera lo que ella había visto, que comprendiera que su misión iba más allá de la necesidad egoísta de cuidar de su propia persona.

Fitz se quedó callado mientras terminaba de limpiarle la herida.

—Das el dinero a estas organizaciones benéficas; ¿cómo funciona eso? ¿Cómo puedes estar segura de que se hace un buen uso de los fondos?

—Porque yo misma he visto los resultados. A tu amigo, lord Brightstone, le robé los pendientes de diamantes de su prima... y cuando los revendí, el dinero sirvió para que más de veinte niños tuvieran ropa nueva; no sólo ropa nueva, sino dos conjuntos de ropa, uno para el invierno y otro para el verano. Algunos de los niños del orfanato no habían tenido un par de zapatos en su vida. ¿Sabes lo que eso significa? Cuando la nieve y el hielo cubren los caminos, estos niños pueden caminar sin miedo a congelarse y perder los dedos de los pies. Eso les cambia la vida... y la mujer a la que le quité esos pendientes sólo ha sufrido una punzada en su orgullo.

—¿Has caminado alguna vez por la nieve sin zapatos? —preguntó él en voz baja.

—Una vez, en mi segundo invierno estando sola. Una de las chicas, una de mis amigas, robó una pulsera fina y la vendió, me compró zapatos y nos llevó a todas las chicas a comprar pastelillos. Yo le estaba tan agradecida que le di mi pastelillo...

—Cristo, ella es una de las chicas que mencionaste que perecieron por la comida adulterada, ¿verdad?

Tabitha asintió en silencio, pues los viejos recuerdos aún estaban demasiado frescos como para acercarse demasiado a ellos.

—¿Y mi diamante? ¿Qué podrías hacer con él?

—Muchas cosas... Pensaba utilizarlo para ayudar a una mujer que tiene una casa de huéspedes. Acoge a veteranos heridos y les da comida y cobijo. Quería ayudarla. Tiene muchas bocas que alimentar y muy poco para vivir, ya que muchos de los hombres no encuentran trabajo. No todos pueden volver a casa con un ducado como tu padre.

—Sí, él fue afortunado, pero aun así se pegó un tiro cuando las pesadillas y los recuerdos fueron demasiado para él —las palabras de Fitz eran ásperas por la emoción, y Tabitha ansiaba echarle los brazos al cuello y abrazarlo para que no tuviera que llorar a su padre solo. Pero no se atrevió a tocarlo. No tenía derecho a intimar con este hombre, no después de haber roto su confianza.

Fitz mojó la punta del dedo en un frasco de ungüento que olía ligeramente a eucalipto y lo frotó a lo largo de la herida. Después, palmeó cuidadosamente la herida con un paño y la envolvió con unas vendas.

—¿Está demasiado ajustado? Debe haber cierta presión para evitar que la herida sangre, pero no quiero cortar el flujo de sangre hacia el resto del brazo —su voz era ronca, pero ella no podía ignorar la ternura que oía en cada palabra mientras se concentraba en cuidarla. Su corazón dio un vuelco al ver cómo le temblaban las manos mientras le curaba la herida.

—Se siente bien —respondió ella. Por un momento, sus miradas se cruzaron. Los ojos de Fitz, normalmente tan tormentosos, eran ahora oscuros e insondables, inmóviles como un mar sin viento. Tabitha no podía leer nada en sus profundidades de cristal. Él había cerrado las ventanas de su alma, impidiéndole ver. Perder la capacidad de leerlo y ver sus sentimientos fue una nueva puñalada en su corazón. Fitz no había actuado así con nadie más. Tabitha había sido la única con la que había bajado la guardia, y ella le había correspondido con traición.

—He terminado. Puedes... vestirte —su mirada recorrió la piel del brazo y el hombro de Tabitha que habían estado expuestos estos últimos minutos. Por un momento, ella vio ese calor y ese deseo que tanto se parecían a los suyos. Un leve calor se apoderó de su vientre, y ese deseo ineludible por este hombre volvió a cobrar vida. Incluso después de todo lo que había pasado, seguía deseándolo con un anhelo ardiente y desesperado.

Cuando ella levantó la mano para ajustarse el brazo

y volver a metérselo en el camisón, él parpadeó y le dio la espalda.

Fitz guardó sus herramientas y arrojó los trapos ensangrentados al fuego. Luego cerró el bolso médico y se dirigió a la puerta. Volvió a extenderse entre ellos un frío tan gélido que Tabitha esperaba que empezara a caer nieve del techo. Había una rotundidad en su actitud que la llenó de un pánico que nunca antes había sentido.

—Helston —su voz era más aguda por la desesperación ante la idea de perderlo de verdad. Él se detuvo. No se giró, pero su alto y poderoso cuerpo se puso rígido, como si hubiera dejado de respirar.

Tabitha se armó de valor.

—Has dicho que la mejor versión de ti aparecía cuando estabas conmigo. A pesar de lo que has averiguado de mí esta noche, te juro por mi honor; cualquiera que sea su valor, que mi mejor versión también aparece cuando estoy contigo.

La tensión en los hombros y cuello de Fitz pareció hacer vibrar su cuerpo.

Tabitha esperó un instante antes de continuar.

—Aprendí a esconderme a una edad muy temprana. Tuve que hacerlo. Sólo escondiéndome podía protegerme. Pero tú... —luchó por encontrar las palabras adecuadas—. Hiciste que olvidara esconderme. Me hiciste sentir la mujer que debería haber sido... si no hubiera perdido tanto tan pronto en mi vida —le dolió decir estas palabras, pero este era un momento en el que la verdad importaba más que la vida misma.

Sin embargo, él no se movió, ni siquiera se estremeció o cambió el peso en sus pies. Estaba inmóvil como una piedra. Pero Tabitha mantenía la esperanza, porque él no se había ido.

—No estoy loca... ¿o sí? ¿Por creer que había algo entre nosotros... algo maravilloso? —ella sacudió la cabeza, sonriendo amargamente—. Cualquier cosa que haya sido... Sé que lo he arruinado para siempre. Daría cualquier cosa por volver atrás y no robar nunca el diamante y pasar la noche en tus brazos en el invernadero y hablar en el lenguaje de las flores hasta el amanecer. Desearía tener ese recuerdo a tu *lado* para llevármelo conmigo cuando me vaya.

Contuvo la respiración, sabiendo lo estúpido que era abrirse de esta manera a él. Pero entre todos los demás arrepentimientos que la acompañarían este día, pronunciar estas palabras no estaría entre ellos.

—Habría dado todo por ti en ese momento... Fitz. Todo lo que soy habría sido tuyo —su mente, su cuerpo, su corazón... incluso su alma le habrían pertenecido para siempre, si tan sólo hubiera continuado besándola con las flores floreciendo a su alrededor en esa noche interminable.

Fitz dejó caer el bolso al suelo y se giró lentamente, con las manos en los costados, como si no supiera qué hacer con ellas. Su bello rostro era un torbellino de emociones, que iban de la ira a la tristeza. Pasó mucho tiempo antes de que hablara.

—Desearía tener eso también... porque no puedo borrar el recuerdo de tus labios de mi mente, no importa cuánto lo intente. Has sido una luz en la oscuridad que nunca esperé ver. Te has grabado en mis huesos y *no puedo* deshacerme de ti —su voz, tan ronca por el dolor, hizo que los ojos de Tabitha ardieran en lágrimas—. Y no sé si quiero hacerlo.

Ella supo entonces... este cambio en su corazón, esta sensación de desgarramiento tan absoluto que nunca volvería a sentirse completa a menos que estuviera en sus brazos. Tabitha ahogó un sollozo, y Fitz llevó la mirada al cielo, con su rostro tan hermoso, tan atormentado, tan dolorido. Era como si él estuviera de pie en un acantilado bajo su propio control, tambaleándose en el borde.

—Estoy condenado a desearte tan ferozmente ahora; incluso sabiendo lo que eres.

Lo que eres... Qué duras, qué hirientes eran esas

palabras. Sin embargo, tenía razón. Era una ladrona. Una mentirosa. Pero también se preocupaba por él.

Tabitha se frotó los antebrazos, intentando calentarse ante el repentino escalofrío en su pecho. Esa intensidad ardiente en los ojos de Fitz no se había desvanecido, y era el único destello de esperanza que ella necesitaba. Tenía una última oportunidad de conocerlo, de sentir que el futuro que había deseado secretamente con él era posible, aunque sólo fuera por una noche.

—Una noche —susurró—. Dame una noche de ti... de tus caricias, de tus besos. *Por favor*. Vendería mi alma al diablo sólo por saber lo que significa ser amada por ti —en su vida había suplicado por comida, refugio y seguridad. Era la primera vez que pedía amor, y estaba segura de que si él la rechazaba, no sobreviviría.

La miró fijamente durante un largo momento, inmóvil. Entonces, su tensión se desvaneció y dio un paso hacia ella. El movimiento fue tan decisivo que Tabitha se quedó sin aliento. Salió de la cama y se acercó a él. Se encontraron en el centro de la habitación y las manos de Fitz se alzaron, una se posó en la cadera de ella y la otra le cogió la cara. El contacto era posesivo y a la vez tan tierno que Tabitha se estremeció entre sus brazos. Se inclinó hacia él y cerró los ojos brevemente.

—Una noche —aceptó él—. Sólo una.

Ella asintió, sintiendo alivio. No era el final entre ellos, todavía no.

—Levanta los brazos —le ordenó.

Tabitha se apresuró a obedecer, levantando los brazos en el estrecho espacio entre sus cuerpos. Las manos de Fitz abandonaron sus caderas para aferrarse a los pliegues del camisón. Salió por encima de su cabeza sin apenas resistencia y él lo dejó caer al suelo, a sus pies. Ella levantó la mirada hacia la de él, y el calor que desprendían selló su agridulce acuerdo en la oscuridad. Sus ojos la recorrieron y ella se preguntó qué veía. Su piel mostraba la historia de una vida dura; las tenues cicatrices de su pasado y los moratones recientes de la lucha de esta noche.

—Lo siento. No sabía... No sabía que tú... —tragó duro, su nuez de Adán moviéndose de arriba abajo mientras se mordía el labio inferior.

—Pensaste que yo era un hombre —dijo ella, terminando su pensamiento—. Está bien, Fitz, por favor, no pienses en eso. Esta noche no —había dicho su nombre de pila sin pensar, pero él no la corrigió. Sólo por esta noche, sería Fitz.

Él deslizó el dorso de los dedos por su garganta, su clavícula y descendió hasta sus pechos, acariciando uno de sus pezones hasta que quedó erecto. Su toque era exquisito. Deseosa de proporcionarle el mismo placer glorioso y la misma sensación de conexión, Tabitha lo tocó también, trazando la línea de su mandíbula, sintiendo el cosquilleo de su barba crecida, los delicados lóbulos de sus orejas. Fitz giró la cara, permitiéndole que lo explorara como él la exploraba a ella. Había algo tan maravilloso, tan íntimo, en que le fuera permitido tocarlo de esta manera. Estar cerca y saber que podía besarlo y deslizar las manos por su cuerpo.

Tabitha había vislumbrado solo una pequeña parte del cuerpo de Joseph cuando habían estado juntos hacía mucho tiempo. Ahora deseaba ver a Fitz con una desesperación casi violenta. Tiró de los botones de su chaleco y luego se lo quitó antes de sacarle la camisa de los pantalones. Él dejó de tocar su cuerpo sólo el tiempo suficiente para quitarse la camisa y las botas. Luego la atrajo hacia sí. Sus senos le rozaron el pecho, provocándola tanto que gimió. Cuando ella le colocó la mano en el pecho para sentir los latidos de su corazón, le acarició el vello dorado de la parte superior de los pectorales. Se inclinó hacia él y le besó la piel, lo que hizo que Fitz se estremeciera y se aferrara más a ella.

—¿Por qué contigo todo es mil veces más intenso? —preguntó él, asombrado.

Tabitha no tenía respuestas que dar. Todo lo que sabía era que si no reclamaba su cuerpo esta noche y dejaba que él reclamara el suyo, perderían algo que ambos necesitaban. Este era su único momento para estar con Fitz, y no perdería este recuerdo mientras viviera.

Él hundió las manos en su pelo, con sus dedos encontrando las últimas horquillas que ella había olvidado, y soltó su pelo en una cascada.

Sumergió las manos en ese pelo y le levantó la cabeza para presionar sus bocas. Tabitha cedió a la dulzura de su boca, a su persuasión, a su delicadeza, a medida que el beso aumentaba su profundidad, su fuerza, su desesperación. Él deslizó la lengua entre sus labios y Tabitha gimió cuando la mano libre de Fitz le cogió las nalgas casi a modo de castigo. Esa insinuación de dolor no hizo más que aumentar la intensidad entre ellos.

—Amanecerá dentro de unas horas —susurró antes de volver a besarla—. Te *necesito*.

Tabitha sintió su advertencia tácita. Él dejaría la marca de su pasión en su alma para que cualquier hombre que se atreviera a llegar después nunca la poseyera por completo. Siempre habría una parte de ella que sería suya para siempre.

—Sí —suplicó, con los ojos empañados por las lágrimas. Tabitha también quería eso, saber que él llevaría consigo una parte de ella, aunque nunca volvieran a estar juntos de esta manera. Al menos esta noche conservarían una parte del otro en lo más profundo de sus corazones.

Fitz le limpió las lágrimas con los pulgares, suavizando su mirada al besar las brillantes huellas de lágrimas en sus mejillas. Su boca volvió a cubrir la de ella mientras la levantaba sobre la cama y la tumbaba debajo de él. La besó desde la boca hasta los pechos, chupando con avidez cada uno de los pezones, haciéndola gritar por la exquisita sensación. Tabitha le clavó las manos en el pelo, instándole a que no se detuviera.

La conexión entre ellos crecía mientras Fitz depositaba besos sobre su piel. Ella gimió cuando él soltó el extremo de su pecho, y luego, para su deleite y alivio, cogió el otro pezón entre sus labios. Su cuerpo se arqueó hacia arriba, intentando frotarse contra él, buscando esa necesidad que era demasiado poderosa para nombrarla. La necesidad de unir su cuerpo y su alma a este hombre era abrumadora. Esa necesidad punzante, palpitante, violenta de ceder a sus propios deseos y a los de él.

Fitz bajó más, su boca besó sus caderas, luego la capa de rizos oscuros entre sus muslos y, finalmente, le cogió las rodillas y se las separó. Una parte de ella quería esconderse, pero se sentía impulsada por una necesidad tan antigua que el pudor moderno perdió la batalla.

—Mantén las piernas abiertas —gruñó él mientras se acomodaba a los pies de la cama y presionaba sus labios contra la parte interna de sus muslos—. Confía en mí, Tabitha —ella tembló cuando él exhaló aire caliente sobre su centro femenino expuesto—. Confía en que nunca te haré daño.

Entonces, sus labios y su lengua bailaron en patrones salvajes y lentos en la parte más sensible de su carne.

Era casi demasiado para soportarlo, aterrador y maravilloso a partes iguales. Tabitha sintió como si pudiera alcanzar el cielo y agitar nuevas galaxias con la punta de los dedos mientras recogía estrellas como gemas preciosas. Se sintió abrumada por un estallido de luz brillante tras sus ojos, y se entregó a la explosión de placer que se produjo entre sus muslos mientras él la exploraba con la boca. Cada músculo, antes tenso por el miedo y la ansiedad, estaba ahora tan relajado que ella no quería moverse nunca más.

Abrió los ojos cuando la cama se movió ligeramente. Sintió el calor del cuerpo de Fitz mientras se movía sobre ella. Se había quitado los pantalones. No lo había visto hacerlo, pero también había sido felizmente inconsciente de todo excepto del placer durante los últimos minutos.

Tabitha intentó incorporarse y mirarlo, pero se desplomó sobre la cama.

—Ten cuidado con el brazo —murmuró Fitz con compasión mientras se acomodaba entre sus muslos.

—No es nada. Ahora no me duele —él le había dado tanto placer en los últimos minutos que ella dudaba que volviera a sentir dolor.

Era mucho más grande que ella, tan musculoso y, aun así, lo sostuvo con su cuerpo. Sintió que una antigua fuerza femenina afloraba en su interior. Estaba hecha para abrazar a este hombre, para tocarlo y amarlo, igual que él estaba hecho para tocarla y amarla a ella. Su corazón se estremeció al sentir que, en otra vida, este hombre podría haber sido su marido, su otra mitad. Sin embargo, en *esta* vida, eso nunca podría suceder. Esta noche era todo lo que tendrían. Un momento robado, que se había terminado demasiado pronto.

Los ojos de Fitz se posaron en su cara, como si percibiera su entendimiento afligido. Tabitha le cogió la mejilla con una mano mientras le rodeaba la nuca con la otra. Ella le acercó la cabeza a la suya.

—En toda mi vida —comenzó él a decir, con las palabras flotando sobre sus labios entre besos—, nunca ha habido nadie como tú... —una pizca de terrible anhelo y desesperación recorrió el encuentro de sus bocas. Como un fuego ardiendo a finales de los oscuros meses de otoño, desafiando a la nieve que se avecinaba.

Tabitha levantó las caderas, buscándolo, y él se movió sobre ella, introduciéndose en su interior. Luego la llenó, creando una conexión que se extendió en un espacio infinito, más allá de los pensamientos racionales y las palabras.

Tabitha hundió los dedos en él, empujándolo cada vez más profundo, instándolo a moverse y a que ambos se sintieran vivos. No habría ningún momento más allá de éste. Ni diamantes, ni culpa, ni lucha. Sólo esa paz inimaginable que se obtenía al descubrir algo *perfecto*. Ella era una mariposa saliendo lentamente de su crisálida. Sus alas estaban mojadas y eran nuevas y muy brillantes. Ahora yacía sobre el suelo de su alma y respiraba por primera vez, esperando el momento en que pudiera volar.

Fitz murmuraba cosas suaves y maravillosas, y sus labios le acariciaban la oreja y la hacían reír con entusiasmo en la oscuridad mientras le hacía el amor. La alegría de su unión era mayor sabiendo que pronto se separarían.

Sus dedos se entrelazaron mientras él le sujetaba las manos a la cama a ambos lados de la cabeza. Sus miradas se sostuvieron mientras la penetraba con urgencia, con los suaves sonidos de sus cuerpos al encontrarse y las respiraciones jadeantes envolviéndolos en una exquisita esfera creada por ellos mismos. El sudor cubría sus cuerpos y la piel de Fitz brillaba mientras se movía sobre ella, se movía dentro de ella. Era realmente el hombre más apuesto que había visto en su vida mientras se abría a ella, dejándole ver su alma en sus ojos una vez más.

—Dime que ningún otro hombre poseerá tu alma —le exigió, con su aliento fuerte en la oscuridad. La embistió, y el exquisito placer de su penetración la hizo gritar su nombre—. *Dime* —repitió.

—Nadie —jadeó ella—. Nadie más que tú.

Su respuesta pareció provocar un fuego en su interior, y su rudeza fue el único indicio de que su pasión y su posesión de Tabitha le habían dado lo que necesitaba. Estalló de placer bajo él, con su cuerpo tensándose al alcanzar ese punto culminante.

—Eres mía, Tabitha —dijo mientras golpeaba sus caderas contra las de ella por última vez. Se colocó encima de Tabitha, pero sus grandes hombros temblaron al liberar sus manos entrelazadas. Se movió para aferrarse a él. Las palmas de Tabitha se deslizaron sobre su piel ardiente y sus rodillas abrazaron sus caderas delgadas y musculosas, uniéndolos para que él no pudiera separarse de su cuerpo.

Fitz le dio besos suaves y persistentes en las mejillas, en los párpados cerrados, en la frente y luego en los labios. Se esforzaban por respirar mientras se dejaban llevar por el placer como plumas mullidas zigzagueándose bajo un perezoso rayo de sol.

Escucharon el chasquido del fuego en la chimenea. Poco a poco, Tabitha volvió a ser consciente del resto del mundo que los rodeaba. Sabía que necesitaba soltar las palabras antes de perder su oportunidad.

—Dime que eres *mío*, Fitz.

Él levantó la cabeza para mirarla fijamente. Por un momento, temió que le negara su derecho a él, pero sus ojos se suavizaron como siempre que la miraba, y el mundo giró a su alrededor mientras pronunciaba las palabras que ella repetiría una y otra vez el resto de su vida.

—Nunca habrá otra para mí que no seas tú. *Nunca*.

Nunca era una palabra muy definitiva, pero Tabitha vio la verdad en sus ojos. Si algún día se casaba y tenía un heredero con otra mujer, no importaría. No amaría a nadie más que a ella. Y ella no amaría a nadie más que a él.

Permanecieron en silencio, sin querer hablar. Las palabras sólo los haría aproximarse al final. Tabitha no podía soportar el amanecer, ya no.

Fitz notó el momento en que ella se durmió. Y ahora, sintiéndola caer rendida por el cansancio y sabiendo que su acto de amor había terminado... un dolor lento y amargo crecía dentro de él. La estaba perdiendo ahora, momento a momento, porque tendría que abandonar esta cama, dejarla y volver a su vida... sin ella.

Se le oprimió el pecho mientras luchaba por resistir la necesidad de despertarla y hacerle el amor de nuevo, y negar a la noche su derecho a terminar. Se metió bajo las sábanas y la estrechó entre sus brazos, besándole la coronilla del pelo. Nadie se enteraría de esto. De un duque enamorándose de una ladrona ordinaria.

No, ella no era ordinaria; era *excepcional*. Había robado un diamante al amparo de la oscuridad y había luchado contra él tan valientemente como cualquier hombre para eludir su captura. Si no hubiera venido a verla esta noche, nunca habría sabido que era la ladrona. Tampoco habría sabido cómo había sido la vida de Tabitha antes de conocerla. Las imprecisas historias que ella le había contado tenían tantas lagunas como para que él hubiera permanecido ignorante de la verdad si lo hubiera elegido. Pero ahora sabía lo que ella había sufrido, la fuerza que había necesitado para superar sus circunstancias y seguir teniendo un corazón lo bastante dispuesto como para luchar por otros que necesitaban ayuda.

En otra vida, podría haber sido una santa, pues la bondad de sus acciones era enorme. Y él, el hombre con todos los medios del mundo para cambiar las cosas para los demás, no lo había hecho. Pero podía cambiar. Podía darle el diamante y dejar que ella hiciera lo que pudiera para ayudar a los demás. Dejar ir la gema en esas circunstancias le daría un poco de paz. Mitigó la vergüenza que había sentido al saber que había fracasado en ver lo que podría haber hecho todos estos años para ayudar a los demás.

Acarició los pómulos y la nariz de Tabitha con los dedos, y luego jugó con los mechones de pelo que se enroscaban en rizos oscuros cerca de las orejas. Tabitha tenía muchas pequeñas y encantadoras cosas que le encantaban. Le destrozaba el corazón pensar que nunca tendría la oportunidad de conocerla a fondo, de tener la intimidad que podría tener un amante, un marido, a medida que envejecían. Habían ocurrido demasiadas cosas entre ellos, demasiado dolor y angustia, y no podía ver otro camino que no fuera alejarse de ella.

Comprobó el vendaje de su brazo, queriendo asegurarse de que la hemorragia no había vuelto.

Un hombre más sensato y sensato no habría reclamado a una mujer tan herida. Pero cuando Tabitha estaba cerca, Fitz no era nada sensato, y ésta había sido su única oportunidad. Ella había dicho que lo deseaba, y él no podía negarles lo que ambos necesitaban.

Cuando el matiz rosa pálido de la mañana se filtró a través de las cortinas, Fitz supo que había tomado una decisión sobre su futuro de ambos. Con gran reticencia, salió de la cama y se vistió. Luego arropó a Tabitha con las sábanas.

Había decidido que ya no quería el diamante de su abuela, así que, mientras Tabitha dormía, fue a su estudio a sacarlo de su escondite. Cuando volvió a la habitación de Tabitha, se quedó mirando el diamante en la palma de su mano, evaluándolo y pensando en lo que Tabitha había dicho, en cómo esta gema podría ayudar a los hombres que habían luchado junto a su padre. Hombres que no habían tenido ducados ni dinero para volver a casa. Hombres que habían renunciado a su futuro para que él, Tabitha y todos los demás nunca supieran lo que significaba ver la guerra en las costas inglesas. Eran hombres con honor, pero se les había negado incluso una vida modesta. Sus vidas les fueron arrebatadas y vivían como fantasmas en las calles.

Tabitha había tenido razón. Él no los había visto, esos rostros cubiertos de polvo y esas manos suplicantes, necesitados de un poco de amor, de un poco de cuidado por parte de sus semejantes. Había pasado de largo, decidido a acudir a sus citas, y no se había preocupado por las almas que lo necesitaban.

No podía conservar el diamante porque, cada vez que lo miraba, le recordaba a esta noche, a la traición de

Tabitha y a la noche que habían compartido y que nunca podría volver a vivir.

El diamante se había convertido en una manifestación de la presencia de Tabitha en su alma. Esta joya no le pertenecía, ya no. Sabía que su abuela no la echaría de menos. La mujer había insistido una y otra vez en que Fitz se apropiara de ella, pero él sabía que una vez que tuviera el diamante en su poder, ella esperaría un anuncio de boda poco después. Como aún no había tenido deseos de casarse, se había negado a hacerse cargo del diamante y le había insistido a ella para que lo conservara en su tiara.

Pero después de lo que había compartido con Tabitha, comprendió lo que su abuela había querido que viera desde el principio. Dar ese diamante a la mujer que amaba sería especial. *Especial* no era una palabra lo suficientemente fuerte para lo que sentía al saber que estaba dando el diamante a la mujer que amaba. Le pertenecía a Tabitha, y Fitz quería que ella lo cogiera, que hiciera lo que necesitara o deseara hacer con él. Era lo único que podía darle ahora. No podía reclamarla como esposa, no podía darle su nombre, sólo el diamante... y su corazón.

Colocó el diamante sobre la mesa junto a la cama y cogió papel y tinta del escritorio del rincón para dejarle un mensaje. Sin embargo, antes de escribir las palabras en la página, estudió su rostro dormido.

Envidiaría al hombre que algún día tuviera esta vista cada mañana, y se maldeciría a sí mismo por no saber qué podía hacer para no perderla. No podía confiar en sí mismo, y no podía confiar en ella. Tenía que hacer lo que mejor sabía hacer: huir del dolor. Enterrarlo. Esconderse del mundo y de todas las cosas que podían hacerle daño.

Soy un maldito cobarde...

Demasiado asustado para amar, demasiado asustado para arriesgarse a perder a otra persona o confiar en alguien con su corazón. Demasiado asustado para hacer otra cosa que huir y esconderse.

Fitz colocó la nota doblada bajo el diamante y salió de la habitación, cerrando la puerta y su corazón para siempre.

Nunca habría otra para él. Fue lo único que le dio algo de paz en ese instante, por pequeña que fuera. Su corazón no se rompería por segunda vez.

Capítulo Once

Tabitha se despertó con lágrimas en los ojos mientras un sueño se desvanecía de su mente. ¿Qué había estado soñando? Intentó en vano recuperar los escasos destellos de lo que la había hecho llorar. Recordó alegría, pero también tristeza, como si hubiera sabido en medio de su felicidad que todo acabaría. Cuando se secó los ojos, la habitación se volvió nítida. El fuego de la chimenea se había apagado y la luz de la mañana proyectaba suaves rayos a través de los orificios de las cortinas que rodeaban la ventana.

Fitz había estado aquí. Con ella. Aún sentía el cuerpo lánguido y relajado, aunque le dolía el brazo a causa de la herida. Contempló las sábanas arrugadas y la cama vacía durante un largo instante y se abrazó a sí misma. Fue entonces cuando, al recorrer la habitación con la mirada, notó el gran diamante que brillaba suavemente sobre la mesilla. Cogió la gema y la rodeó con los dedos. Se volvió hacia las cenizas de la chimenea, donde vio que la imitación parcialmente quemada seguía allí.

Seguramente esto no puede ser... pero si lo es...

La nota que había debajo tenía una caligrafía firme y confiada que supuso que pertenecía a Fitz. Tardó un momento en enterrar el destello de dolor que sintió al saber que lo que estaba a punto de leer sería también un mensaje de despedida.

Este diamante es tuyo. Haz algo bueno en el mundo y descansaré sin echarlo de menos. Que sepas que te seré fiel en mi corazón. Siempre.

Nuevas lágrimas se le escaparon y enterró la cara entre las manos. El diamante y la carta de Fitz cayeron sobre su regazo, y su cuerpo tembló mientras sollozaba. Pasó mucho tiempo antes de que sus lágrimas cesaran y dejara de temblar de dolor. Adormecida y cansada, se quedó mirando el diamante. Un rayo de luz se había posado en la piedra y un prisma de colores brotó del otro lado, bañando las paredes con un arco iris de luz.

Si vendiera la gema, podría sacar mucho provecho de ella. Pero para hacerlo, tendría que dividirla en una docena de diamantes más pequeños. *Este* diamante desaparecería para siempre, y Tabitha, egoístamente, quería que este regalo de Fitz permaneciera inalterado.

Era un símbolo de lo que había entre ellos, la perfección pura y antigua de algo que no debería ser destruido. Lo presionó contra su pecho y respiró hondo. No podía quedársela, pero podía asegurarse de que siempre estaría a salvo.

Tabitha escondió la joya en el jarrón de flores que Fitz le había regalado y luego guardó la carta en su estuche de viaje. Acababa de terminar de lavarse la cara en la palangana del lavabo cuando Liza entró con una bandeja de desayuno.

—Buenos días, señorita Tabitha —saludó alegremente mientras dejaba la bandeja sobre la mesa. Al acercarse, bajó la voz—. ¿Todo salió bien anoche? ¿Lo ha conseguido?

—Sí. Está bien escondido —la tranquilizó Tabitha.

—Bien. Todos los sirvientes están zumbando como una colmena de abejas. El piso de abajo está lleno de cotilleos sobre lo que pasó anoche.

—¿Oh? ¿Qué están diciendo? —se alarmó, elevando el tono de su voz.

—Bueno, que el diamante ha sido robado, por supuesto, que han registrado las habitaciones de todos y que los hombres han estado media noche buscando al ladrón. No encontraron ni el diamante ni al ladrón, por supuesto —la criada le guiñó un ojo—. Entonces, esta mañana, lord Helston suspendió cualquier otra búsqueda en los terrenos y en la casa. Lo extraño es que se marchó a Londres y le dijo a su ayuda de cámara que mañana viajarían a Londres y luego a Edimburgo ¡sin planes de regresar!

El estómago de Tabitha dio un vuelco.

—¿Ha dejado su propia fiesta en casa?

—Sí, al igual que sus dos amigos, lord Brightstone y el señor Beckley. Estaban bastante aturdidos por todo el asunto. Se les oyó discutir a los tres en su estudio antes de que Su Excelencia subiera a su carruaje y partiera hacia Londres.

Tabitha se desplomó en una silla, ignorando su desayuno.

—Pensé que estaría contenta con la noticia de que se había salido con la suya —Liza sacó del armario un exquisito vestido de paseo de satén a rayas rosadas pálidas y se lo tendió a Tabitha en la cama.

—Debería estarlo —coincidió ella, aunque su estado de ánimo no hizo más que decaer.

Fitz había huido de ella. Era lo más sensato. Si se hubiera quedado... lo habrían complicado todo. La verdad podría incluso salir a la luz. Era mucho mejor, mucho más seguro, cortar por lo sano y empezar de nuevo. Separados. Para siempre.

Se tocó el estómago. Anoche no habían tomado ninguna precaución. Ninguno de los dos había estado pensando con claridad. ¿Y si la flor de la vida crecía ahora dentro de ella? Haría *cualquier cosa* por tener un pedazo de él, sólo una parte de él para poder sostenerla.

Liza la ayudó a ponerse el vestido de paseo y le arregló el pelo mientras un torrente de pensamientos bullía en su mente: qué hacer si estaba preñada, qué hacer con el diamante Helston, qué hacer con sus sentimientos por Fitz, que nunca iban a desaparecer. Pero el dolor de saber que no volvería a verle era tan grande que la dejó perdida, incapaz de idear un plan de acción que la reconfortara.

Pero tenía que hacer *algo*. No podía quedarse con el diamante, y no podía soportar que lo dividieran en trozos más pequeños, por lo que sólo le quedaba una opción.

Para cuando estuvo presentable, Tabitha había tomado su decisión. Le dijo a Liza que informara a Hannah y Julia de que pronto estaría lista para partir. Cuando la criada se hubo ido, Tabitha sacó el diamante de su escondite y se lo metió en el bolsillo de las faldas. Luego fue en busca del señor Tracy para pedirle una audiencia privada con lady Helston sobre un asunto muy importante.

Esperó un rato en el pasillo antes de que la condujeran a un salón privado. La duquesa viuda estaba sentada en su escritorio, leyendo cartas. Llevaba un vestido de satén de color verde oscuro con adornos de encaje belga y borlas doradas en el dobladillo y las mangas. Llevaba un delicado collar de esmeraldas y su pelo gris plateado estaba recogido en un peinado clásico que la hacía parecer una belleza atemporal. Tabitha no había visto a ninguna mujer madura lucir tan espléndida en su vida.

La viuda se volvió cuando Tabitha se acercó, y señaló una silla cercana.

—Por favor, siéntese, señorita Sherborne —la viuda le sonrió cálidamente, pero eso sólo retorció más la cuchilla en el corazón de Tabitha.

—Su Excelencia, estoy aquí para devolverle algo —sabía que era mejor no intentar explicar sus acciones con palabras o retrasar lo inevitable. Lo mejor era acabar con esto.

Las cejas de lady Helston se arquearon un poco en señal de curiosidad.

—¿Oh?

Tabitha sacó el diamante de su bolsillo y lo sostuvo en la palma de la mano, luego colocó la brillante gema en la mano de la mujer mayor.

—Esto es suyo.

—Dios mío, ¿cómo demonios ha...? —lady Helston levantó repentinamente la mirada hacia el rostro de Tabitha, y sus ojos se iluminaron con compresión.

—Lo siento, Su Excelencia —susurró Tabitha, con la voz un poco entrecortada.

—¿Por qué, querida? —los ojos de la duquesa se ablandaron, y Tabitha vio claramente el parecido con Fitz en el rostro de la mujer mayor. Los hombros de Tabitha se estremecían mientras intentaba no llorar. Había esperado que la abuela de Fitz se pusiera furiosa, incluso que llamara a su mayordomo para que la retuviera y no pudiera escapar. No había esperado ver tanta compasión en la mujer a la que le había robado el diamante.

—He hecho mal al cogerlo.

—¿De verdad? —musitó Lady Helston—. Tenía entendido que los astutos Alegres Petirrojos sólo atacan a quienes se lo merecen. Mi nieto necesitaba un castigo por su comportamiento.

Los labios de Tabitha se entreabrieron de asombro.

—El diamante es suyo, no de él. Yo nunca debería haber...

—Querida —la interrumpió suavemente lady Helston—, las gemas pertenecen a la tierra. No pertenecen a las *personas*, y menos a los hombres que las saquean. Creo que las mujeres son las guardianas apropiadas para ellas, pero incluso *nosotras* nunca podríamos poseer tales cosas. Simplemente las cuidamos durante un tiempo —levantó el diamante hacia la luz—. ¿Conoce la historia de esta piedra en particular?

Tabitha negó con la cabeza. Las paredes que las rodeaban se bañaron en luz de colores mientras la viuda movía la joya, girándola lentamente bajo la luz de las ventanas.

—Este diamante fue descubierto en 1698 en las grandes minas indias de Golconda. Su corte es brillante y casi impecable. Tiene cuatrocientos veintiséis quilates y necesitó dos años de trabajo meticuloso. Fue comprado por Felipe II, duque de Orleans, regente de Francia. Luis XV, Luis XVI y María Antonieta lucieron este diamante en algún momento de sus vidas. Napoleón llegó a lucirlo en la empuñadura de su espada. Una vez estuvo colocado en el centro de la diadema de la emperatriz Eugenia. Ha visto sangre, lágrimas, alegría, codicia y amor. Ha reflejado la luz del sol durante casi dos siglos. ¿Ve cómo tiene un tono amarillo, tenue pero visible?

Tabitha echó un vistazo al diamante y asintió.

—Todos los diamantes de Golconda tienen este color, mientras que los diamantes de otros lugares parecen más blancos. Algunos creen que es un defecto de esta joya en particular, pero yo no veo defectos en ningún diamante, ni en nada que provenga de la tierra. Los diamantes, incluso puros y sin tallar, son *perfectos* a su manera —volvió a girar el diamante, luego lo lanzó al aire y lo capturó mientras caía, sorprendiendo a Tabitha—. Pero esto es sólo una piedra. Su valor no es monetario, aunque los hombres siempre intentan ponerle precio a la naturaleza. Su verdadero valor reside en su belleza natural y en lo que nos recuerda de nosotros mismos. Que bajo nuestra áspera superficie yace una joya brillante que ha subido desde las profundidades de la tierra hacia la superficie. Muchas cosas sobre los diamantes siguen siendo un misterio, pero eso también puede decirse de nosotros mismos, ¿no lo parece?

Dejó el diamante sobre el escritorio y miró a Tabitha.

—Supongo que mi nieto sabe que usted tiene esto.

— Anoche sustituyó la verdadera joya por una imitación. Yo robé esta última, pero cuando descubrió que era una ladrona, me dio el diamante auténtico. Lo dejó junto a mi cama... —se detuvo al darse cuenta de lo que acababa de insinuar.

La viuda se limitó a sonreír.

—No te avergüences, querida. Yo fui joven. Debiste haber impresionado mucho a Fitz para que te regalara esto —volvió a coger el diamante y se lo tendió a Tabitha.

Ella se apartó de la mano de la viuda.

—No, no puedo aceptarlo.

—Es sólo una piedra. He seguido tu carrera con gran interés y, si no me equivoco, no te quedas con los objetos que coges. Asumo que, en vez de eso, haces algo útil con ellos, ¿estoy en lo correcto?

—Sí. Vendo las piedras, y el dinero se entrega a organizaciones benéficas que suelen ser ignoradas por las altas esferas de la sociedad. Pero no puedo aceptar ésta. Ha sido un error considerar la piedra en un inicio —deseó poder explicarle a lady Helston lo que el diamante significaba para ella. Que era precioso porque era un regalo de Fitz. Su forma de demostrar que la quería, aunque sólo pudieran pasar una noche juntos. Ella no quería que fuera dividido y vendido, o incluso escondido. Quería que permaneciera con lady Helston, y Fitz, para que él entendiera que ella lo amaba. Ese era su regalo para él, el único regalo que tenía para ofrecerle.

—Amas a mi nieto —dijo lady Helston.

Un doloroso nudo se formó en la garganta de Tabitha.

—No estaría bien admitir algo sobre lo que no puedo actuar.

—Pero lo amas —la viuda volvió a dejar el diamante sobre el escritorio—. ¿Es porque no tienes familia? ¿Ninguna conexión? ¿Te crees inferior a él?

—Sí, pero es más que eso. Somos muy diferentes. Somos incompatibles, y él puede ser tan... —se detuvo al darse cuenta de que había estado a punto de quejarse de Fitz ante su propia abuela.

—Oh, puede ser terriblemente testarudo y centrarse en las cosas equivocadas, ¿verdad? Pero más bien creo que este defecto es culpa mía. No lo presioné como debería haberlo hecho. Cuando perdió a sus padres, nos aferramos el uno al otro en nuestro dolor. Su forma de seguir adelante fue centrarse en las reglas de su mundo y hacerlas inmutables. Pero ese mundo, a diferencia de este diamante, es terriblemente defectuoso. Y así él ha construido racionalizaciones alrededor de esos defectos. Me temo que eso lo ha llevado a tomar decisiones limitantes en su vida. Ahora aquí está usted, derribando sus muros y rompiendo todas sus reglas. No me extraña que haya huido de casa esta mañana —una sonrisa se dibujó en los labios de la viuda—. Y, sin embargo, creo que eso es exactamente lo que él necesita.

Tabitha miró a lady Helston, confundida.

—¿Lo necesita?

—Oh, sí, él la *necesita*, señorita Sherborne, de la misma forma que sospecho que usted lo necesita a él —se dio un golpecito en la barbilla, pensativa—. Deje el diamante conmigo. Por lo que a mí respecta, nunca fue robado, y la gresca de anoche fue un simple malentendido. Déjame pensarlo, querida. Mientras tanto, creo que deberías volver a Londres. ¿No crees?

Tabitha estaba más confundida que nunca, pero sabía que había sido cortésmente echada.

Hannah y Julia la esperaban en la entrada, mientras que Liza estaba fuera, junto a su carruaje, comprobando que sus estuches de viaje estuvieran adecuadamente colocados.

—¿Dónde has estado, Tabby? Estábamos muy preocupadas —dijo Julia en un susurro mientras las tres bajaban apresuradamente los escalones. Un lacayo abrió la puerta y las ayudó a entrar en el vehículo.

Pero Tabitha sacudió la cabeza y no habló hasta que estuvieron solas y el carruaje se puso en marcha. Tenía que estar segura de que nadie oiría su conversación.

—He tenido una audiencia con lady Helston esta mañana.

—¿Ha sospechado de ti? —jadeó Hannah.

Tabitha cerró los ojos, temiendo esta confesión.

—No, no lo ha hecho, pero no ha tenido que sospechar de mí porque yo... se lo he devuelto.

—¿Has *devuelto* el diamante? —jadeó Julia—. ¿Por qué? ¿Y si nos denuncia a la policía metropolitana?

—Ella no sabe que tú o Hannah estáis involucradas. Todo lo que ella sabe es que yo soy la única que está detrás de los robos. Y no tiene intención de denunciarme. Ella... —Tabitha no se atrevió a mencionar cómo había terminado la conversación. Todavía no.

El rostro de Julia se tensó.

—Estamos juntas en esto, Tabitha. No dejaremos que cargues sola con la culpa. Pero, ¿por *qué* lo has hecho? Necesitábamos ese diamante.

—Lo sé —Tabitha intentó ignorar la tristeza insidiosa que se arrastraba en su interior.

—Entonces, ¿por qué devolverlo? —la voz de Julia se alzó un poco.

Hannah colocó una mano suave en el brazo de Julia para calmarla.

—Es por Helston, ¿verdad? —le dijo suavemente a Tabitha—. Lo has devuelto por él.

—¿Por qué ella iba a...? —los ojos de Julia se abrieron de par en par—. Oh no, Tabby. Tú... dime que no te has enamorado de *él* —por la forma en que pronunció la palabra *él*, con tanto horror, parecía que se sentía traicionada.

Era demasiado. Tabitha se secó los ojos punzantes.

—Oh querida —dijo Hannah y le entregó un pañuelo a Tabitha—. Será mejor que nos cuentes qué ha pasado.

Durante la siguiente hora de viaje en carruaje, revivieron el pasado. Tabitha compartió su encuentro con Fitz esa primera noche en Londres, la forma en que ese momento durante el musical los había conectado de inmediato y cómo se había hecho más profundo durante su estancia en la fiesta de la casa. Les contó los momentos en el invernadero en los que había visto el lado más suave de Fitz y cómo la había besado. Se guardó algunos detalles, pero quería que sus amigas entendieran que nunca había sentido algo así por nadie.

—¿Y él descubrió que robaste el diamante? —preguntó Julia.

—Sí. Después de que os fuerais de mi habitación, llegó a verme. Pensó que el ladrón podría haberse colado mientras yo dormía. Cuando vio sangre en la manga de mi camisón, se dio cuenta de que yo era el ladrón al que había herido. Oh, estaba tan enfadado, tan *dolido*. Y yo le había hecho eso.

Los ojos de Julia se suavizaron.

—Siempre pensé que Helston tenía un corazón de piedra después de lo que le hizo a nuestra Anne...

—Vio el error de sus actos al romper el compromiso de vuestra amiga —dijo Tabitha—. Aunque pensó que lo había hecho con buenas intenciones, se dio cuenta de que le costó su amistad con Louis Atherton.

Hannah volvió al asunto más apremiante.

—¿Así que él utilizó una imitación como cebo... y luego te dio el diamante real de todos modos?

—Lo dejó junto a mi cama esta mañana —susurró ella. Se llevó la mano al estómago, un gesto que Hannah no pasó por alto.

—Oh, Tabby, ¿y si estás encinta?

Tabitha se limpió más lágrimas.

—Sé que no puedo pedirte que me dejes quedarme contigo. Sería demasiado escandaloso tener a una madre soltera bajo tu techo. Pensé que tal vez podría intentar encontrar empleo, si pudiera tenerte como referencia.

—Tonterías, no puedes irte —protestó Hannah—. Con bebé o sin él, para mí eres de la familia, Tabitha. Podemos ocuparnos de un niño si está en camino; de hecho, sería maravilloso tener un niño en casa. Hemos reservado una pequeña parte de las ganancias de cada una de nuestras aventuras para tu futuro. Podríamos usar eso para el niño si fuera necesario.

Julia tocó la rodilla de Tabitha.

—Hannah tiene razón. Todas somos familia. No nos dejarás, ¿verdad, Tabby?

Tabitha resopló y sonrió.

—Me quedaré con vosotras todo el tiempo que queráis.

—Ya, ya, no hay necesidad de llorar —replicó Julia—. Ya está todo arreglado. Te quedarás con Hannah y todo irá bien —lo dijo con tanta seguridad que Tabitha casi se rio. Pero al cabo de un momento, Hannah pareció preocuparse de nuevo.

—¿No crees que Helston le dirá a alguien sobre nosotras?

—No sabe nada de vosotras. Me ha dicho que haga algo bueno con el diamante, pero no pude quedármelo. Tendría que ser dividido para ocultar su origen.

Sus amigas no discutieron su decisión, pero eso no evitó que Tabitha se preocupara por el futuro de los Alegres Petirrojos. Aún quedaba mucho por hacer para ayudar a los necesitados. Tendrían que encontrar a alguien más que mereciera sus singulares atenciones.

Tabitha contemplaba el paisaje que ahora se teñía de colores con la llegada del invierno. Sintió un escalofrío, un *vacío* crudo en su interior. Esperaba que dondequiera que estuviera Fitz, él no sintiera lo mismo. No le desearía esta sensación a nadie.

Cerró los ojos, reviviendo la noche que había pasado en sus brazos. Cómo se había sentido él, el sabor de sus labios y su aroma, que le recordaba a la lluvia y al invierno. La forma en que su mirada pareció derretirse cuando la contempló a la luz de las velas. El latido de su corazón al compás del suyo. ¿Cómo podía una persona vivir con sólo la mitad de su corazón?

Capítulo Doce

Dos semanas después

Huir a Edimburgo no había funcionado como Fitz pretendía. Dos semanas después, regresó a su casa de Londres igualmente atormentado por su noche con Tabitha. Los recuerdos de ella en sus brazos se aferraban a él como un suave perfume, o tal vez como un sueño desvanecido. Había intentado sumergirse en el trabajo con tareas destinadas a hacer que los días pasaran más rápido.

Pero hiciera lo que hiciera, soñaba con Tabitha hasta altas horas de la noche y se despertaba con su nombre en los labios. Saber que no podía volverse hacia ella y estrecharla entre sus brazos en su cama lo estaba matando día a día, hora tras hora. No podía alejarla de su mente ni, al parecer, de su corazón.

Fitz se quedó mirando el fuego que ardía en la chimenea de su estudio. Apoyó una mano en la repisa de la chimenea y agitó su brandy, con sus pensamientos a miles de kilómetros de distancia.

¿Dónde estaba ella ahora? ¿Estaba bailando en brazos de otro hombre, con él creyendo que a ella le gustaba incluso mientras le quitaba hábilmente su reloj de bolsillo de oro? La imagen casi lo hizo sonreír, aunque el sentimiento era agridulce.

Su Alegre *Robin Hood*. Dios, la *echaba de menos*. ¿Qué travesuras estaría tramando la chica ahora?

A su regreso a Londres por la mañana, Evan y Beck habían aparecido en su casa, deseosos de decirle que se había equivocado al abandonar la fiesta como lo había hecho. Por no mencionar que había dejado marchar al ladrón.

Informó a sus amigos de que se había enfrentado al ladrón y había llegado a comprender sus verdaderas motivaciones para robar. Cuando se le presionó al respecto, se limitó a decir que no creía que una pena de prisión fuera apropiada. Evan había exigido que se avisara a la policía metropolitana, pero Beck se había mostrado más reservado. Sólo quería conocer la identidad del ladrón, que Fitz se había negado a revelar.

Ahora que él había regresado de Edimburgo, la insistencia de sus amigos en obtener respuestas no había hecho más que aumentar. Les dijo a Beck y a Evan que había permitido el robo del diamante auténtico. Les informó de que le había dado al ladrón el verdadero por decisión propia. Cuando sus amigos lo hubieron mirado fijamente, todavía confundidos, les dijo lo único que creía que importaba en esta situación. Creía que la causa del ladrón era justa, y que ellos merecían tener el diamante más que él. Ese fue el final del asunto.

A regañadientes, sus amigos lo habían dejado reflexionar solo el resto del día, y así lo había hecho. Su escritorio seguía plagado de periódicos llenos de artículos sobre los robos de cuando él se había empeñado en capturar a los Alegres Petirrojos por primera vez, pero al leer los artículos y examinar los diarios, había encontrado menciones de misteriosas donaciones a diversas organizaciones benéficas por parte de benefactores desconocidos. Sabiendo lo que sabía ahora sobre Tabitha y lo que hacía con las joyas que robaba, vio claramente adónde iba a parar el dinero.

Tabitha le había dicho la verdad. Había hecho todo lo posible por ayudar a quienes lo necesitaban. Ahora que veía la verdad con tanta claridad, Fitz sentía una extraña especie de paz, a pesar del vacío de no tenerla en su vida. El Diamante Helston era su legado, pero él nunca se lo había merecido. Ahora la joya tendría un buen uso.

Apartándose del fuego, terminó el último trago de brandy antes de sentarse ante su escritorio y extender varios cheques a las organizaciones benéficas mencionadas en los artículos, así como una carta a su administrador de la finca para que esas mismas organizaciones recibieran doscientas cincuenta libras cada una como primer aporte. Tenía previsto hacer donaciones más frecuentes a lo largo del año.

Una vez hecho esto, sabía lo que tenía que hacer a continuación. Ésta iba a ser la parte más difícil. Cogió su sombrero y su abrigo de un lacayo que estaba esperando junto a la puerta principal.

—Volveré esta tarde. Por favor, haz que Stewart prepare mi equipaje para un mes de viaje y dile que esté listo para partir conmigo mañana a primera hora.

El joven asintió.

—Sí, Su Excelencia.

Fitz salió de su casa y caminó solo por las calles iluminadas por la luz de las lámparas, mientras pensaba en la incómoda tarea que tenía por delante. Cuando llegó a su destino, a pocas calles de distancia, vaciló un momento en el último escalón antes de subir y golpear la aldaba de la puerta. Un mayordomo respondió un momento después.

—Buenas noches, Su Excelencia. ¿En qué puedo

ayudarlo? —preguntó el mayordomo, con rostro aquiescente aunque conocía muy bien a Fitz.

—Me gustaría hablar con Atherton.

—Por favor, entre, Su Excelencia. Veré si mi amo está disponible.

Fitz se quitó el sombrero y entró. Normalmente, no se requeriría tal formalidad para visitar a su amigo. Pero las cosas habían cambiado, y tenía un terrible presentimiento en cuanto al motivo. Esto lo dejó sintiéndose aún más castigado.

Mientras Fitz estaba de pie en la entrada, el mayordomo recorrió el corto pasillo hasta el estudio de Louis y entró. La puerta quedó ligeramente entreabierta y, dada la tranquilidad de la noche, la voz del mayordomo se extendió lo suficiente como para que Fitz la oyera.

—Señor, lord Helston ha venido a verlo. ¿Lo hago pasar?

—¿Helston? —hubo un doloroso silencio antes de que Louis volviera a hablar—. No. No, dile que no puedo recibir visitas esta noche.

—Sí, señor.

Fitz se quedó quieto, con el sombrero entre las manos, el pecho oprimido. Había esperado simplemente haber imaginado el desaire de la otra noche en la sala de cartas, pero parecía que no era así. Louis lo había ignorado por completo.

El mayordomo regresó y, con una mirada de disculpa, dijo:

—El señor no está en casa para recibir visitas esta noche. Está indispuesto.

—Gracias —Fitz se aclaró la garganta—. Por favor, ¿podrías darle un mensaje de mi parte?

El mayordomo asintió solemnemente.

—Dile... dile que he sido un maldito tonto y que mañana viajo a Nueva York para arreglar las cosas.

Los ojos del mayordomo se abrieron de par en par.

—Yo... transmitiré ese mensaje, Su Excelencia —prometió el criado.

—Gracias —Fitz volvió a colocarse el sombrero y permitió que el hombre lo acompañara a la salida. Mientras estaba en la acera y miraba el lejano manto de estrellas, respiró lenta y pausadamente.

Tabitha tenía razón. Él se había equivocado al separar a Louis de su amada Anne, y ambos habían sufrido terriblemente por ello. Lo único que podía hacer ahora era intentar arreglarlo. Sólo rezaba por poder hacerlo.

* * *

El viaje de Fitz a América había durado más de dos semanas, y aun así no se sentía preparado para la razón por la que había viajado hasta allí. Estaba de pie en el salón de baile de la actual reina de la sociedad neoyorquina, Caroline Astor. Mientras observaba a la multitud, se sorprendió de la cantidad de hombres y mujeres que habían desafiado el clima invernal sólo para ser vistos por el resto de la sociedad neoyorquina en la gran casa de la Quinta Avenida.

Al entrar en la casa hacía unos momentos, había atravesado un vestíbulo abovedado con los bustos de los antepasados de la señora Astor formando una línea. Más allá del vestíbulo, había un gran pasillo de mármol y una larga escalera flotante. Siguió a los demás invitados hasta una sala de recepción de estilo Adam, con techos abovedados curvos e intrincados enyesados. Después de la sala de recepción, llegó a la entrada del salón de baile, flanqueada por dos grandes jarrones y cortinas de satén dorado. Se sintió como si estuviera atravesando las cortinas de un escenario y estuviera a punto de convertirse en actor de una obra de teatro.

La casa Astor podía rivalizar fácilmente con muchas de las casas de Londres, y Fitz admitió estar impresionado por ella. Siempre había pensado que los americanos eran un poco presuntuosos al mostrar su riqueza.

Como era media cabeza más alto que la mayoría de los hombres a su alrededor, Fitz sintió que las miradas curiosas de la gente se posaban en él. Sólo llevaba unos días en la ciudad, el tiempo suficiente para reservar una habitación en el hotel de la Quinta Avenida y dejar que los periódicos de la tarde publicaran su llegada, cuando recibió la tarjeta de visita de la señora Astor y la invitación a su próximo baile. Estaba agradecido por su título y por las oportunidades que le brindaba su ducado.

Y por eso estaba ahora de pie junto al salón de baile de la señora Astor.

Una mujer morena de unos cuarenta años se acercó a él, con ojos iluminados con picardía. Fitz supuso que algunos la calificarían de ordinaria a primera vista, pero había algo en su presencia que la hacía cautivadora y poderosa.

—Buenas noches, Su Excelencia —saludó al llegar hasta él.

Se inclinó sobre su mano y depositó un beso en las puntas de sus dedos enguantados.

—Dios mío, los informes de Londres simplemente *no* le hacen justicia —exclamó la mujer, con un rubor que realzaba el color de sus mejillas—. Esperaba un hombre apuesto, pero usted es algo mucho más que eso.

—Me complace estar a la altura de sus expectativas, señora Astor —dijo, con su sonrisa más encantadora.

Ella respondió con una risita divertida y coqueta.

—Creo que usted lo está, Su Excelencia. Ahora, usted mencionó en su respuesta a la invitación de esta noche que yo podría ayudarlo de alguna manera. Estaré más que feliz de hacer lo que pueda por el duque de Helston.

Le tendió el brazo y la señora Astor lo aceptó mientras se movían por el borde del salón de baile, alejándose de los curiosos. Los bailarines giraban al ritmo de la música, con sus coloridos vestidos teñidos de mil tonalidades diferentes. Las mujeres parecían hermosas aves exóticas que alzaban el vuelo mientras sus faldas se arremolinaban en torno a sus piernas. La riqueza exhibida era asombrosa. Parecía como si todos los vestidos de las damas estuvieran diseñados para rivalizar entre sí en decoración y detalle, del mismo modo que las casas de la Quinta Avenida se habían construido para rivalizar con los castillos de Europa.

A la sociedad inglesa también le gustaba exhibir su riqueza, pero nunca hasta un grado de competencia tan feroz como éste. Fitz se preguntó qué diría Tabitha si estuviera aquí esta noche. Él había pasado por una fila para recibir ayuda social en Greenwich Village, viendo a hombres y mujeres pobres esperando las sobras. Eso fortaleció su determinación de hacer lo correcto. Si Tabitha viera tanta riqueza, él sabía que ella estaría deseando que los hombres y mujeres presentes esta noche gastaran más en ayudar a los demás que en adornar sus propias jaulas con lujos.

—¿Y bien, Su Excelencia? ¿En qué puedo ayudarlo? —la señora Astor presionó en un susurro conspirativo—. ¿Está buscando novia? Conozco unas cuantas jóvenes aquí que serían más que adecuadas para ser su duquesa.

—Ay, no estoy buscando novia. Bueno, supongo que eso no es del todo cierto. Pero ella sería una novia para un amigo, no para mí. Estaba comprometida con él, y...

Hizo una pausa, tragándose su orgullo. La señora Astor necesitaba saber la verdad, al menos lo suficiente para que lo ayudara.

—Interferí tontamente y el compromiso se terminó. La joven se vio obligada a buscar pareja aquí.

—¿Acaso ella vino aquí también para escapar de los rumores sobre su *idoneidad* como novia? —la mujer adivinó astutamente—. Se refiere a la chica Girard, ¿verdad?

No debería haberle asombrado que la señora Astor supiera a quién se refería, pero estaba sorprendido. Ella soltó una risita y le dio una palmadita en el brazo al ver su rostro.

—Esta es mi ciudad, Su Excelencia. No hay una sola persona de la alta sociedad a la que no conozca cuando llega. La chica Girard era un caso especial de caridad. No suelo permitir que los arribistas entren en mi reino, pero ella conoció a una amiga mía en su viaje desde Londres y la impresionó con su genuina dulzura y encanto. Decidí pasar por alto los rumores que la seguían y la he acogido bajo mi protección.

—Muy magnánimo de su parte —murmuró Fitz.

—Entonces, ¿qué es lo que ha venido a hacer, exactamente? —preguntó la señora Astor.

—He venido a suplicar el perdón de la joven —hizo una pausa, considerando sus siguientes palabras—. Y si eso no tiene como consecuencia que ella exija mi partida o que me abofetee, le pediré que regrese a Londres conmigo para poder restablecer la unión entre mi amigo y ella.

La señora Astor guardó silencio un largo momento. Su mirada recorrió a los bailarines con los ojos de una mujer que gobernaba a su pueblo como una monarca social.

—Admito que esto es de lo más intrigante. Una mujer *debe* preguntarse qué puede provocar semejante cambio en un hombre como usted. Por lo que he leído en los periódicos, usted no es el tipo de hombre que pide disculpas.

—He hecho daño a una mujer inocente y perdido a mi amigo por culpa de mi orgullo y vanidad —replicó—. Tengo la intención de luchar para recuperarlo, y eso significa que primero debo recuperar a su dama. ¿Confío en que usted manejará mi presencia con discreción?

La señora Astor soltó una risita.

—Mi querido duque, no diré ni una palabra, pero la gente de aquí conoce su opinión sobre la señorita Girard. Su repentina aparición podría suscitar preguntas y algunas suposiciones.

—Eso es inevitable —admitió Fitz—, pero mi deseo de arreglar esta situación pesa más que todas las preocupaciones en cuanto a mi propia reputación.

—Muy bien, Su Excelencia. Creo ver a la señorita Girard sentada entre las feas del baile por allí. Yo podría llamarla para una reunión privada con usted, si lo desea.

—No, gracias. Creo que lo que se requiere de mí es una acción muy *pública*. La invitaré a bailar.

—Un baile transmitiría todo un mensaje, ¿verdad? ¿Haber sido elegida por el duque de Helston? Eso ayudaría a recuperar algo de lo que ella ha perdido.

Fitz esperaba lograr mucho más que eso, pero se preocuparía de eso muy pronto.

—Si usted necesita mi ayuda, la tiene —le aseguró la señora Astor mientras avanzaban juntos a través de la hilera de damas que se languidecían tristemente contra la pared.

—Gracias. Le deberé un favor, señora Astor —prometió.

La mujer sonrió.

—Y estaré encantada de cobrar ese favor algún día. Buena suerte, Su Excelencia —se alejó para hablar con unos invitados cercanos, dejándolo a él para que pusiera en práctica su plan. Fitz enderezó los hombros y caminó hacia la encantadora joven que llevaba un vestido de color merlot, cuya cola estaba unida al resto del vestido.

Anne Girard era una belleza rubia con una leve capa de pecas en la nariz, y unos ojos color avellana que antes habían contenido luz y calidez. Estaba sentada en medio de la hilera de las feas del baile, con el rostro abatido. Al acercarse, Fitz vio un silencioso quebrantamiento en su expresión, y la desesperación pareció arrastrar sus hombros hacia abajo.

Yo le he hecho esto.

Él había ejercido su poder y alejado a su amigo de una mujer buena y decente cuyo único delito era el humilde origen de su familia. Al diablo con su orgullo y su vanidad. Todo porque se había aferrado a la idea del estatus social como un salvavidas, hasta el punto de no poder soportar la idea de que incluso sus amigos podían poner en peligro su vida social.

Tabitha había tenido razón. Amar a alguien merecía el riesgo, merecía la lucha.

Anne no era diferente a Tabitha. Fitz se había enamorado de Tabitha en pocos días y luego la había perdido. No podía ni empezar a imaginar lo que Louis debió haber sentido al perder a su amor sólo unos días antes de casarse.

En su viaje a través del Atlántico, Fitz se había parado de noche en la cubierta del barco de vapor innumerables veces para contemplar las oscuras y agitadas aguas del mar. Se había permitido imaginar que él y Tabitha iban a casarse, pero que Evan acudiría a él en la última hora antes de la ceremonia y le diría que tenía que romper el compromiso.

La sola idea le revolvió el estómago y le dificultó la respiración. Él le había hecho eso a Louis... *él* había causado esa herida tan grande y desgarradora a uno de sus seres queridos y a esta joven.

Ahora no seré un cobarde. Admitiré mis errores, sin importar el precio.

Se paró delante de Anne y se aclaró la garganta. Ella levantó la cabeza, ligeramente sorprendida, y luego lo reconoció. El horror y la conmoción sustituyeron a la sorpresa.

—¿Un baile, señorita Girard?

Ella lo miró fijamente, con los labios entreabiertos y los ojos desorbitados mientras se percataba de su dilema. Todo el mundo sabía que ella no tenía bailes en su tarjeta de baile, y sería una grosería rechazarlo.

—*Por favor*, señorita Girard —él suavizó un poco su voz—. Hay cosas que deseo decirle, y creo que a usted le gustaría oírlas. No habría cruzado un océano si no creyera que usted desearía escuchar lo que tengo que decir.

Ella se levantó lentamente y, cuando se encontró con su mirada, Fitz vio su valentía al decidir aceptar su oferta y escucharlo. Tenía la extraña sensación de que había ignorado muchas cosas hasta que conoció a Tabitha. Ahora *veía* realmente el mundo que lo rodeaba.

Colocó su mano en la de él y fue conducida a la pista mientras un vals daba inicio. Ella depositó una mano en el hombro de Fitz y la otra en la suya. Él vigilaba atentamente a la multitud y la apartó de cualquiera que se acercara lo suficiente como para oírlos mientras hablaban.

—¿Qué hace aquí, Su Excelencia?

—He venido a disculparme.

Las cejas doradas de la joven se arquearon con sorpresa.

—¿Quiere disculparse conmigo? —ella inhaló bruscamente, y él la acercó un poco más y bajó la voz mientras bailaban.

—Seré breve y directo, señorita Girard. *Nunca* debí decirle nada a Louis sobre su compromiso con usted. Fui un maldito tonto, y os he herido a los dos más allá de las palabras. Por eso, lo siento mucho. Lo juro por mi honor, con lo poco que aún poseo.

Anne apartó la mirada, con los ojos brillantes por las

lágrimas no derramadas. Tragó duro y se aclaró la garganta antes de hablar.

—¿Qué... qué hice que le resultara tan aborrecible como para decirle a Louis que yo destruiría su vida? ¿Qué podría haber hecho para que usted convenciera a todo Londres de creer lo peor de mí? Me lo he preguntado todos los días desde que Louis rompió nuestro... —se le quebró la voz—. Louis dijo que usted era el *mejor* hombre que había conocido, y si usted me consideraba inadecuada para él, *algo* habré hecho para que pensara eso.

Su suposición lo aturdió. Louis lo había tenido en tan alta estima que había creído que Fitz no podía equivocarse. Qué errónea había sido esa creencia.

Un nudo se formó en la garganta de Fitz.

—Usted no hizo nada. La culpa fue toda mía. Mis suposiciones, mis tontas creencias. Pensé que estaba ayudando a mi amigo, pero en realidad fueron mis propias inseguridades las que me hicieron actuar como lo hice —ahora veía el poder que tenían sus palabras, y era un poder que no deseaba volver a ejercer.

—Louis lo escucha porque lo ama como a un hermano —dijo Anne, con un tono suave al hablar de él. De alguna manera, eso sólo agudizó el dolor en el pecho de Fitz al saber que había herido a una mujer que amaba mucho a su amigo.

—Todavía te ama, Anne —dijo Fitz, atreviéndose a utilizar su nombre de pila cuando sabía que no tenía derecho a permitirse semejante libertad.

—¿Cómo podría hacerlo? Si me amara, nunca habría roto nuestro compromiso.

—Él no quería hacerlo; él creía que tenía que hacerlo. Pinté una imagen de ruina financiera que los destruiría a ambos, y había construido esa imagen con nada más que mis propios miedos. Convencí a Louis. No fue hasta mucho más tarde que comprendió mis palabras por lo que eran. Ahora estoy siendo castigado por ello, y con toda razón. Ya no soy su amigo de confianza. Me ha apartado de su vida como castigo por haberte perdido, y no puedo culparlo —confesó Fitz—. Por favor, vuelve a Inglaterra conmigo. Permíteme enmendar este mal que os he hecho a ti y a Louis.

El vals terminó y Anne dio un paso atrás, estudiándolo detenidamente.

—¿Qué ha cambiado, Su Excelencia? —preguntó en voz baja—. El hombre que conocí no habría cruzado un océano por esto. No le habría importado lo que hubiera sido de mí.

El comentario mordaz dolió, pero se lo merecía.

—He conocido a alguien muy parecida a ti en muchos aspectos. Es valiente, hermosa, su corazón está lleno de un nivel de compasión que yo nunca podré igualar. Me ha llenado de asombro el simple hecho de estar cerca de ella. Y me he dado cuenta... Yo no *era* digno de ella. Ni de lejos.

La comprensión iluminó el rostro de Anne.

—Usted ha hecho algo terrible para perderla, ¿verdad?

Él tragó duro.

—Me temo que es peor que eso. La he dejado ir. Hemos vivido vidas muy diferentes. Ella me puso a prueba y me encontró deficiente. Me hizo darme cuenta de que ella tenía razón, no soy digno. Jugué a ser Dios entre mis amigos, y eso me hizo perder a Louis. Ella me mostró esa verdad.

No pudo habérselo contado a nadie más, sólo a Anne, la mujer que más comprendería su dolor y que menos motivos tenía para mostrar compasión.

Anne extendió la mano y tocó el antebrazo de Fitz.

—Volveré a Inglaterra con usted, si cree que aún tengo alguna posibilidad de recuperar el corazón de Louis.

Fitz sacudió la cabeza.

—Él es quien debe recuperarte. El corazón de una dama es el regalo, no el del hombre. Puede que yo lo haya llevado por mal camino, pero él sigue siendo quien debe recuperar tu confianza y tu amor. Pero haré todo lo que esté en mi poder para recordárselo.

—Entonces debo empacar todo lo más rápido posible —dijo Anne.

—Debo advertirte. Sin duda, la gente hablará cuando regresemos, con cotilleos escandalosos y rumores —advirtió Fitz—. Haré lo que pueda para silenciarlos, pero eso no evitará que todos especulen sobre tu regreso. Sobre todo si es conmigo.

—Si Louis y yo nos casamos, no me importará lo que la gente diga de mí —respondió ella sin vacilar, y él le creyó.

Tras agradecer brevemente a la señora Astor por su ayuda una vez más, Fitz acompañó a Anne fuera del salón de baile y la ayudó a entrar en su carruaje. Una vez que ella estuvo a salvo en su casa empacando sus cosas, él regresó a su hotel y envió a su ayuda de cámara a comprar los billetes para el viaje de vuelta a casa en el primer barco disponible. Resultó que el siguiente barco con destino a Southampton salía pasado mañana.

Mientras Fitz se desvestía esa noche, no pudo evitar pensar en la mujer que había provocado este cambio en él. Cerró los ojos y deslizó los dedos por sus labios mientras recordaba su último beso compartido en la cama.

Deseó poder volver a ese momento, hundirse para siempre en ese breve lapso de tiempo. Pero así era la vida; esos momentos perfectos eran tan exquisitos porque nunca podían repetirse, sólo ser *recordados*.

Tabitha estaba en su corazón, sin importar el paso de los años. Y estaba agradecido por ello.

Sabía que su último pensamiento consciente en esta tierra sería sobre Tabitha, y cuando se desvaneciera en la noche más profunda, ella seguiría formando parte de él y de su versión más allá de la muerte.

Muchas cosas podían perderse con el paso del tiempo, excepto una. El amor, el verdadero amor, nunca sucumbía al tiempo. Perduraba. Y, por una vez, el dolor del amor y la pérdida que sentía era algo que Fitz agradecía... porque todo era por *ella*.

Capítulo Trece

—¿Está seguro de que él aún me querrá? —preguntó Anne Girard. Bajo la pequeña luz de una lámpara dentro su vehículo privado, Fitz vio a la joven retorcer los guantes de seda entre sus trémulos dedos en señal de aprensión.

—Sería un tonto si no lo hiciera —le prometió Fitz. Sentía un nudo en el estómago al saber que había hecho que esta joven, antes vibrante y segura de sí misma, se convirtiera en alguien con dudas sobre sí misma. Fitz no pudo evitar pensar en Tabitha y en cómo recuperar a una pareja que estaba destinada a estar junta; no era sólo por Tabitha, sino por sí mismo. Era un nuevo comienzo para él, pero eso no mitigaba la destrucción de su propio corazón.

El carruaje se detuvo frente a la casa de Louis Atherton. Uno de los lacayos de Fitz abrió la puerta. Él bajó primero y se volvió para ofrecerle la mano a Anne. Ella la aceptó y descendió del vehículo. Mientras la guiaba por los escalones que conducían a la residencia de Louis, Fitz fue dolorosamente consciente de que la joven había planeado en algún momento llamar a esta casa su hogar.

Hizo sonar la aldaba y esperó a que el mayordomo de Louis abriera la puerta. Cuando lo hizo, los ojos del hombre se desorbitaron ante la inesperada imagen de Fitz y Anne.

Fitz se encontró serenamente con la mirada del mayordomo, pero rezó en secreto para que no lo rechazara por segunda vez.

—Por favor, pregunta a Atherton si está disponible para verme. Y dile que tengo un regalo que, si lo rechazara, estaría loco.

El mayordomo agitó la mano en señal de bienvenida. Anne se aferró al brazo de Fitz, nerviosa. En el último mes en el mar, había pasado bastante tiempo con Anne y había recuperado su confianza. En un momento como éste, se sentía bien saber que ahora ella estaba segura de que él la apoyaría. Fitz le dio una palmadita en la mano para tranquilizarla. La última vez que Louis y Anne habían hablado, habían acabado llorando. Esta vez, las cosas serían diferentes. Fitz se encargaría de ello.

El mayordomo los dejó sólo un momento y luego regresó.

—El señor está en su estudio y lo recibirá, pero debo advertirle que está muy borracho. No creo que esté en condiciones de recibir la visita de una dama —advirtió el mayordomo y miró a Anne, disculpándose.

Fitz se volvió hacia la joven.

—Déjeme hablar con él a solas un momento. Te llamaré para que entres cuando crea que está preparado —él le estrujó suavemente los dedos antes de soltarlos.

Ella asintió con la cabeza y lo siguió hasta la puerta del estudio, pero permaneció fuera siguiendo las instrucciones. Fitz se alisó el abrigo y entró en el santuario de Louis, cerrando la puerta tras de sí.

Su amigo estaba desplomado en una silla junto al fuego. Una copa de brandy estaba abandonada en el carrito de bebidas por una botella llena de whisky escocés que descansaba en la mano de su amigo. Louis no llevaba su corbata a la inglesa. Su pelo era un desastre, como si hubiera pasado las manos por él repetidas veces, y tenía la camisa parcialmente desabrochada, como si mostrara su corazón al mundo, suplicando que alguien le clavara un puñal. La falta de ventilación en la habitación dio a Fitz la sensación de que Louis no había salido de allí en mucho tiempo.

—¿Así que has vuelto? —Louis no arrastró las palabras, lo que alivió un poco a Fitz. Sin embargo, su tono mordaz era una clara advertencia.

—Sí, he vuelto de Nueva York. ¿No sientes curiosidad por el regalo que te he traído de esa ilustre ciudad?

—Ya he tenido suficiente de tus *regalos*, Fitz. ¡Tus valiosos *consejos*! —Louis se levantó de golpe y golpeó la botella de whisky sobre una mesa cercana—. Te he dejado entrar para poder decirte estas palabras a la cara. Hemos terminado. *No* eres mi amigo —gruñó.

Fitz frunció el ceño hacia Louis.

—Mantén la boca cerrada y escúchame —sabía que si no decía algo ahora, su amigo nunca escucharía lo que tenía que decir.

Los ojos marrones de Louis se oscurecieron de rabia.

—¿Qué mantenga *mi* boca cerrada? Eso es muy gracioso viniendo de ti. ¡Escucharte me ha destrozado la vida! —Louis blandió un puño y el inesperado golpe alcanzó a Fitz en la barbilla.

Fitz se tambaleó y retrocedió, con los puños en alto para defenderse, pero no recibió ningún otro golpe. Louis se frotó los nudillos, con los ojos brillantes de dolor.

—Me has convertido en un cobarde, Fitz. Tú, el

hombre al que llamaba hermano, tú me has hecho despreciarme. Fui un tonto al dejar que me convencieras de terminar la relación con Anne. Ella era mi *mundo*. Pero no puedes entender eso, ¿verdad? No tienes corazón, *ninguno*.

Las palabras de Louis ardían dentro de Fitz, lastimándolo mucho más que cualquier golpe.

—Si tan solo eso fuera cierto —murmuró para sí. Si no tuviera corazón, entonces no habría sufrido el dolor de su propio corazón roto de la forma en que lo había hecho. Su propio sufrimiento sería infinitamente menor si no tuviera corazón.

—¿Qué? —Louis lo oyó, pero no con suficiente claridad.

Fitz se aclaró la garganta. Esto no estaba saliendo según lo planeado.

—¿Quizás deberías ver lo que te he traído?

—He *dicho* que no quiero nada de ti —dijo Louis, dándose la vuelta—. ¡Fuera!

La puerta se abrió detrás de Fitz y Anne entró en la habitación. Parecía tan serena como cualquier princesa, pero Fitz no pasó por alto el ligero temblor de sus hombros.

—Louis —dijo Fitz en voz baja.

—No —Louis se dio la vuelta, pero el fuego de sus ojos se apagó en cuanto vio que Fitz no estaba solo. Dio un paso hacia adelante, tambaleándose, mientras toda su lucha se desvanecía, y pareció a punto de colapsar—. ¿Anne? —pronunció su nombre con tal angustia que Fitz sintió cómo su propio dolor por la pérdida de Tabitha ardía de nuevo. Conocía ese dolor, esa agonía. Saber que había herido así a su amigo, que había sido él quien había causado tal misera a dos almas... Fitz se sentía como un hombre condenado a la horca por sus crímenes contra el corazón, incluido el suyo.

—Louis —Anne pronunció el nombre de su amante con ternura—. Su Excelencia me ha traído desde Nueva York. Por ti.

La mirada confusa de Louis se desplazó entre los dos.

—¿Él qué?

—Ha dicho que aún me amas. Que aún podrías... reclamarme como tu esposa —esas palabras requerían mucho valor, y Anne no carecía de él. Fitz no podía imaginarse a sí mismo diciendo tales cosas. Ella era mucho más valiente que él.

Louis lo miró con rostro circunspecto, como si intentara decidir si era un sueño debido a la cantidad de whisky que había bebido o si era real.

—Tienes razón, Louis. En *todo*. Nunca debí haber impedido que te casaras con Anne. Cásate con ella porque la amas, porque es *tuya*. Nunca dejes que un amigo, o un antiguo amigo, te convenza de ignorar tu corazón nunca más.

Fitz hizo una cortés reverencia a Anne y salió de la habitación antes de que alguno de los dos pudiera hablar. Louis y su amada tenían mucho que decirse en privado, y él no deseaba molestarlos más con su presencia.

Volvió a ponerse el sombrero y dejó que el mayordomo lo acompañara a la puerta. Estaba a mitad de camino cuando alguien lo llamó por su nombre. Fitz se volvió para mirar hacia la puerta de la casa. Louis estaba allí, con una mano apoyada en el marco de la puerta y el pecho agitado, como si hubiera corrido hacia la puerta para alcanzar a Fitz.

—¿Has ido hasta Nueva York para hablar con ella? ¿Por qué?

—Aunque mis palabras os hayan hecho daño a los dos, ella ha sufrido mucho más, y era mi deber para con la dama pedirle disculpas en persona. Aunque no tengo corazón, haría cualquier cosa por ti. Porque eres mi amigo.

El rostro de Louis enrojeció.

—Lo que dije no fue en serio, Fitz. De verdad que no. Estaba enfadado y...

—Ah, pero sí lo has dicho en serio, y yo merecía oírlo. Me aseguraré de que la sociedad de Londres acoja a la señorita Girard en su círculo. A partir de ahora sólo tendrá amigos, no enemigos. Juro que me encargaré de que así sea.

Louis dio un paso más cerca de Fitz hasta que se paró en lo alto de los escalones, mirando hacia abajo.

—¿Qué te ha pasado? El Fitz que yo conocía no habría hecho esto.

Fitz no contestó de inmediato mientras meditaba su respuesta. Se arrepentía de muchas cosas ahora, sentía mucha vergüenza por la forma en que había actuado no sólo con extraños, sino también con sus amigos. Tabitha le había mostrado un atisbo de otra vida, una vida mejor si se atrevía a admitir sus errores y se comprometía a cambiar. Dejó escapar un suave suspiro y volvió a mirar a Louis.

—El Fitz que conociste era un hombre ciego e ignorante. Ese Fitz ya no existe. Ahora me veo bajo una nueva luz y estoy dispuesto a cambiar.

Louis se quedó callado un largo momento.

—Sabes, creo que este es el Fitz que siempre creí tener como amigo desde el día en que nos conocimos. Me alegro de volver a verlo por fin —Louis volvió a hacer una pausa—. No tienes por qué irte. Podrías quedarte a beber algo con nosotros.

Fitz sonrió, intentando que la melancolía que sentía no se reflejara en su rostro.

—Te lo agradezco, pero debo irme. Anne y tú necesitáis estar a solas para hablar. Pero si deseas volver a verme, ya sabes dónde encontrarme.

Louis asintió en señal de comprensión, y Fitz volvió a su carruaje.

Cuando se sentó en la oscuridad, dejó escapar un pesado suspiro. Había hecho todo lo posible para que Anne y Louis volvieran a estar juntos, y confiaba en haberlo conseguido. Sin embargo, el tiempo diría si Louis deseaba restablecer su amistad. Todo lo que Fitz podía hacer era esperar el perdón. Cualquier otra cosa sería una bendición.

Cuando regresó a casa, era más consciente que nunca de su silencio. Quería que esta casa volviera a estar llena como lo había estado cuando Beck y su familia se habían alojado aquí. Por primera vez en su vida, estaba dispuesto a admitir que quería una familia propia. Sus ojos buscaron el rellano de la escalera donde había visto a Tabitha por primera vez. Se quitó el sombrero y los guantes, mirando fijamente el lugar, recordando el momento en que ella se había vuelto para mirarlo. Incluso entonces, había sabido que algo maravilloso había llegado a su vida. Si tan sólo pudiera retroceder en el tiempo y corregir los errores que había cometido para poder tenerla de vuelta.

La habría acercado y le habría susurrado que no

necesitaba robar un diamante, no cuando podía tenerlo a él. Le habría dado cualquier cosa que deseara, dinero para sus obras benéficas, y la habría cubierto de joyas y ataviado con los mejores vestidos. Por supuesto, ahora lo comprendía. Ella no quería vestidos finos ni joyas. Quería amor. Quería pasar tiempo con él, como esas horas transcurridas en la oscuridad y el calor de una cama compartida, o las suaves bromas de su conversación en el invernadero. Eso era lo que ella quería. Tiempo y amor. Pero él había dejado que demasiadas cosas se interpusieran entre ellos, y no sabía si ella alguna vez confiaría en que no sería un frío bastardo al que le importaban poco los demás. ¿Fitz podría demostrarle que un hombre podía cambiar? ¿Sería suficiente? Para un hombre acostumbrado a tener respuestas para todo, le molestaba enormemente no tener ninguna para estas preguntas apremiantes.

—¿Por fin estás en casa, querido muchacho? —la voz de su abuela lo sacó de sus pensamientos. No la había visto desde que había abandonado la fiesta en casa hacía casi dos meses.

—Sí —se volvió hacia ella mientras se acercaba. Estaba vestida para una noche en casa con uno de sus vestidos azul oscuro más cómodos y llevaba el pelo plateado trenzado sobre un hombro.

—¿Qué tal Nueva York? —cruzó los brazos sobre el

pecho y frunció el ceño—. ¿Supongo que tu misión ha sido un éxito?

—Sí, en efecto. Aunque le debo un favor a la señora Astor —sonrió, pero el rostro de su abuela permaneció solemne—. Lo siento, debería haberte informado de mis planes de viaje.

—Sí, deberías haberlo hecho. No creo que esos barcos de vapor estén en condiciones de navegar. Pudo haberte pasado algo. ¿Ni siquiera pensaste en eso?

Fitz se acercó y le besó la frente.

—Pero no pasó nada. Estoy bien, abuela. El barco era bastante seguro, te lo aseguro. Deberías considerar viajar alguna vez.

—No lo creo —ella lo miró con el ceño fruncido y luego metió la mano en el bolsillo de su vestido—. No tuve ocasión de verte antes de que te marcharas a Nueva York. Quería darte esto —extendió el puño cerrado.

Él abrió la mano y la mujer dejó caer en ella algo frío y pesado. Cuando se percató de lo que era, el corazón se le detuvo.

El diamante Helston. El verdadero. El que había dejado junto a Tabitha mientras ella dormía.

—¿Cómo...? —su voz se entrecortó cuando la imagen final de Tabitha en la cama, con el pelo esparcido por las almohadas a la luz del amanecer, invadió su mente. Todo lo que había sentido en ese momento volvió a él.

—Una joven muy extraordinaria me lo ha devuelto.

¿Tabitha se lo había devuelto? Un repentino y violento dolor en el pecho le dificultó la respiración.

—Ella no quería quedárselo —dijo, en parte para sí mismo.

—Oh, pero sí *quería* —dijo la viuda—. Creo que ése era el problema. Quería conservarlo porque era todo lo que tenía de ti. Pero si se lo quedaba, no tendría más remedio que utilizarlo para lo que había previsto en un principio. El diamante sería dividido y vendido. Ella lo devolvió para que se quedara así. Para conservar los recuerdos que tiene de ti.

Fitz enroscó los dedos alrededor del diamante, sujetándolo con fuerza.

—¿Qué te ha contado de esos recuerdos?

—No mucho, pero he vivido y amado mucho tiempo, y veo el amor con más claridad en mi vejez que los jóvenes. Esa mujer está perdidamente enamorada de ti. La pregunta es, ¿qué harás al respecto?

—No hay nada que pueda hacer —Fitz se sintió traicionado por sus propias palabras.

—¿Yo más bien pensaba que la gente de tu generación se casaba por amor y al diablo con el resto?

Él soltó una risita ante sus palabras.

—Oh, sí que lo hacemos, ¿verdad?

—Eres un *duque*, Fitzwilliam. Si no puedes casarte

por la razón que te plazca, ¿qué sentido tiene este mundo?

—Abuela, no lo entiendes. Ella ha vivido en la calle. No tiene familia, ni conexiones. Es una carterista. Una ladrona. Es una de esos Alegres Petirrojos que tanto admiras, buscada por la policía. ¿Me estás diciendo que permitirías que una mujer así fuera la próxima duquesa de Helston?

—Pues sí, parece que es la persona perfecta, ¿no crees? —respondió su abuela sin vacilar—. Las conexiones familiares pueden ser una molestia. Una vez que sea tu esposa, será de *nuestra* familia. Será mi nieta. Tendrá todas las conexiones que necesite. Esa es una de las muchas ventajas del matrimonio, aparte de estar con la persona que amas. ¿Qué sentido tiene la vida si no es entregarse al acto de amar a los demás y recibir amor de ellos? El amor es lo único que una persona puede llevarse consigo al morir —le dio una palmadita en la mano que sostenía el diamante—. El resto no es más que puro artificio. Además, la cuestión nunca fue si yo le tenía cariño la esposa que elegirías. Lo que importa es si ella *te* importa. ¿Esta chica es una diversión pasajera o es tu mundo, Fitz? A esa pregunta, sólo tú sabes la respuesta. Y si ella es tu mundo... ¿qué haces todavía aquí hablando conmigo?

Tu mundo. Louis había dicho que Anne era su

mundo. De pronto, un manantial de esperanza lo inundó.

En los casi dos meses que había estado separado de Tabitha, había quedado claro que ella lo *era* todo para él. Incluso sabiendo que no podía estar con ella, se había levantado cada día y se había acostado cada noche con el corazón herido por ella.

Una vez pensó que los poetas eran tontos al hablar del amor como algo absorbente, pero ahora entendía sus palabras. Su abuela tenía razón. El amor era lo único que importaba. El amor romántico, el amor familiar, el amor por los amigos, incluso el amor por los desconocidos que tal vez lo necesitaban más. Tabitha siempre había sabido esa verdad y había intentado demostrársela. Su hermosa, valiente y brillante ladrona con un corazón de oro.

—Me han dicho que ella está en el baile de lady Crawford esta noche —dijo su abuela—. Has recibido una invitación, así que puedes asistir si lo deseas.

—¿Cómo sabes dónde está?

—Mi primer encargo es ser abuela, cariño, y después duquesa. Es mi trabajo saber el paradero en todo momento de la mujer que mi nieto ama. Ahora ve a cambiarte. No debes llegar tarde.

Ella le estrujó nuevamente la mano. Luego subió las escaleras de dos en dos.

Todos los miedos y preocupaciones que había tenido sobre un futuro con Tabitha se habían debilitado y perdido importancia al compararlos con la idea de una vida sin ella. No le importaba en absoluto lo que pudiera pasar si la verdad del pasado de la mujer salía a la luz. Lo único que le importaba era no pasar ni un momento más de su vida sin ella.

Gritó a su ayuda de cámara.

—¡Stewart! ¡Asistiré a un baile!

Él no estaba aquí.

Eso era todo lo que Tabitha podía pensar cada vez que había asistido a un baile en el último mes. El duque de Helston estaba en Nueva York, no aquí en Londres. Sin embargo, eso no impedía que su insensato corazón diera un vuelco cada vez que un caballero entraba en el salón de baile.

Todo el mundo sabía que Fitz había dejado Londres. Los rumores habían estado volando en cuanto al *porqué* desde que su llegada a Nueva York había sido telegrafiada de vuelta a Inglaterra. Ella había oído que había asistido a uno de los bailes de la señora Astor. Como no sabía quién era la señora Astor, le había preguntado a Hannah por ella. Esto provocó una discusión sobre el *motivo* por el que Tabitha le había preguntado, lo que provocó una segunda discusión sobre el hecho de que los sentimientos de Tabitha hacia Fitz no habían disminuido desde su separación.

Nada de eso había sido agradable. No quería hablar de Fitz, y mucho menos pensar en él. Era *demasiado* doloroso. Sin embargo, pensaba en él todos los días.

¿Por qué se había ido a Nueva York? Los cotilleos incluían desde negocios hasta caza de novias, pero ninguna de las fuentes era fiable. Los informes mencionaban que se había quedado sólo unos días antes de embarcar de vuelta a Inglaterra, lo que había dado lugar a especulaciones aún más descabelladas.

Él debería estar de regreso en cualquier momento, pero Tabitha había perdido la esperanza de volver a verlo. Sin duda, la evitaría y se negaría a asistir a cualquier acto en el que ella estuviera, y no podía culparlo por ello.

De pronto, Julia se le unió en la fila de sillas donde las mujeres descansaban entre bailes.

—¡Tabby, no lo vas a creer! —su amiga se arregló las faldas de su vestido plisado verde pálido y rojo baya mientras se sentaba junto a Tabitha.

—¿Qué pasa?

—Él ha vuelto.

—¿Qué? —preguntó Tabitha, aunque por el tono de Julia creía saber a quién se refería.

—Al parecer, lord Helston ha llegado a Londres esta tarde y ha sido visto acompañando a una mujer desde el barco hasta su carruaje privado.

¿Una mujer? Eso no tenía ningún sentido... a menos que los rumores de su búsqueda de novias fueran ciertos. Pero él solamente había pasado un par de días en Nueva York y...

—¡Y no vas a creer con quién fue visto al salir del barco! —anunció Julia, interrumpiendo los pensamientos aterrorizados de Tabitha.

—¿Con quién?

Julia le dirigió una mirada cómplice, con una leve sonrisa en el rostro. Sólo se le ocurría un nombre que pudiera provocar esa reacción. Julia sabría que cualquier otra mujer joven que fuera vista con Fitz habría roto el corazón de Tabitha.

—¿Anne Girard? —dijo suavemente.

—La misma —el rostro de Julia se sonrojó de emoción—. ¡Ella ha vuelto! ¡Es simplemente maravilloso! La adorarás, Tabby, ¡te prometo que lo harás!

Tabitha seguía sin entender.

—¿Por qué viajaría con lord Helston? ¿Crees que están casados?

—¿Anne casada con lord Helston? Dios mío, no, ¿por qué demonios pensarías eso?

Tabitha no tenía respuesta, sólo confusión y temores irracionales.

—¿No lo ves, Tabby? Él ha ido a Nueva York para traerla de vuelta. Por Louis. Está intentando enmendar su error. Esto es maravilloso. ¡Espera a que se lo cuente a Hannah! ¡No lo va a creer! Y pensar que lo he llamado cabrón... Bueno, supongo que lo fue en su momento, ¡pero hasta un cabrón puede cambiar! —algunas mujeres que estaban cerca jadearon al oír la palabra *cabrón*, pero a Julia nunca parecía importarle lo que pensaran de ella.

Abandonó a Tabitha cuando vio a Hannah en la mesa de refrigerios y corrió hacia ella para susurrarle la noticia al oído. Los ojos de Hannah se abrieron de par en par, y compartieron miradas emocionadas antes de volverse hacia Tabitha.

Tabitha apartó la mirada y jugueteó con la tarjeta de baile que llevaba en la muñeca, observando a las parejas que bailaban frente a ella. Fitz estaba en casa. ¿Realmente había traído a la joven a casa para su amigo? Quería pensar que sí, pero no estaba segura. ¿Había cambiado realmente de opinión sobre ella? Si lo había hecho, el gran gesto de viajar hasta América para recuperar a la mujer era, como mínimo, impresionante.

Los bailarines de la pista se separaron y algunos se

detuvieron al ver a un hombre que se abría paso entre ellos con determinación. Bajo la luz de la lámpara, su pelo brillaba con un intenso color dorado y sus ojos azules estaban fijos en ella, llenos de las mismas tormentas que Tabitha había llegado a amar. El corazón le latía violentamente y su mente giraba mientras intentaba ordenar sus pensamientos, pero sólo podía pensar en su nombre una y otra vez.

Fitz.

No podía pensar más allá de esa simple compresión. Él estaba aquí.

Fitz se detuvo frente a ella, se inclinó y le tendió la mano. Tabitha se levantó como en un sueño y colocó su mano enguantada en la de él. Él la rodeó firmemente con los dedos, y ella sintió escalofríos cuando esa conexión mágica volvió a surgir entre ellos. Tiró de ella hacia sus brazos y, en respuesta a ellos, los músicos comenzaron un nuevo vals.

Levantó la mirada hacia Fitz mientras bailaban juntos bajo los candelabros de cristal, a la luz brillante, sin hablar. Tabitha pertenecía aquí. En los brazos de este hombre y en ningún otro lugar. Ahora su corazón se agitaba en su pecho, como un pájaro cantor estirando las alas y preparándose para cantar en una clara mañana de invierno. Este hombre era su *hogar.*

Se miraron a los ojos mientras sus pies se movían al

compás de la música. La gran mano de Fitz en su cintura era cálida y firme. Su otra mano sujetaba la de ella con fuerza, como si temiera que se desvaneciera cuando terminara la última nota del vals.

Finalmente, Tabitha habló, rompiendo el hechizo que los unía.

—¿Es cierto que has ido a Nueva York?

—Sí. Tenía que disculparme —dijo él, con voz suave—. Algo que debería haber hecho hace mucho tiempo.

—¿Y lo hiciste?

—Sí —esa mirada de paz, esa sensación de saber que él había hecho lo correcto, había cambiado su rostro antes arrogante por uno mucho más amable, que sólo potenciaba su ya pecaminoso atractivo—. Le pedí a la señorita Girard que volviera a casa conmigo. Ella y Louis se están reconciliando. El futuro depende de ellos ahora. He hecho lo que he podido para arreglar las cosas.

Tabitha lo miró fijamente, incapaz de articular palabra.

—Esto sólo es el principio —confesó él—. Todavía tengo mucho que arreglar en mi vida.

—¿Sí?

Fitz sonrió con tristeza.

—Desde luego que sí.

De pronto, Tabitha comprendió algo. Todas las organizaciones benéficas que ella y sus amigas habían estado apoyando habían recibido cheques en las últimas semanas de un nuevo contribuyente anónimo. Debió haber sido él, pero no quería obligarlo a admitirlo.

—Pasé gran parte de mi vida construyendo muros para protegerme después de perder a mis padres. Me aterrorizaba que me hicieran daño, pero esos mismos muros me impedían vivir. Pensaba que no necesitaba vivir, que estar a salvo era mejor... pero tú lo cambiaste todo para mí. Nunca esperé que traspasaras mis muros, Tabitha. Te colaste como la ladrona que eres, me robaste de mí mismo y me enseñaste que vivir... que *amar* merecía la pena. No sólo has robado el diamante Helston; también mi corazón.

Tabitha contuvo la respiración, pero cuando él permaneció en silencio, ella se atrevió finalmente a hablar.

—¿Estás pidiendo que te lo devuelva?

—La única forma en que querría que me devolvieras el corazón es si tú vienes con él —respondió, y sus ojos se suavizaron—. Sé que he complicado las cosas. Te dejé y no debería haberlo hecho. Debería haber estado a tu lado contra el mundo, matando dragones en tu nombre. . . pero en lugar de eso, hui.

Tabitha dejó de bailar abruptamente y él la sujetó con más fuerza, como si temiera que huyera.

—Fitz... Nunca te pedí que mataras dragones ni que me protegieras del mundo. Todo lo que quiero, todo lo que siempre he querido, es que me ames.

Él guardó silencio un largo momento, sin darse cuenta de la creciente multitud que se había detenido para verlos hablar.

—Fitz, todo el mundo nos está mirando —advirtió ella en un susurro.

—Déjalos. No voy a permitir que el miedo me domine. En su lugar, elijo que me gobierne el amor.

Estrechó las manos de Tabitha entre las suyas y, delante de la multitud, se arrodilló y metió la mano en el bolsillo de su chaleco. Sacó algo grande y brillante de la palma de la mano.

—Creo que esto te pertenece. Te lo ofrezco, mi nombre y mi vida como esposo.

—¿Deseas casarte conmigo?

—Sí, si me aceptas —le sujetó las manos y le colocó el gran diamante en una de las palmas—. *Eres* la única joya que deseo.

Los ojos de Fitz estaban ahora libres de tormentas y, en ese instante, Tabitha vislumbró el futuro que tendrían juntos, los años transcurriendo lentamente, dejando un tejido de dos vidas que siempre estuvieron destinadas a estar unidas. Algún día esos hilos se terminarían, pero los de sus hijos y nietos continuarían, llevando ese tejido de su amor hacia el futuro.

Tabitha se sentía atónita ante la sensación de *conocer* su propio destino y saber que era el correcto. Esos años de dolor que habían amenazado con consumir su alma y la de Fitz mientras sufrían pérdida tras pérdida ahora les habían dado la oportunidad de crecer, de ir más allá de ese dolor y expandir sus corazones para que el amor pudiera brotar una vez más.

Una palabra tenía el poder de abrir la puerta oculta que conducía al jardín compartido por sus corazones. Estaba tan llena de alegría, tan llena de incredulidad ante su propia buena suerte, que necesitó dos intentos antes de poder pronunciarla.

—Sí.

Fitz se puso en pie y la estrechó entre sus brazos mientras la besaba con fuerza, desesperadamente, como hacía un hombre que temía perder algo valioso si lo dejaba escapar.

Tabitha se aferró a él, devolviéndole el beso, asegurándole sin palabras que nunca tendría que dudar de la promesa de esa única palabra.

Cuando sus labios se separaron, la habitación estaba tan silenciosa como una iglesia, y ella le sonrió entre lágrimas de felicidad.

—Sí —volvió a decir, esta vez con más fuerza.

Fitz echó un vistazo a los invitados, vio a Hannah y Julia y las saludó solemnemente con la cabeza antes de alzar a Tabitha en brazos.

—¡Fitz! ¿Qué haces? —jadeó Tabitha. Los invitados que los rodeaban se cubrieron la boca con sus manos enguantadas, asombrados.

—Te llevaré a casa, *esposa*.

—Pero aún no estamos casados —protestó ella, riendo.

—Mi corazón se casó con el tuyo la noche que nos conocimos. El resto es pura ceremonia.

Ella no tuvo más respuesta que aferrarse un poco más a él.

—¿Adónde vamos?

—A casa, porque no puedo soportar otro momento sin besarte".

Fitz la sacó del salón de baile y la llevó a la calle, donde les esperaba su carruaje.

Capítulo Catorce

El carruaje se detuvo frente a la casa de Fitz, y Tabitha contempló la hermosa casa a través de la pequeña ventana. Estaba acurrucada en el regazo de Fitz y no tenía ningún deseo de separarse de él en ese momento. En el viaje en carruaje habían tenido ocasión de hablar por primera vez desde que se separaron la noche en que hicieron el amor. Ella le había confesado todo, incluso lo de Hannah y Julia. Realmente confiaba en que Fitz guardaría sus secretos y mantendría a salvo a sus amigas, y él le había asegurado que lo haría. Fitz, por su parte, le había contado más cosas sobre cómo había ido hasta Nueva York y todo lo relacionado con esa noche en el salón de baile de la señora Astor, cuando se había postrado ante Anne para que lo perdonara y la había traído de vuelta. Incluso había compartido su encuentro con Louis y su temerosa esperanza de que su amigo lo perdonara ahora que había hecho todo lo posible por arreglar las cosas.

Por primera vez en su vida, Tabitha se sentía... completa. Estaba con la persona a la que pertenecía su corazón y ya no tenía dudas... excepto una.

—Mi abuela está en casa esta tarde... Quería que la conocieras... como mi futura esposa.

—¡Tu abuela! —jadeó—. Oh cielos, Fitz. No podemos... es imposible que me apruebe como esposa para ti...

—En realidad, fue ella quien me hizo entrar en razón —soltó una risita—. Te aseguro que *sí* lo aprueba.

—Pero no puede hacerlo. Sabe que le robé su diamante y lo que soy... —ese era el único temor de Tabitha. No quería que Fitz y su abuela discutieran por ella. Ella no sería la razón de una separación entre ellos.

Fitz le deslizó la punta de un dedo por la nariz.

—A ella le importa un bledo tu pasado. De hecho, es una gran admiradora de los Alegres Petirrojos. Ya te ha reclamado como de su familia.

Tabitha no podía creer sus palabras. Simplemente no era posible que una duquesa la aprobara, y mucho menos que sintiera cariño por ella.

—Te prometo que se alegrará de verte —él se inclinó para acariciarle la mejilla con la nariz, y Tabitha cerró los ojos, deseando poder quedarse aquí en este carruaje un poco más, envueltos en la cálida oscuridad sin tener que enfrentarse al mundo exterior—. Vamos, cariño. Ya la has conocido, y estaba bastante impresionada contigo.

—Pero no así, no siendo llevada en tus brazos como el premio de algún vikingo.

Fitz se rio.

—Vikingo, ¿eh? Bueno, me han dicho que los Helston tenemos sangre vikinga. Así que tendrás que perdonarme cuando te lleve en brazos para follarte.

A pesar de sus temores, Tabitha se rio. Este Fitz juguetón le recordaba al hombre del invernadero, el hombre que había llegado a conocer cuando él había bajado la guardia.

—Muy bien, vikingo. Llévame en tus brazos —agitó la mano como una princesa sajona.

—Con mucho gusto —Fitz llamó a su lacayo para que abriera la puerta del carruaje. Y, en cuanto ella estuvo fuera del carruaje, él la cogió nuevamente en sus brazos. El mayordomo de Fitz los esperaba dentro, con cara de asombro al verlos a los dos o, mejor dicho, a su amo llevando a una mujer en brazos—. Tracy, ¿mi abuela todavía está despierta?

—Sí, e-ella está en la biblioteca —tartamudeó el hombre mientras parpadeaba en dirección a Tabitha.

—Oh sí, Tracy, has conocido a la señorita Tabitha

Sherborne. Me complace anunciar que pronto será mi duquesa.

El mayordomo se recuperó rápidamente de su asombro y se inclinó ante Tabitha.

—Bienvenida, señorita Sherborne.

—Gracias —ella se aferró al cuello de Fitz mientras la llevaba a la biblioteca. Por suerte, la bajó en cuanto se detuvieron ante las puertas abiertas de la biblioteca.

La duquesa viuda estaba sentada junto al fuego, leyendo un libro extendido en su regazo. Levantó la mirada al verlos entrar.

—Abuela —dijo Fitz con solemnidad mientras conducía a Tabitha hacia ella.

La viuda dejó su libro a un lado y se levantó, ofreciendo a Tabitha una cálida sonrisa.

—Así que has recuperado a la ladrona que te robó el corazón —dijo lady Helston, mientras sus ojos recorrían suavemente a Tabitha, inspeccionándola de pies a cabeza.

Tabitha esperó pacientemente a que la mujer mayor emitiera su juicio. Aunque ya se conocían, Tabitha intuía que este momento era el más importante.

—Sí... lo harás muy bien, querida. Bastante bien —levantó la mano para coger la mejilla de Tabitha como lo haría una abuela—. Bienvenida a nuestra familia.

Se quedó boquiabierta. No había esperado eso, a pesar de las palabras reconfortantes de Fitz.

—¿No le importa que vayamos a casarnos? —no quería discusiones ni resentimientos entre ellos más tarde, y tenía que estar segura de cuál era la postura de la viuda.

—¿Importarme? Más bien insisto en ello, hija mía. Sabía que había algo en ti la primera noche que nos conocimos en mi velada musical. Eras auténtica, y ahora sé por qué. Has vivido, sufrido y *luchado* cada momento de tu vida. Los Helston somos una familia fuerte. Nos apoyamos mutuamente y compartimos nuestra fuerza. Tú y Fitz seréis compatibles en todos los aspectos, lo que os garantizará una vida feliz y llena de éxitos —se volvió hacia su nieto—. Empezaré los preparativos de la boda mañana a primera hora con vosotros dos, pero por ahora me retiro —les sonrió—. No os quedéis *hablando* hasta muy tarde —enfatizó la palabra *hablando* mientras salía de la biblioteca con una elegancia natural que Tabitha envidiaba.

Fitz esperó a que estuvieran solos para volver a estrechar a Tabitha entre sus brazos, y se derritió contra él. Era imposible no arder de deseo cuando este hombre la abrazaba como lo hacía ahora.

Le besó el lóbulo de la oreja y Tabitha se estremeció de anticipación.

—¿Continuamos en mi habitación? —le preguntó con voz profunda y seductora.

Ella cogió los botones de su chaleco.

—Tus aposentos están demasiado lejos —en realidad quería a Fitz aquí, ahora, y no le importaba si había cama o no.

—¿Aquí? —su voz se volvió áspera cuando hundió las manos en sus faldas, empezando a levantarlas.

—Aquí. Donde sea. *Ahora* mismo —necesitaba unirse a él, recuperar esa intimidad que una vez compartieron, y no podía esperar ni un momento más. Un golpe en la puerta de la biblioteca detuvo los dedos de Tabitha a medio camino de los botones de su chaleco.

Fitz maldijo en voz baja y le soltó las faldas. Ella apoyó la frente en su pecho y exhaló un suspiro frustrado por la inesperada interrupción.

El mayordomo se aclaró la garganta desde la puerta.

—Siento interrumpir, Su Excelencia, pero tiene visitas que creo que deseará ver esta noche.

—¿Oh? —Fitz giró ligeramente su cuerpo para proteger un poco a Tabitha de la vista del señor Tracy, aunque estaba completamente vestida—. ¿Supongo que no podrían esperar una hora? —bromeó con el mayordomo, lo que escandalizó tanto al pobre hombre que se sonrojó—. Estoy bromeando. ¿Cuántos invitados hay?

—Eh, sí. Varios invitados, de hecho, están aquí.

Todos son *muy* insistentes en hablar con usted y la señorita Sherborne.

Fitz bajó la mirada, preguntándole en silencio, pero Tabitha no tenía ni idea de quién podía estar en la puerta.

—Entonces, deberíamos ver quiénes son —dijo él y le cogió la mano. Incluso un simple apretón de manos como éste la hizo sentirse cálida y conectada a él.

Cuando llegaron a lo alto de las escaleras, el lugar donde se habían conocido, Fitz le robó un beso lento y duradero que hizo que la cabeza de Tabitha se agitara de la mejor manera.

—Creo que has escandalizado bastante al señor Tracy, el pobre tenía la cara muy roja. No creo que esté acostumbrado a que bromees con él —admitió con una suave sonrisa—. Pero me gusta este *tú*. Me gusta este lado tuyo, Fitz.

—¿El lado humano?

—El lado *verdadero* —Tabitha alzó y deslizó las manos por su chaleco hasta su cuello, enroscando los dedos en la tela mientras respiraba su aroma invernal—. Este es el hombre que siempre has sido por dentro, y este es el hombre que amo. No dejes que el mundo vuelva a cambiarte. *Quédate así conmigo.*

Fitz le levantó la barbilla con la punta de los dedos y le acarició la cara con la nariz.

—Siempre, corazón mío —le prometió, y la envolvió en sus brazos; el calor de su cuerpo la inundó y la hizo sentirse segura y querida de una forma que nunca había creído posible.

El sonido de una discusión en el piso de abajo interrumpió el dulce momento.

—¿Qué demonios? —murmuró Fitz mientras bajaba la mirada hacia la entrada. Cuatro personas estaban allí reunidas, hablando en voz alta.

Hannah y Julia estaban listas para luchar contra lord Brightstone y al señor Beckley. Tabitha no pasó por alto que esta discusión era entre sus amigas más queridas y los de Fitz.

—Quiero que me devuelva los pendientes de mi prima —exigió Brightstone.

—Bueno, usted no puede tenerlos. Se han ido —respondió Julia en tono triunfal.

—¿Adónde?

—Me temo que han sido vendidos, milord —dijo Hannah con un tono más amable que Julia.

—¿*Vendidos*? —siseó Brightstone—. Malditas ladronas. No puedo creer que os hayáis comportado de esa manera tan denigrante —a pesar de las duras palabras de Brightstone, Tabitha pudo jurar que oyó un tono... ¿juguetón? No, ésa no era la palabra adecuada, ¿quizá intriga? Fuera lo que fuera, no creía que Brightstone estuviera tan enfadado como fingía estarlo.

—Más bien creo que *su prima* es la que necesita corregir su conducta —replicó Hannah—. Debería consolarle el hecho de que la venta de esos pendientes se destinara a financiar una encantadora organización benéfica que ayuda a los ancianos que ya no pueden valerse por sí mismos.

Brightstone fanfarroneó ante eso.

—Eso está muy bien, pero maldita sea, ¿teníais que *robarlos*? Yo os habría donado dinero. Sólo teníais que habérmelo pedido.

Tabitha no pasó por alto que el tono de Brightstone se había suavizado considerablemente.

—Eso significaría ignorar la razón por la que los robamos en primer lugar —dijo Hannah.

Beck parecía ser el único que no participaba en esta discusión y, por lo tanto, fue el primero en notar a Tabitha y Fitz en las escaleras.

—Fitz, señorita Sherborne —los saludó Beck con una inclinación de cabeza y un tono neutro, como si todo lo que estaba ocurriendo a su alrededor fuera normal. La discusión cesó abruptamente cuando Hannah y Julia corrieron hacia Tabitha.

Julia lanzó una mirada suspicaz a Fitz y luego una de preocupación a Tabitha.

—Tabby, ¿estás bien? Cuando te cargó como si fueras una especie de bárbaro, temimos lo que planeaba hacer a continuación.

—No pasa nada. Estoy bien, y ha sido una tontería preocuparse por ello —le aseguró Tabitha—. Tú y todos los demás lo habéis visto proponerme matrimonio.

—Supuse que era algún tipo de extraño delirio —dijo Julia—. O mío o suyo. Tienes que admitir que no es precisamente un hombre romántico.

A veces sus amigas eran demasiado sobreprotectoras con ella. Que un hombre al que adoraba la llevara en brazos hacia la noche era motivo de celebración y no de preocupación.

—Oh, pero él lo es, Julia. Si le dieras una oportunidad, te darías cuenta —Tabitha lo defendió, y Julia bajó los ojos como un poco avergonzada. Tabitha comprendía que sus amigas aún desconfiaran de él después de todo el daño que les había hecho a Anne Girard y a Louis, pero Fitz había cambiado y había hecho lo correcto.

—Su Excelencia, ¿podríamos tener un momento a solas con Tabitha? —preguntó Hannah.

—Por supuesto. Mi estudio está subiendo las escaleras a la izquierda —señaló hacia la escalera.

—Gracias.

Antes de que Tabitha pudiera decir otra palabra, fue

llevada al estudio de Fitz y la puerta se cerró firmemente tras ella. Sus dos amigas la enfrentaron.

—Tabitha, ¿has pensado en lo que significaría estar casada con un duque? ¿Tener el escrutinio de toda la alta sociedad sobre ti? Queremos que seas feliz, pero también queremos que estés preparada —dijo Hannah con delicadeza.

—Lo estoy. Estoy preparada para afrontar cualquier cosa que venga, pero Fitz y su abuela parecen bastante decididos a defenderme del mundo. Para mí, eso hace que cualquier lucha que tenga que afrontar merezca la pena. Me ven como de la familia. Nunca pensé que algo así fuera posible —confesó Tabitha. Los ojos de Hannah se suavizaron y se llenaron de lágrimas.

—¿Esto es lo que realmente quieres, Tabby? —preguntó Hannah—. Sé que dices que lo amas, pero ¿estás segura? ¿Necesitas más tiempo para pensarlo? Nadie te juzgaría si desearas un noviazgo más largo.

—¿Cuánto tiempo te cortejó tu marido antes de casarte con él? —preguntó Tabitha a Hannah.

Su amiga se sonrojó y sonrió.

—Oficialmente... sólo un mes. Fue bastante escandaloso casarnos tan pronto, pero para ser justos, nos conocíamos desde hacía años —se aclaró la garganta—. Muy bien, has dejado claro tu punto. Sólo queremos que seas feliz y estés a salvo. Todo el mundo merece eso.

—Lo soy —le aseguró Tabitha—. Siempre me he sentido increíblemente segura con él. Me trata como si yo le importara más que nada en el mundo —dejó escapar un suave suspiro—. Me gustaría que ambas lo entendierais. Para mí, él es simplemente maravilloso.

Sus amigas intercambiaron una mirada, y ella continuó, con la esperanza de mostrarles lo maravilloso que era el verdadero Fitz.

—Fue a Nueva York para traer de vuelta a vuestra amiga. ¿Cuántos hombres conocéis que cruzarían un océano para disculparse con alguien a quien han hecho daño? Y la trajo hasta aquí con él para que ella y Louis Atherton pudieran reunirse. Hizo todo eso porque quería cambiar. Quería ser mejor para mí, *por mí*. Aún no puedo creerlo.

—Yo tampoco —murmuró Julia.

—Supongo que yo sí —dijo lentamente Hannah—. El amor verdadero puede cambiar a cualquiera. Sólo que nunca esperé que un hombre como Helston lo encontrara. Pero debes entender que queremos asegurarnos de que *quieres* esto, de que lo quieres a *él*.

—Lo hago. Lo quiero a él más que a nada —confesó Tabitha—. Él es cada uno de mis sueños. Nunca pensé que tendría una vida como esta, una vida llena de amor.

—Muy bien. Entonces dejaremos que te tenga, pero

sigues siendo la hermana de nuestros corazones. No lo olvides nunca.

Hannah y Julia la abrazaron durante un largo momento, y Tabitha sintió ese vínculo de hermandad entre las tres.

—Ahora decidme, ¿qué hacen aquí lord Brightstone y el señor Beckley?

El rostro de Julia enrojeció.

—Parece que estaban igual de preocupados por el bienestar de Helston cuando te alzó en brazos y se marchó. Debes saber que no es propio de él ser tan... galante y romántico en un lugar público. Nos encontramos con lord Brightstone y el señor Beckley en los escalones exteriores. Parece que el señor Beckley descubrió que éramos los Alegres Petirrojos porque Fitz se comportaba de forma extraña contigo y tú eras la única invitada que no denunciaría a la policía metropolitana porque estaba enamorado de ti. Entonces el señor Beckley dedujo que contabas con ayuda y adivinó que éramos los otros petirrojos. Naturalmente, lord Brightstone se puso furioso ya que le robamos a esa espantosa prima suya.

—Cielos, qué noche —suspiró Julia de forma dramática—. Nuestros secretos han sido expuestos, y a Tabitha se le ha declarado un duque.

—No han sido expuestos —dijo Hannah—, sino descubiertos.

Esto preocupó a Tabitha en cuanto a lo que ocurriría a continuación.

—Oh cielos. ¿Creéis que ellos nos denunciarán?

—El señor Beckley no lo hará, parecía bastante divertido con todo el asunto una vez que lo hubo descifrado, y declaró que no tenía intención de ir a la policía metropolitana. Dijo que la gente a la que robamos se lo merecía. En cuanto a Brightstone, me aseguraré de que guarde nuestro secreto —dijo Hannah.

—¿Cómo?

—Lord Brightstone sentía afecto por mí cuando debuté. Habría intentado cortejarme si yo no hubiera aceptado antes la propuesta de Jeremy. Creo que aceptará guardar silencio si se lo pido.

Julia parecía poco convencida, pero dejó pasar el asunto por el momento.

—¿Qué creéis que pasará después? Quizá la reina nos invite a Balmoral por Navidad.

Hannah soltó una risita.

—Tabitha, ¿deseas venir a casa conmigo esta noche?

—En realidad, me gustaría quedarme aquí, si no te importa —Tabitha se sintió aliviada cuando sus amigas le dijeron que la dejarían quedarse con Fitz esta noche. No le importaba la decencia. Sólo le importaba estar con él después de echarlo mucho de menos durante tanto tiempo.

—Supongo que deberíamos irnos ya, Julia. Mañana habrá mucho que hacer.

—Y será mejor que nos aseguremos de que Brightstone y el señor Beckley no están molestando a Helston —añadió Julia—. No será bueno que Brightstone consiga convencer a Helston para que esté de su parte.

—Fitz no dirá nada —les aseguró Tabitha.

—No estés tan segura —advirtió Julia.

Hannah salió en defensa de Tabitha.

—No, ella tiene toda la razón. Una duquesa no puede ser objeto de una investigación, así que él la protegerá.

Julia se dio un golpecito en la barbilla.

—Eso creo. Pero aún tenemos que quitarnos a lord Brightstone de encima, entonces.

—No te preocupes. Yo me encargaré de él —dijo Hannah.

Pero ahora mismo, Tabitha no pudo evitar preguntarse cómo Fitz estaba lidiando con sus amigos.

—Lo sabías, ¿verdad? —exigió Evan a Fitz en el momento en que las damas se retiraron al estudio de Fitz.

—¿Saber qué? —Fitz fingió ignorancia.

—Que *ellas* tres... eran las ladronas.

—Yo sabía la verdad acerca de Tabitha. Esta noche me he enterado de que las otras estaban implicadas —se había sorprendido al descubrir, en el viaje de vuelta en carruaje desde el baile de lady Crawford, de que Hannah y Julia habían sido, de hecho, sus cómplices.

—¿Cuándo pensabas decírnoslo? —preguntó Beck.

—Una vez que estuviéramos casados y Tabitha estuviera protegida. A las autoridades les resultaría más difícil investigar a una duquesa que a una joven soltera de la calle.

—Entonces, ¿os vais a casar? —preguntó Beck—. No estaba muy seguro de poder creer lo que vi en el baile de lady Crawford. Debes admitir que no es propio de ti.

—Una exhibición así no es propia de nadie —añadió Evan.

—Sí, supongo que ha sido un poco atrevido —dijo Fitz—. Pero la verdad es que... Me gusta el tipo de hombre que soy con ella. Llevo mucho tiempo fingiendo ser alguien que no soy, y cuando estoy con ella, soy libre de ser el hombre que quiero ser. El hombre que *debería* ser.

Sus amigos lo miraron fijamente, pero la preocupación desapareció silenciosamente de sus rostros.

—Lo admito, me gusta bastante esta versión de ti —dijo Beck.

Evan finalmente sonrió.

—Estoy de acuerdo, pero maldita sea, hombre, tienes que avisarnos antes de que vayas y hagas algo como declararte a una mujer delante de todo el mundo.

—O como escaparte a Nueva York sin avisarnos —añadió Beck—. Somos tus amigos, Fitz. Queremos ayudarte.

Fitz se encontró sonriendo tímidamente.

—Me alegro, porque deseo casarme con Tabitha lo antes posible. No le veo sentido a un largo cortejo cuando sé exactamente con quién quiero estar el resto de mi vida.

Beck sonrió con suficiencia.

—A ver si lo entiendo. ¿Te roba el diamante, y luego te *roba* como marido? Debe de ser una excelente ladrona.

—Desde luego que lo es —Fitz soltó una risita.

—Sí, bueno, eso no me devuelve los pendientes de mi primo.

—Evan, has insistido mucho sobre esas joyas. ¿Tenían algún valor para ti? —inquirió Beck.

—¿Qué? No, pero mi maldita prima no deja de

hablar de ellas. Estoy harto de oírla gemir y lloriquear por ellas.

—Ah —Beck soltó una risita—. Ahora estamos en el meollo del asunto. ¿Por qué no le compras otro par para que se calle? Siempre puedes contratar a un joyero especializado en imitaciones para que le haga un par de repuesto. Dudo que ella note la diferencia.

—Por supuesto que no. Ni siquiera está en la lista de mis primas favoritas, y tengo docenas —resopló Evan.

—Entonces, ¿podemos estar todos de acuerdo en dejar el asunto en paz? —preguntó Fitz a sus amigos—. Me gustaría empezar mi matrimonio sin problemas con la policía metropolitana.

—No tendrás ningún problema por mi parte —prometió Beck.

—Sigue siendo una ladrona y ha infringido la ley —Evan dejó escapar un suspiro derrotado—. Pero por tu bien, estoy encantado de ignorarlo, suponiendo que sus días de ladrona hayan terminado.

—Bien. Ahora, ¿ambos estaréis de pie junto a mí en mi boda?

Evan y Beck asintieron.

—¿Y qué hay de Louis? —preguntó Beck.

—Le preguntaré, pero no sé qué dirá —admitió Fitz—. No le guardaré rencor si se niega.

—¿De verdad trajiste a la señorita Girard desde

Nueva York para él? El salón de baile bullía con la noticia —Evan lo miró expectante.

—Sí, lo hice.

—Bien. Fue todo un gesto romántico recuperar a la señorita Girard para Louis y luego pedirle matrimonio a la señorita Sherborne. Estás poniendo grandes expectativas para el resto de nosotros los caballeros.

—Quizás eso sea bueno —Fitz soltó una risita y se giró al oír a las damas salir de su estudio, con Hannah al frente.

—Bueno, milord, dejamos a Tabby a su cuidado esta noche, pero volveremos mañana a por ella. Hay mucho que planear para la boda, y deseamos ayudar a su abuela si ella nos lo permite.

—Son bienvenidas a mi casa en cualquier momento, damas —les informó—. Y os aseguro que mi abuela agradecerá vuestra ayuda.

—Supongo que será mejor que nos vayamos también, ¿eh, Beck? —Evan le dio un codazo a Beck en las costillas. Pero la atención de Beck estaba centrada en Julia como si estuviera examinando un rompecabezas muy intrincado, y estaba claramente fascinado. Fitz lo notó, pero Julia parecía ajena al asunto.

Finalmente, Beck reaccionó.

—Sí. Los tortolitos quieren estar solos. No podemos culparlos.

Fitz soltó una risita mientras las dos mujeres acompañaban a sus amigos a los carruajes en espera. Una vez que se fueron, tiró de Tabitha hacia sus brazos.

—Gracias a Dios, pensé que nunca se irían.

—Ni yo —Tabitha soltó una risita y enterró la cara contra su pecho.

La abrazó con más fuerza, encantado de oírla reír. Ese sonido de niña le llenó el corazón. Quería que se llenara de alegría, que recuperara parte de la felicidad de su niñez. La habían obligado a crecer demasiado deprisa.

—Ahora... ¿en dónde estábamos? —le preguntó mientras se inclinaba para darle un beso interminable. Unos instantes después, le besó la punta de la nariz y le colocó un mechón suelto de pelo detrás de una oreja—. ¿Vamos arriba?

—Sí —respondió Tabitha con una suave sonrisa que hizo que su corazón diera un vuelco.

Fitz la condujo a su dormitorio y se maravilló de la tranquilidad que sentía. Era como si todo en el mundo estuviera bien, y no fue hasta este momento cuando se percató de lo mal que habían ido las cosas antes de encontrar este regalo del universo.

—Todo parece más bien un sueño —confesó Tabitha.

—Lo parece, ¿verdad? —nunca había creído que

pudiera llegar a amar a otra persona tan rápidamente. Para él, el amor era algo que crecía lentamente a lo largo de los años, como los árboles de los antiguos bosques del norte. Pero ahora era consciente de que el amor podía nacer en un instante.

—Cuando era niño, mi padre me llevó a Brighton. ¿Has estado allí?

Ella negó con la cabeza. Fitz la acercó.

—Te llevaré allí en nuestra luna de miel.

—De acuerdo —respondió, mientras esperaba a que él continuara.

—Cuando estuve de visita allí, una noche hubo una terrible tormenta y un rayo cayó sobre la arena de la playa. A la mañana siguiente, mi padre me llevó a buscar algo que llamaba fulgurita.

—¿Qué es una fulgurita?

—Bueno, cuando un rayo cae sobre arena mojada, ésta se convierte en vidrio y forma un patrón de tubos que coincide con la trayectoria que siguió el rayo.

Fitz le rozó la mejilla con el dorso de los nudillos.

—Ocurre en menos de un abrir y cerrar de ojos. Las fulguritas son como venas de cristal dentro de la tierra viva. Así me sentí yo la noche que nos conocimos. Yo era la arena, tú eras el rayo. Las venas de nuestro amor se crearon en ese primer instante.

Él hizo una pausa para reflexionar.

—El hombre racional que hay en mí quiere pensarlo bien, tomarse su tiempo para proponer matrimonio, pero la parte de mí que no es racional zumba como un diapasón, y las notas que oigo son puras en su mensaje. *Cásate con ella ahora, ámala para siempre, nunca mires atrás, nunca lo cuestiones.* ¿Eso tiene sentido, o sueno como un loco?

Tabitha resopló y sacudió la cabeza.

—¿Loco? En absoluto. Suenas *maravilloso*.

—Pero estás llorando —apartó una lágrima con el pulgar.

—Supongo que deberías estar advertido de que las mujeres a menudo lloran de felicidad. No soy una excepción.

Fitz sonrió.

—Entonces, me considero debidamente advertido.

—Tenemos tanto que discutir, tanto que planear todavía que la cabeza me da un poco de vueltas.

—Entonces permíteme que te distraiga —Fitz le levantó la barbilla y bajó la cabeza. Sus bocas se fundieron en un beso. Ya no era una agridulce despedida, sino más bien una bienvenida a su hogar. Fitz se percató de lo sencilla que se había vuelto la vida. Todo lo que tuvo que hacer fue elegir estar abierto al amor. Había muchas posibilidades de que perdiera a esta mujer o de que ella lo perdiera a él, pero la idea de vivir ahora sin ella era un destino que ya no podía soportar.

Los labios de Tabitha se abrieron bajo los suyos y él la devoró, chasqueando la lengua contra la suya mientras con las manos le desabrochaba el vestido por detrás. Los acordes de un vals parcialmente olvidado resonaban en su cabeza mientras se entregaba al amor que sentía por esta mujer. Le dio todo lo que tenía de sí mismo y se deleitó con el obsequio de sí misma a cambio.

Cuando terminó con los botones de su vestido, Fitz deshizo el beso y la giró suavemente para que pudiera ayudarla a quitarse el vestido y todas esas tontas capas de ropa interior. Tiró de los lazos de su corsé azul y dorado hasta liberarla, y luego arrojó su camisola lejos de ellos.

—Dios mío, eres impresionante —dijo al verla sentarse al final de la cama. Casi tropezó al intentar despojarse de su propia ropa, pues estaba demasiado impaciente por unirse a ella. Tabitha se cubrió la boca para ocultar una carcajada cuando él se abalanzó sobre la cama y volvieron a caer juntos. Fitz la estrechó contra su cuerpo y la acurrucó contra sí mientras volvía a capturar su boca.

Las manos de Tabitha se movieron con valentía sobre su piel, reclamando el hecho de que él le pertenecía. Vaciló cuando sus manos se posaron en sus caderas.

—Sí, tócame, cariño, donde quieras —la animó con un suave gruñido mientras las puntas de sus dedos se deslizaban sobre su pene y luego se cerraban en torno a él. Lo acarició suavemente, y se sintió como en el cielo.

Su pulgar le rozó la punta, y Fitz le mordió el labio inferior, poseído por una necesidad casi feroz de hacerle el amor. Sus manos curiosas iba a acabar con él, pero sería una muerte gloriosa.

—Todavía no —suspiró contra sus labios mientras Tabitha volvía a acariciarlo, instándolo a penetrarla.

—Oh, Fitz, por favor... Te *deseo*...

Sintió que ella había llegado a la misma necesidad desesperada que él y no deseó esperar más.

—¿Cómo lo quieres, cariño? —Fitz había hecho todo lo posible por no pensar en todas las formas en que había querido hacerle el amor mientras habían estado separados, pero lo había hecho, y ahora se sentía como un niño con acceso a una mesa llena de postres sin nadie que le dijera que no podía probar cada uno de ellos.

—¿Quieres decir que hay más de una forma de...? —ella señaló tímidamente sus cuerpos.

—Estamos limitados sólo por nuestra imaginación —dijo Fitz con una sonrisa.

—Sólo he estado familiarizada con la forma en que lo hicimos antes... y he visto algunas veces a hombres en la calle... en los callejones con mujeres, pero no me pareció entender muy bien cómo podían hacer el acto... —Tabitha se ruborizó salvajemente y enterró la cara contra su hombro.

—Nunca te escondas de mí. Tendremos el resto de nuestras vidas para explorar juntos estas íntimas aventuras —le acercó el rostro al suyo y la besó suavemente durante un largo instante, disfrutando simplemente del arte de besarla. Y tocar sus labios con los suyos era arte, y mucho más encantador que cualquier cuadro.

Cuando sus labios se separaron, Tabitha le sonrió, con una pizca de picardía en los ojos.

—¿Sobre esas otras... formas?

—Oh, sí, deja que te enseñe —Fitz soltó una risita, la colocó suavemente sobre su estómago y cubrió su cuerpo con el suyo, con cuidado de no lastimarla con su peso—. Así... —utilizó una rodilla para abrirle las piernas por detrás y luego empujó su miembro contra su húmedo calor. Ella gimió suavemente mientras la penetraba poco a poco. No había nada que describiera este *amor* por su futura esposa, excepto que se sentía como volver a casa. Por eso el amor lo era todo. Toda la vida estaba expuesta al dolor, a perder algo tan maravilloso como el amor, pero no conocerlo nunca, no poseerlo ni siquiera durante unos breves instantes... eso no era vida.

Fitz le besó suavemente el cuello y los hombros

mientras se movía sobre y dentro de ella, aumentando el placer de ambos al cambiar el ritmo de sus embestidas.

Fitz le dedicó una leve mordida de amor en el punto sensible de la curva del cuello y Tabitha gimió, cerrando los ojos mientras sus paredes internas se cerraban en torno a su miembro. Ella se había corrido muy rápido, pero él quería que volviera a hacerlo. Salió de ella y reacomodó sus cuerpos para sentarse y recostarse contra la cabecera. Luego la bajó sobre su regazo, deslizándose una vez más en su calor acogedor.

—Rodéame el cuello con los brazos —murmuró.

Sus rostros estaban lo bastante cerca como para besarse, pero Fitz resistió la tentación y la miró a los ojos. Tabitha subió y bajó sobre él de forma experimental, cabalgando lentamente mientras aprendía esta nueva posición. Sus senos le rozaban el pecho, y él apretó los dientes para evitar liberarse. Pero en el momento en que los ojos de Tabitha se oscurecieron y gritó su nombre en un segundo clímax, Fitz le sujetó las nalgas y se movió a mayor velocidad hasta que ya no pudo mantener el control. La penetró una y otra vez, sin querer abandonar su calor húmedo y estrecho. Él se tensó cuando encontró su propio placer.

Cuando Tabitha se recostó sobre su pecho, con sus cuerpos aún conectados, parecía que había pasado mucho tiempo desde que pronunció las palabras que cambiarían la vida de Fitz por segunda vez.

—Tengo algo más que decirte, algo que espero que sea de tu agrado.

Fitz le acarició el pelo con las puntas de los dedos y le colocó un mechón detrás de la oreja. Sentía una feroz ternura por esta mujer, *su* mujer.

—Puedes contarme lo que quieras. Somos pareja. Compartiremos todo en nuestras vidas. Confío en ti y espero que sepas que ahora puedes confiarme cualquier cosa.

Ella respiró hondo y habló.

—Creo que estoy preñada, Fitz. Con *nuestro* hijo. Visité a un médico la semana pasada y él también lo cree. Debió haber ocurrido esa noche en la fiesta de la casa.

Fitz no podía hablar, no podía respirar. Esa noche perfecta y desgarradora, cuando creía haberla perdido para siempre, habían creado una pequeña vida entre los dos. No tenía palabras para describir el regalo que su hijo sería para él. Tabitha levantó la cara para mirarlo, y su expresión se volvió temerosa al ver las lágrimas que goteaban por sus mejillas.

—¿Fitz?

Él sonrió y se secó los ojos.

—Parece que las mujeres no son las únicas que

pueden llorar de felicidad —tiró de ella hacia él y la besó profundamente.

La alegría que lo invadió con ese beso sólo fortaleció las venas del amor en su interior, como arena golpeada por un rayo por segunda vez. La vida era, sencillamente, *hermosa*. Su amor por Tabitha y su hijo era como un diamante descubierto en las profundidades de la tierra; su amor era eterno.

Epílogo

U*n año después*

Tabitha jugaba con los pétalos azules de un aciano en un banco de madera mientras observaba cómo el duque de Helston, quien una vez fue infamemente cruel, empujaba el cochecito que transportaba a su hija, Rose, por los senderos de Hyde Park.

Más de una vez se detenía, se inclinaba sobre el cochecito y volvía a colocar con cuidado las mantas alrededor de la niña, para luego besar la punta de sus dedos y presionarlos contra la mejilla de la cría. La expresión de su rostro, tan enamorado de su hija, era algo que Tabitha nunca habría soñado ver. Sin embargo, allí estaba, esa mirada de devoción infinita del hombre al que amaba. Se volvió hacia ella y agitó una mano con esa sonrisa encantadora que siempre le hacía perder el equilibrio.

Tabitha nunca había imaginado que la vida pudiera ser tan perfecta. Formaba parte de una banda secreta de ladrones de joyas que ayudaban a los necesitados, tenía dos amigas muy queridas que eran como hermanas, y tenía una abuela, un marido y una hija. La vida, después de un largo período de oscuridad, había traído un amanecer que brillaba intensamente, y ella disfrutaría de cada momento de su resplandor.

La duquesa viuda se sentó junto a Tabitha, descansando ambas a la luz del sol invernal mientras Fitz y la pequeña Rose hacían ejercicio. La niña parecía ser más feliz cuando estaba al aire libre y al cuidado de su padre. Afortunadamente, el comienzo del invierno aún era cálido, pero tanto ella como Fitz vigilaban de cerca a su hija para asegurarse de que no enfermara.

Rose estaba encantada con las atenciones que recibía de sus padres y de su cariñosa bisabuela. Fitz le enseñaba flores frescas y le contaba historias sobre el significado de cada una, como había hecho su madre, y la pequeña se retorcía, se reía y emitía pequeños y suaves gruñidos mientras intentaba alcanzar las flores sin éxito.

Los ojos azules de su hija, muy parecidos a los de su padre, captaban el mundo que la rodeaba con una intensa fascinación. Aunque era demasiado pequeña para entender sus palabras, amaba el sonido de la voz de Fitz, igual que su madre. Fitz incluso le cantaba a Rose, lo que había sorprendido a Tabitha y la había deleitado más allá de las palabras. No había imaginado que Fitz supiera cantar, pero eso explicaba su amor por la música. Tabitha cerró los ojos brevemente y dejó que el sol de invierno se hundiera en su piel y la calentara.

—Debes tener cuidado con él —advirtió la viuda.

Tabitha abrió los ojos y vio una suave sonrisa en el rostro de la viuda.

—¿Oh?

—Él le dará a Rose *cualquier cosa* que quiera. Será mejor que te asegures de que no la mime *demasiado*. Un poco de mimo está bien, por supuesto. Pero no demasiado —la viuda enroscó las manos alrededor de su bastón mientras veía a Fitz detenerse una vez más sobre el cochecito para hablar con la bebé.

Tabitha soltó una risita.

—Haré lo que pueda, pero es difícil discutir con él —su marido había llenado la habitación del bebé de juguetes aunque Rose no tenía edad para usarlos, y ya estaba hablando de comprarle un pequeño pony gordo para que lo montara en el parque aunque a Rose le faltaban años para poder hacerlo.

—Oh cielos, ya casi es la hora —interrumpió la viuda —. Debemos irnos o llegaremos tarde.

Tabitha consultó el reloj de bolsillo que Fitz le había regalado para que lo llevara con sus vestidos. La viuda tenía razón. Llegarían tarde si no se iban ahora.

—Fitz, querido, debemos irnos para la gran inauguración —incluso empujando el cochecito, estaba muy elegante con su traje azul oscuro de tres piezas. Más de una mujer que se cruzaba con él se había sonrojado al ver a un hombre tan apuesto cuidando de su hijo. Era una imagen inusual, pero increíblemente atractiva desde la perspectiva de cualquier mujer.

Volvió con el cochecito y le ofreció un codo a Tabitha y el otro a su abuela.

—¿Vamos, señoras?

Por suerte, no estaban lejos del parque, pero no deseaban llegar tarde. Era una ocasión demasiado importante. Cuando llegaron a la calle correcta, vieron una fila de gente en la acera esperando para entrar en una casa adosada. Hombres y mujeres de los círculos sociales más elevados saludaron a Tabitha, Fitz y la viuda a su paso. La mujer se quedó unos pasos atrás para hablar con algunas de las personas de la fila e hizo un gesto a Tabitha y Fitz para que siguieran adelante.

—Ha venido mucha gente. Esto es maravilloso —dijo Tabitha.

—Ya era hora de que Londres aportara su granito de arena —dijo Fitz—. Por supuesto, esto es sólo un pequeño comienzo de lo que me gustaría hacer.

Hannah y Julia las esperaban en los escalones de la antigua y elegante casa que Fitz había comprado y ayudado a convertir en una pensión benéfica.

—¡Ahí estáis! —exclamó Hannah y corrió hacia ellos. Abrazó a Tabitha, dio un rápido abrazo a Fitz y se agachó para hacerle cosquillas en las mejillas a Rose.

—Bienvenidos al Hogar Helston para Veteranos de Guerra —anunció Julia con una sonrisa mientras se unía a ellos en el escalón superior—. Todo el mundo ha estado esperando para entrar, pero no queríamos empezar el recorrido sin vosotros.

En los últimos meses, Fitz había forjado una mejor relación con Hannah y Julia en comparación con las expectativas de Tabitha. No había pensado que se apresurarían tanto a perdonarlo, pero cuando Anne y Louis habían acudido a la boda de Fitz y Tabitha, habían anunciado que se habían fugado para casarse hacía solo unos días. Como resultado, gran parte del rencor entre los amigos de Tabitha y Fitz había desaparecido. Además, Hannah y Julia habían visto lo feliz que era con él.

Fitz siguió a Tabitha y a sus amigas al interior. Se mantuvo cerca de su marido, ansiosa por ver su reacción.

Él había dejado todos los detalles de la casa de huéspedes en manos de los Alegres Petirrojos, y hasta ahora no había podido ver lo que su dinero había conseguido. Había sido un poco tímido ante la idea de abrirse camino en su mundo de obras de caridad, pero había querido desesperadamente apoyar a los veteranos en honor a su padre.

—Creo que este lugar será de su agrado. Hemos cumplido todos sus deseos —Hannah colocó una mano en el brazo de Fitz y le sonrió cálidamente. Se había dado cuenta de lo mucho que esta causa significaba para él.

—Gracias, señora Winslow. Aprecio profundamente los esfuerzos que usted y la señorita Sterling han hecho para que esto sea posible. Tabitha le ha dicho lo que esto significa para mí.

—Lo ha hecho —respondió Hannah, suavizando su mirada—. Por favor, eche un vistazo antes de que los demás se unan a nosotros.

El interior era luminoso y aireado, en lugar de oscuro y lúgubre. También estaba bien decorado con muebles nuevos. Fitz había solicitado eso como uno de sus deseos. Había dicho que su padre había intentado esconderse en la oscuridad en esos últimos meses, y él creía que la luz del sol era mejor para la salud de una persona.

Una mujer un poco mayor que Hannah y Julia los esperaba al pie de la escalera. Tabitha hizo las presentaciones.

—Fitz, esta es la señora Ewing. Está a cargo de los huéspedes. Señora Ewing, este es mi marido, lord Helston.

—Gracias por venir, Su Excelencia. Sígame, por favor. Es un honor mostrarle la casa y presentarle a nuestros huéspedes actuales —dijo la señora Ewing mientras comenzaba el recorrido de la casa. El resto de los invitados que esperaban fuera empezaron a entrar tras ellos. Sus donaciones, junto con las de Fitz, habían mejorado enormemente la atención médica, la comida y el alojamiento de los veteranos de guerra que se alojaban aquí.

Tabitha cogió a su marido del brazo y observó su rostro mientras él veía realmente la diferencia que podía marcar en el mundo. Ella sabía que él quería estar involucrado, pero también quería que esta primera oportunidad para él fuera una sorpresa. La casa estaba llena de veteranos, la mayoría discapacitados o con otras cicatrices físicas o mentales. Algunos habían servido junto a su padre, otros lo habían hecho en otros países, pero a todos les unía su servicio y sus luchas por volver a su vida normal. Ahora estos hombres estaban más sanos y eran más felices en esta cálida casa, todo gracias a Fitz y a los demás que ahora inundaban su interior. Tabitha sabía que la gran inauguración iba a ser un éxito.

—Tenemos un médico que nos visita todas las semanas, y cada hombre tiene la garantía de ser atendido por él. Algunos necesitan medicinas, mientras que otros simplemente necesitan hablar y que alguien los escuche —explicó la señora Ewing.

—Imagino que muchos de ellos sufren del síndrome DaCosta —murmuró Fitz—. Mi padre tenía eso... pero no tenía a nadie con quien hablar.

Tabitha estrujó suavemente el brazo de Fitz.

—Gracias a ti, estos hombres tienen ese privilegio —Tabitha había averiguado que ese síndrome afectaba a *muchos* veteranos. Más de lo que ella había imaginado. Se despertaban por la noche gritando o saltaban ante cualquier sonido. A veces, incluso el silencio revivía los gritos de los caballos y el rugido de los cañones. Algunos se volvían locos, y a veces se convertían en un peligro para sí mismos y para los demás porque no podían escapar del pasado.

El peso de esos recuerdos era lo bastante grande como para sofocar incluso al hombre más fuerte, como le había ocurrido al padre de Fitz.

Cuando su grupo entró en el salón, uno de los veteranos, al que le faltaba un brazo, estaba jugando a las cartas con otros dos hombres. Al ver a Fitz, se levantó y se acercó a ellos.

—¿Su Excelencia? —dijo el hombre, inseguro, y con un marcado acento escocés.

—¿Sí?

El hombre se aclaró la garganta.

—Me llamo Patrick Dowd. Serví con su padre. Era un buen hombre. Me entristeció oír que había muerto.

Tabitha notó un tic en la mandíbula de Fitz, quien intentaba contener una oleada de emoción.

—Gracias —respondió, tendiendo una mano a Patrick, quien la estrechó.

—He oído que este lugar es gracias a usted. Ha hecho algo bueno, Su Excelencia. Algo malditamente bueno. Su padre habría estado orgulloso de usted.

Patrick inclinó la cabeza respetuosamente y volvió a su partida de cartas. Fitz permaneció en silencio durante el resto de la visita y, cuando todos fueron al comedor a beber jerez y unos bocadillos, Fitz tiró de Tabitha hacia el pasillo con él para que pudieran estar un momento a solas.

—¿Estás bien? —susurró ella mientras le rozaba la mejilla con los dedos. No le gustaba que guardara silencio de esta manera.

—Lo que has hecho... —se detuvo y se aclaró la

garganta—. Es maravilloso. Sólo desearía que mi padre estuviera vivo para ver esto. Para haberte conocido. Mis padres te habrían adorado, Tabitha —le rodeó la cintura con las manos e hizo que sus frentes se tocaran.

—¿Cómo te sientes ahora que has visto esto? —preguntó Tabitha en un susurro. Cada vez aprendía mejor a leer los sutiles cambios en su estado de ánimo, pero él seguía ocultando sus pensamientos y emociones al mundo más de lo que a ella le gustaría.

—Admito que estoy abrumado, pero me atrevería a decir que es algo bueno. Ver todo esto, me hace muy feliz... y a la vez triste. No podemos ayudar a todo el mundo, ¿verdad? —la expresión de su rostro casi le rompió el corazón. ¿Cómo podía alguien haberlo considerado frío? Este hombre tenía un gran corazón; simplemente temía mostrarlo.

—No, no podemos —dijo ella—. Pero aquellos a los que ayudes cambiarán el mundo.

Fitz presionó un suave beso en sus labios, y Tabitha sintió un profundo cambio dentro de su alma mientras su amor por él fluía a través de ella. Amarlo, amarse a sí misma, amar a los demás, todo ello confería a su vida una maravillosa plenitud. Incluso los momentos de dolor de Tabitha fortalecieron los posteriores momentos de felicidad.

—Cuando pienso en mi vida y en mi futuro, sólo te veo a ti. Si tu robo de un reloj de bolsillo no hubiera llamado la atención de Hannah y Julia, quizá nunca te hubiera conocido —musitó Fitz.

Ella sonrió contra sus labios.

—¿Esa es tu forma de decir que te alegras de que fuera una ladrona?

Su querido marido, el hombre frío e inquietante que se había escondido de las alegrías de la vida, ahora le estaba sonriendo. El sol parecía pálido en comparación con el rostro de Fitz, que brillaba de amor por ella.

—Supongo que sí.

Aunque Tabitha y las demás habían renunciado a sus aventuras más audaces y que acaparaban titulares, sería un error decir que se habían retirado por completo.

Todavía había muchos hombres y mujeres privilegiados con demasiado dinero y muy poca empatía a los que les podía faltar un reloj, una cartera, un pendiente o incluso algún collar.

La generosidad involuntaria de todos ellos siempre llegaba a los lugares adecuados, y el mundo era un poco mejor que antes.

La acercó más a él, acomodando su cuerpo al suyo, y volvió a besarla. Esta vez durante mucho más tiempo y más profundamente, como a Tabitha le gustaba.

—¿Me pregunto si hay un invernadero cerca?

—Creo que Julia y Hannah pueden cuidar de Rose un rato. Estoy segura de que podríamos encontrar algún sitio... —soltó una risita y cogió a su marido por su corbata a la inglesa, tirando de él para darle otro beso. Era una mujer afortunada por haber robado no sólo un diamante... sino el corazón de un duque.

Dos días después

Evan Haddon, conde de Brightstone, descansaba en su silla del Fox and Hound, estudiando las cartas que tenía en la mano. Era una mano ganadora, por supuesto. Siempre lo eran. Era un hombre muy afortunado en todos los sentidos excepto en uno. La única cosa, o mejor dicho, la única persona por la que lo daría todo, era también la única persona que estaba fuera de su alcance.

Hannah Winslow.

Lanzó su mano de cartas al centro de la mesa y los hombres que lo rodeaban maldijeron al darse cuenta de que todos habían perdido.

—Brightstone, tienes una maldita suerte —murmuró un hombre.

Evan sonrió despiadadamente mientras recogía los

trozos de papel con la lista de lo que le debían los distintos hombres.

—Lo siento, hombres —no pensaba cobrarles nada, pero estos hombres no tenían por qué saberlo todavía. A pesar de su estado de ánimo melancólico, se sentía extrañamente caritativo. Culpaba de ello a Hannah y sus amigas.

Una banda de malditas ladronas de joyas.

Temía pensar en lo que intentarían si alguna vez se aburrían de robar a la élite de Londres. Seguía habiendo robos ocasionales que se denunciaban a la policía metropolitana y se publicaban en los diarios, pero parecía que los artículos se centraban más en las donaciones a organizaciones benéficas. Evan no tenía ningún problema con eso; incluso había hecho algunas donaciones discretas, anónimas por supuesto, a las organizaciones benéficas que apoyaban los Alegres Petirrojos. Pero la idea de que una dama como Hannah Winslow estuviera metiendo la mano en bolsillos o deslizando anillos de los dedos... Demonios, no sabía si maldecir o reírse de la idea.

—Vaya —musitó un hombre cercano con suave acento irlandés—. Mira eso.

Evan siguió la mirada del caballero y su corazón dio un vuelco al ver a una mujer. Pero no una mujer cualquiera; sino una dama elegante con un vestido púrpura de cola atada a la espalda y flecos plateados. Se paró con indecisión en la entrada del garito de juego antes de entrar. La seda plisada de sus faldas ondulaba seductoramente mientras se movía, y la cola de su vestido presentaba una imagen de perfección que despertaba la envidia de todas las damas libidinosas presentes. El escote era bastante bajo para esta mujer en particular, que estaba mucho más acostumbrada a ser vista con cuellos altos. Estaba claro que era una dama de calidad, aunque su exquisita belleza pronto sería demasiado tentadora como para que incluso el más caballeroso de los hombres presentes en la sala pudiera resistirse.

¿Qué demonios hacía *Hannah* aquí? Solo las cortesanas se atrevían a entrar en el Fox and Hound, e incluso entonces permanecían en compañía de hombres que pudieran protegerlas.

Su mirada recorrió la multitud de hombres. Cuando ella lo divisó, él vio un destello de alivio en su rostro. Se dirigió directamente hacia Evan, ignorando a los hombres que detenían su juego para mirarla al pasar. Una pizca de rubor en sus mejillas fue el único signo externo de que era consciente de sus miradas poco caballerosas.

Evan se puso en pie de un salto cuando ella llegó hasta él.

—Lord Brightstone —le dijo ella con esa voz suave y dulce que siempre afectaba su corazón.

—Evan, por favor —corrigió él, como hacía cada vez que se encontraban. Se conocían desde hacía años, pero ella seguía llamándolo lord Brightstone, por mucho que él insistiera en lo contrario.

Evan la había amado desde el día en que ella debutó ante la reina, y nunca había dejado de hacerlo. Pero ella nunca había sido suya. Ella había amado a otro y siempre lo haría, aunque ese hombre ya no respirara.

Maldita sea, estaba celoso de un maldito fantasma.

Sus ojos color avellana claro abandonaron brevemente su rostro para recorrer de nuevo la sala de hombres, y luego volvieron a él.

—¿Puedo hablar contigo en privado?

—Por supuesto. Puedo encontrarnos una habitación privada por aquí —la condujo a la parte trasera del lugar pecaminoso y eligió una de las habitaciones que tenía la puerta abierta. Aunque el negocio principal era el juego, este tipo de habitaciones ofrecían privacidad para otras actividades más íntimas.

En el rincón más alejado había una cama, una pequeña mesa con un cuenco de fruta fresca y un fuego encendido en la chimenea. Era una escena propicia para la seducción; cosa que no ocurriría, por supuesto. Pero maldita sea si su mente no viajó a un lugar donde él y

Hannah utilizarían al máximo esa cama. Cerró la puerta y ella se retiró a un lugar junto al fuego para calentarse las manos, aunque no hacía mucho frío esta noche.

—¿Qué puedo hacer por ti, pequeño petirrojo? —bromeó.

Ella se volvió hacia él, con el cabello oscuro cayéndole sobre los hombros en tentadoras ondas que despertaron su deseo de hundir las manos en los mechones y besarla. Lo cual, una vez más, no podía hacer.

—¡No digas eso, aquí no! —siseó, y él se acercó más a ella.

—¿Por qué no?

—Porque alguien podría pensar que soy una ladrona.

—Pero *eres* una ladrona —señaló él con una risita, y ella puso los ojos en blanco.

—*Era* una ladrona —frunció el ceño, pero la expresión era adorable en ella.

Evan soltó una risita.

—Vamos, Hannah, aquí no hay nadie más. Puede que tu intención sea pasar desapercibida por ahora, pero te conozco. Y ahora que conozco tu razonamiento y tus métodos, sé que no dejarás de hacerlo igual que yo no dejaría de hacer apuestas o jugar a las cartas. Ya no se trata sólo del bien que puedes hacer, ¿verdad? Es la emoción que sientes al castigar a quienes lo merecen y salirte con la tuya. Eres una ladrona, una ladrona encantadora, con talento y un corazón de oro.

Hannah se sonrojó.

—Aunque eso fuera cierto, no es algo que deba decirse en voz alta.

—Tu secreto está muy seguro aquí. Todo el mundo está pensando ahora mismo en la gran suerte que tengo de tenerte para mí solo. Ciertamente están haciendo suposiciones, pero sólo en cuanto a tu virtud.

—¡Lord Brightstone! —jadeó, indignada.

Evan se encogió de hombros, ocultando su placer por ver cómo se ruborizaban sus mejillas.

—Has venido a un garito de juego, exigido hablar en privado conmigo, y aquí estamos. Habrá cotilleos mañana, no puedo evitar eso.

Hannah palideció ante sus palabras, como si no hubiera considerado las consecuencias de sus actos.

—Lo que me lleva de nuevo a mi pregunta original. ¿Qué puedo hacer por ti?

Retorció los dedos en sus faldas y exhaló un suspiro.

—Una joven vino a verme esta tarde. Le han arrebatado el anillo de esmeralda de su madre. Quiero ayudarla a recuperarlo.

—¿Cómo te ha encontrado esta mujer? No me digas

que ahora anuncias tus servicios en los diarios —lo dijo un poco en broma, pero al decirlo en voz alta se percató de que no era del todo improbable.

—No, claro que no —Hannah puso los ojos en blanco—. Al parecer, la joven intentó hablar con unos viejos amigos de Tabitha de sus días en la calle. Estaba desesperada por encontrar a alguien que la ayudara, y las mujeres con las que habló le dieron nuestros nombres.

—¿Quieres decir que esas mujeres de la calle saben que tú, Tabitha y Julia estáis robando a la élite de Londres? Eso es terriblemente peligroso. ¿Qué pasa si una de ellas es pillada por los buenos hombres de la policía y sueltan tu nombre para mantenerse fuera de la cárcel? ¿Lo has pensado?

Levantó su adorable barbilla y le dirigió una mirada que habría paralizado a cualquier hombre... bueno, a casi cualquier hombre. Estaba disfrutando de esta conversación con ella. Nunca la había visto tan viva desde que... desde que perdió a su marido.

—Lo hemos considerado. Las mujeres que conocen nuestras identidades están en un pequeño círculo de confianza. Nunca traicionarían a Tabitha. Ha hecho demasiado por ellas y por la gente que les importa y que necesitaba comida y cobijo. Por no mencionar que ese tipo de lazos que se forman en esa vida, a una edad tan temprana, son casi imposibles de romper. Esas mujeres son como las hermanas de Tabitha.

Él mismo entendía ese tipo de lazos; haría cualquier cosa por Fitz, Beck o Louis.

—Muy bien. ¿Dónde encajo yo en tu situación? Tú eres la ladrona, no yo. ¿No puedes recuperar el anillo de esta joven?

—Lo he intentado, pero los hombres que se lo quitaron a esta joven son temibles. No pude averiguar su ubicación ni echar un vistazo al edificio antes de que me obligaran a marcharme, y temía que, si corría más riegos y me pillaban en el acto, yo acabaría... —no pudo terminar su pensamiento, aunque era evidente el tipo de daño que temía sufrir.

—¿Alguien te ha puesto las manos encima? —gruñó. El rugido de la sangre en sus oídos casi lo ensordeció. Mataría a cualquier hombre que se atreviera a hacerle daño a Hannah.

—No, pero la amenaza estaba muy implícita. Así que pensé que tal vez la visita de un conde sería más persuasiva que la de una viuda. ¿Lo harías? ¿Por mí?

Evan haría cualquier cosa en el mundo por Hannah Winslow, pero nunca podía hacérselo saber. Si alguna vez se enteraba de la profundidad de sus sentimientos por ella, nunca volvería a hablarle. Como viuda, se había mantenido alejada de otros hombres, enviando un mensaje claro sobre su decisión de no volver a casarse, y él siempre lo había respetado.

—Lo haría, pero no sin algo a cambio.

Hannah cogió su monedero, pero Evan le sujetó la mano y negó con la cabeza, casi riéndose de la idea de que ella intentara pagarle cuando él tenía mucho dinero.

—Si no es dinero, ¿qué quieres? —preguntó inocentemente.

Antes de que pudiera reconsiderar sus actos, dijo lo único que no debía, lo único que más deseaba.

—Una noche contigo en mi cama.

Debería haber esperado la bofetada, pero, sinceramente, no había pensado que ella lo golpearía tan *fuerte*.

—Si me dejaras terminar... —dijo él, intentando ignorar el escozor del golpe—. No estoy hablando de hacer el amor. Yo no te tocaría, ni tú a mí. Mi cama es bastante grande. Dormiríamos juntos en ella con mucho espacio entre los dos.

Ella arqueó las cejas.

—Pero entonces... ¿por qué querrías eso si no es para tocarme?

La respuesta que quería darle la habría conmocionado... Quería oírla respirar. Quería su olor en sus sábanas. Quería verla peinarse antes de acostarse mientras hablaba de su día. Ansiaba todos los pequeños y perfectos momentos que un marido tendría con esta mujer y que él nunca tendría porque su corazón siempre pertenecería al hombre que había perdido. Estaba loco por querer fingir durante una noche que ella era suya, que por fin tenían una vida juntos... porque en el fondo, Hannah Winslow lo había convertido en el tonto más romántico jamás nacido, y cuando ella estaba cerca, él no podía pensar con claridad.

Finalmente, Evan se aclaró la garganta.

—Mis razones son personales, pero te aseguro que no te tocaré. Mi única petición es que duermas a mi lado en mi cama por *una* noche —levantó un dedo y Hannah frunció las cejas, confundida.

—Bueno... Supongo que no sería una petición demasiado difícil...

Era adorable ver las emociones en su rostro mientras buscaba una salida a su apuro, pero fracasaba.

—Muy bien. Una noche —ella le tendió la mano para que la estrechara.

Evan habría preferido sellar el trato con un beso, pero un hombre tenía que ganarse los besos de esta mujer, y él no tenía ni idea de por dónde empezar. Le estrechó la mano, dedicándole una sonrisa confiada.

—Excelente. Ahora cuéntame todo lo que sepas

sobre estos hombres y cómo luce exactamente este anillo de esmeralda.

¡Gracias por leer *Duques y diamantes*! Pasa la página para leer el primer capítulo de El Gemelo del Duque, una historia corta, sexy y dulce que termina en un ¡feliz para siempre!

El Gemelo del Duque

Inglaterra, mayo de 1821

—Miles, tienes que salvarme.

Miles Beresford dobló los bordes de su periódico y se encontró con la agobiada mirada de su hermano gemelo, Justin, quien estaba de pie en la puerta del estudio de Miles. Aunque habían crecido juntos, aún lo conmocionaba encontrarse cara a cara con Justin, dado lo mucho que se parecían. Aunque habían nacido con sólo unos minutos de diferencia y eran idénticos, sus temperamentos no podían ser más diferentes.

Justin, el mayor, era todo decencia y bondad. Un hombre atractivo, un hombre agradable. Miles, en cambio... Se rio disimuladamente al pensar en cómo lo describirían los demás.

Indisciplinado, un sinvergüenza, un pícaro, malvado. Incluso era conocido por hacer que las mamás casamenteras se desmayaran cuando entraba en un salón de baile. Nadie podía negar que era muy bueno para los negocios, y cualquier inglés decente respetaba a alguien a quien se le daban bien los negocios.

—¿Salvarte, hermano? ¿Qué has hecho ahora? ¿Salvar una casa de huérfanos que ahora quieren que los adoptes a todos? ¿Rescatar un hogar de gatitos de un árbol para que ahora vivan bajo tu cama, manteniéndote despierto con sus llantos? ¿Llevar en brazos a una bonita damisela durante kilómetros bajo la lluvia después de que se torciera el tobillo, y ahora quiere casarse contigo?

Justin frunció el ceño, y sus ojos castaños oscuros no mostraron nada de su humor habitual ante la burla de Miles.

—Hablo muy en serio, Miles. Necesito tu ayuda.

Era normal que Miles se burlara de su hermano por ser un caballero ejemplar. Justin era el hermano mayor, el duque de Wiltshire. Ambos llevaban el apellido Beresford, pero cuando su padre había fallecido hacía cinco años, Justin se había convertido en el duque y, por lo tanto, todo el mundo, excepto Miles, lo llamaba lord Wiltshire o, si eran amigos muy cercanos, simplemente Wiltshire.

—¿Es grave, entonces? —si su sensato hermano realmente necesitaba algún tipo de rescate, entonces seguro que se trataba de un auténtico problema. Levantó una ceja y esperó a que su hermano se explicara. Por lo general, Miles era el que necesitaba ser salvado, lo que significaba, por desgracia, que le debía un favor a su hermano. O, mejor dicho, varias docenas. Había perdido la cuenta con los años. Ese era el precio de ser el pícaro de la familia y no el caballero.

Justin se removió inquieto sobre sus pies.

—Tengo invitados que llegarán en breve.

—¿En la mansión Wiltshire? —preguntó Miles.

Como duque, Justin solía organizar fiestas en su casa, pero rara vez necesitaba ser rescatado de ellas. Era el tipo de hombre perfecto para organizar una deliciosa cena, una gala musical o incluso una vigorosa cacería de zorros. Esto hizo que Miles sintiera una infinita curiosidad por saber qué tipo de invitados infundirían temor en el corazón de su sociable y simpático hermano.

La expresión de consternación en su rostro llenó a Miles de curiosidad. Dejó el periódico sobre el escritorio y se inclinó hacia adelante. El estudio estaba en silencio, el único sonido era el tictac del reloj en la repisa de la chimenea. Tal vez Miles había sido un pícaro, pero mantenía su finca, la residencia Beresford, ordenada y cómoda, aunque fuera una residencia de solteros. La mayoría de las veces, Justin venía a caballo desde la mansión Wiltshire por la mañana, y los dos compartían el desayuno y las novedades del día.

—Justin, *¿por qué* necesitas ser salvado? Ya que fuiste tú quien los invitó, deberías ser capaz de lidiar con ellos. Sabes que no soy un buen invitado. Me aburren bastante las jovencitas inocentes. Ahora, si necesitas distraer a una viuda lujuriosa, estaré más que feliz de complacerte.

—Bueno, sí vendrán unas cuantas damas a casa, y necesito que me ayudes con ellas; pero me temo que nada de viudas lujuriosas —Justin se pasó una mano por el pelo oscuro, despeinándolo. Miles solía llevar el pelo un poco más largo de lo que estaba de moda, aunque sólo fuera para llamar la atención y causar escándalo.

—Oh, no, la última vez que me pediste que sedujera a una mujer para apartarla de tu camino, casi acabo casado con la hermana menor de Freddy Poncenby. ¿Tienes idea de lo que eso le habría hecho a un hombre como yo? ¿Casado con esa pequeña criatura pelirroja? Era demasiado callada para mi gusto, y su hermano es un famoso dandi. No puedo tener uno de esos en la familia. Un aburrimiento espantoso. La última cena en la que estuvimos, el hombre se pasó toda la comida hablando del corte del chaleco y la forma de doblar el pañuelo de cuello.

—¿Has terminado de quejarte? Estoy más que

encantado de recordarte que estás en deuda conmigo, hermanito —había un toque de humor en los ojos de su hermano que no había estado allí antes. Esto hizo que Miles recordara cuando eran muchachos y Justin se enfurecía por algún plan que los había metido en problemas; un plan que a Miles se le ocurría a menudo y en el que Justin era lo bastante servicial como para participar. Sin embargo, cada vez que eran pillados, a Justin le brillaban los ojos y encontraba la forma de eludir tanto el disgusto de sus padres como su castigo.

—Hay cosas que no haré por ningún hombre, ni siquiera por ti —Miles intentó volver a prestar atención a su diario, pero Justin se inclinó hacia adelante y empujó el papel hacia abajo.

—Miles, no me hagas suplicártelo —la ansiedad oscurecía los ojos de Justin, despertando una preocupación en Miles. ¿Alguna vez su hermano había tenido que suplicar para obtener ayuda? Nunca. Eso por sí solo significaba que la cosa iba en serio.

Se reacomodó en el sillón que había estado ocupando.

—Muy bien, ¿qué debo hacer?

El rostro de Justin se relajó y ocupó la silla frente a Miles.

—La mansión necesita una buena fortuna para

mantenerse. Me he retrasado en el pago de las deudas que me dejó padre.

Los dedos de Miles estrujaron el papel que había estado sosteniendo.

—¿Cuánto tiempo?

¿Su hermano no le había dicho que la casa de su infancia estaba en una situación financiera desesperada? Miles tragó el amargo sabor de su boca. Eran hermanos. Debería haber compartido esto con él. Miles había heredado una finca más pequeña, la residencia Beresford, que no tenía deudas, y desde entonces había hecho su propia fortuna. Siempre había supuesto que Justin había sido capaz de hacer lo mismo. Parecía que no, pero lo que le dolía era que no hubiera acudido en su ayuda cuando debería haberlo hecho.

Justin frunció sus cejas oscuras.

—Sé que debería haberte hablado de las deudas.

Un arrebato de ira se agitó en el interior de Miles.

—Sí, por Dios, deberías haberlo hecho. Somos hermanos, Justin. Éstas son exactamente el tipo de cosas en las que le pides a tu hermano que te ayude.

Justin se disculpó con un asentimiento de cabeza.

—Lo siento, Miles. No tuve el valor de admitirte que estaba faltando a mis obligaciones —Justin hizo una pausa—. Por eso he estado considerando la posibilidad de casarme con una heredera para asegurar el futuro de la mansión Wiltshire.

Miles se levantó de la silla y miró fijamente a su hermano.

—No estás *faltando* a tus obligaciones. Padre dejó la mansión con deudas. Pocos hombres tendrían suerte pagándolas por sí solos. Pero deberías haber acudido a mí. Podría haberte aconsejado sobre inversiones. ¿Ahora pretendes tirar por la borda tu felicidad y casarte por dinero? ¿Qué pasó con la idea de un matrimonio por amor? Siempre creíste en eso.

Un matrimonio por amor —o un matrimonio en absoluto—, era algo en lo que Miles nunca había pensado demasiado. Él y su gemelo tenían ahora treinta y cuatro años, una edad muy avanzada para la mayoría de los hombres casados. Pero como duque, Justin tenía el deber de casarse y engendrar al próximo duque de Wiltshire. Justin siempre había proclamado que se casaría por amor, ¿y ahora esa esperanza se esfumaba porque había caído presa del orgullo?

—No me mires así, Miles. Estoy dispuesto a sentar cabeza en cuanto encuentre a la mujer adecuada. La finca necesita cada céntimo de lo que mi futura esposa aporte al matrimonio. Estoy trabajando con los inquilinos tanto como puedo, pero necesitamos más para saldar lo que aún se debe a los acreedores de padre —

Justin se frotó la mandíbula con una mano y luego se encontró finalmente con la mirada de Miles.

Miles frunció el ceño. Su padre había frecuentado los garitos de juego con demasiada frecuencia como para no haber afectado los fondos familiares. Los últimos cinco años habían sido un ejercicio tanto de dolor como de pánico mientras se adaptaban a la vida como duque y hermano de duque.

—¿Cuánto necesitas? Estaré encantado de dártelo —Miles no quería que Justin se casara con la primera mujer que encontrara con una gran dote y cuentas en Drummonds. Sólo porque Miles no creía en el amor no significaba que dejaría que su hermano sacrificara ese sueño.

—Sabes que no aceptaré dinero de ti, y la deuda es demasiado grande para que la compartamos —dijo Justin—. Además, como te he dicho, la ayuda que necesito tiene que ver con los invitados de Wiltshire durante la próxima semana.

—Ah, sí, los invitados misteriosos —reflexionó Miles—. Bueno, no me dejes en suspenso. Suéltalo.

Justin se relajó un poco, recuperando su antigua confianza.

—Cuando estuve en Londres la semana pasada, me presentaron a un hombre llamado señor Livingston. Es bastante rico y tiene dos hijas solteras. Se rumorea que una es una gran belleza y acaba de debutar.

—¿Así que has invitado a las dos herederas aquí este fin de semana? ¿A la hermosa y a la *otra*? Dime que la otra no se parece en nada a Pepper Poncenby —Miles rezó para no pasar toda la semana huyendo de una trampa matrimonial.

—No, nada que ver con la señorita Poncenby. Lydia y Rebecca son, según me han dicho, unas señoritas encantadoras tanto por su humor como por sus modales. Lydia es la más joven y bonita. No es que la haya elegido por su aspecto. Aún no he visto a ninguna de las dos. Es sólo que... —su hermano luchó por las palabras—. Cuando hablé con su padre, se le iluminaron los ojos al hablar de Lydia. Es inteligente, hermosa, capaz de dirigir una casa grande y disfruta de la sociedad como yo. Necesito eso en una esposa, alguien que se ocupe competentemente de los deberes de una duquesa.

Miles estaba de acuerdo. Un duque necesitaba una esposa con un conjunto muy particular de habilidades y una personalidad social.

—¿Y qué hay de la otra hija? ¿El padre habló de ella? —Miles sentía curiosidad por saber qué clase de dama tendría indudablemente a su cargo de algún modo.

—Por supuesto. Rebecca es tranquila y de carácter dulce.

—Suena terrible.

—No lo es, te lo aseguro. Di que me ayudarás, Miles.

Era difícil resistirse a la súplica de su gemelo, pero eso no significaba que tuviera que sonar ansioso por hacerlo.

—Muy bien, me esforzaré por ayudar. Entonces, ¿qué papel debo desempeñar en tu plan?

La cara de Justin enrojeció, signo de culpabilidad por excelencia.

—Bueno... quiero que nos hagamos pasar por el otro, como hacíamos de niños. Así podré conocer a ambas damas y descubrir cuál me conviene más sin que mi título influya en sus afectos. Estoy bastante seguro de que desearé casarme con Lydia, pero no quiero que ella conozca mi preferencia hasta que esté seguro. Quiero una esposa que me quiera por lo que soy, no una que busque el título de duquesa. Debemos permanecer cambiados todo el tiempo para que mi idea funcione.

La idea era divertida, Miles le daría crédito a su hermano.

—¿Así que yo haré de hermano primogénito y me convertiré en el duque de Wiltshire, y tú interpretarás al humilde Miles Beresford?

Justin enarcó una ceja.

—¿Humilde?

—*Increíblemente* humilde —bromeó Miles—. ¿Pero

qué pasa si las damas se enamoran del hermano equivocado? Es probable que ambas se enamoren de *mí*. Soy el mejor hermano, después de todo, con o sin título.

Justin soltó una risita.

—Qué humildad. Además, ¿desde cuándo te arriesgarías a quedar atrapado en un matrimonio? Dudo que hicieras algo que pusiera en peligro tu soltería. Simplemente debes ser encantador, pero no *demasiado*. Te conozco, Miles. Tu reputación de libertino probablemente provocará ataques a las jóvenes y a sus madres. Así que sé amable con mis encantadoras invitadas. No rompas corazones, sobre todo porque me interpretarás.

—Muy bien, actuaré de caballero.

—Más te vale —dijo Justin.

Miles sonrió.

—Mi papel será fácil, pero ¿y el tuyo? Te verás obligado a actuar como yo, el libertino. ¿Qué pensarán de eso las pobres corderitas inocentes?

—Pensarán que, por primera vez, Miles Beresford muestra su mejor comportamiento. Cuando actúe como tú, seré un caballero irreprochable.

—Qué aburrido, hermano —dijo Miles, riendo—. Sabes, ser un poco perverso podría haceros algún bien a ti y a la joven que deseas.

Justin sonrió.

—Tal vez, pero es mi deber ser bueno.

Un deber, en efecto. Un deber que Miles se vería obligado a soportar durante toda una semana.

Un joven lacayo apareció en la puerta.

—Su Excelencia, he recibido un mensaje de la mansión Wiltshire. Sus invitados llegarán en unas horas.

—Gracias —Justin asintió al lacayo, quien desapareció de la vista, dejando a los hermanos solos—. Muy bien. Supongo que es hora de que te conviertas en duque, hermano —dijo con una sonrisa.

Una sonrisa sombría se dibujó en el rostro de Miles mientras seguía a su hermano fuera de la habitación. *Maldita sea, ¿en qué demonios me he metido?*

Si te gustaría saber qué ocurre a continuación, ¡consigue el libro AQUÍ: https:// laurensmithbooks.com/books/duques-y-diamantes/